THE
連鎖綁架
CHAIN

ADRIAN McKINTY

亞德里安・麥金提——著 吳宗璘——譯

需要具備一點智慧，才能以陰鬱的角度、把世界視為某種地獄。

——阿圖爾・叔本華，一八五一年《附錄與補遺》

我們絕對不能打破「鎖鏈」。

——史蒂薇・尼克斯，一九七六年試聽帶版本《鎖鏈》

第一部

所有的失蹤女孩

1

星期四早晨七點五十五分

她坐在公車站，專心檢查自己的IG有多少人按讚，根本沒注意到那名持槍男子已經幾乎挨到了她的身邊。

要是凱莉能夠早個幾秒鐘看到他，搞不好還有逃過一劫的機會。她可以丟下書包，跑向濕地區，她是靈巧的十三歲少女，對於梅島哪裡有沼澤與流沙都知之甚詳。現有海洋晨霧隱現，而且這男人個頭高大，動作笨手笨腳。要是必須開始追逐，他一定會很緊張，而且八點鐘校車就來了，他一定得放棄目標。

這一切的念頭，都在短短一秒鐘之間閃逝而過。

現在，這男人站在她面前，他戴著黑色滑雪面罩，槍口對著她的胸膛。她倒抽一口氣，手機滑落而下。顯然這不是在開玩笑或是惡作劇。今天已經是十一月了，萬聖節是一個禮拜前的事。

「妳知道這是什麼吧？」

「手槍。」

「這是瞄準妳心臟的手槍。要是妳敢尖叫掙扎或是想逃跑的話，我一定會開槍，聽懂了嗎？」

她點點頭。

「好，很好，冷靜一下，戴上這個眼罩。接下來的這二十四個小時當中，妳母親的一舉一動將會決定妳的生死。等到……要是我們可以真的放人的時候，我們不希望讓妳認得我們的長相。」

凱莉全身顫抖，戴上了那個裝有襯墊的彈性眼罩。

有輛車停在她身邊，車門開了。

那男人說道：「快進去，小心不要撞到頭。」

她胡亂摸索，進入車內，車門也立刻關上。她心頭一陣慌亂，她知道自己不該上這輛車，年輕女孩失蹤案就是這麼發生的，天天都在上演。要是妳上了車就完蛋了，就此永遠人間蒸發。妳不該上車，應該要轉身逃跑，跑，拚命跑。

太遲了。

前座有個女人開口：「把她的安全帶繫好。」

凱莉哭了，淚水弄濕了眼罩。

那男人也進了後座，坐在她身邊，開口說道：「拜託，凱莉，冷靜一下，我們真的沒有要傷害妳的意思。」

「你們一定搞錯了，」她說道，「我媽媽根本沒有錢，她才剛找到工作，要等到——」

前座女子大聲斥罵：「叫她閉嘴！」

「凱莉，這和錢沒有關係，」那男人說道，「好，不要講話就是了，知道嗎？」

車子在某段充滿砂礫的沼地慌亂前進，一直猛催油門。

凱莉專注聆聽，知道車子上了梅島橋，聽到校車在一旁發出如肺結核病咳般的噪音，她的臉不禁抽搐了一下。

那男人開口：「慢一點。」

車門傳出上鎖聲響，凱莉咒罵自己，居然就這麼錯過了逃跑的機會。剛才她可以鬆開安全帶、打開車門滾出去。莫名恐慌讓她不知所措，她嚎啕大哭。「你們為什麼要做這種事？」

那男人問道：「我該怎麼說？」

女子回他：「什麼都不要講，叫她趕快閉嘴！」

那男人乖乖照辦。「凱莉，妳要安靜啊。」

車行速度飛快，現在應該是到了紐伯里波特附近的瓦特街。凱莉強迫自己深呼吸，吸氣吐氣，吸氣吐氣，就像是學校心輔老師在上冥想課的時候所教的一樣。

她知道自己如果想要活命的話，必須要耐心觀察。她現在是研習大學先修課的八年級學生，大家都說她聰明，她必須要保持冷靜，注意周邊動靜，機會來臨的時候，立刻行動。

澳洲的失蹤女孩倖存了下來，而克里夫蘭的那些女孩也一樣。她曾經在《早安美國》節目看到了新聞片段，被綁架的摩門教女孩平安長大。她們都逃過一劫，很幸運，但也許活下來不只是運氣而已。

另一股差點令人窒息的恐懼朝她襲來，她只能努力平撫情緒。

凱莉聽到車子駛向紐伯里波特的一號公路大橋，現在正經過梅里馬克河，朝新罕布夏州的方向前進。

那男子低聲抱怨：「不要開這麼快。」接下來的那幾分鐘，的確是慢了下來，但又漸漸催到了原來的速度。

凱莉想到了媽媽，今天早上她開車前往波士頓去看腫瘤科。可憐的媽媽，她一定——

那開車的女子突然好害怕，「哦天哪！」

「怎麼了？」

「有輛警車停在州道旁邊。」

「沒事，我覺得妳太……哦，不，他的車燈在閃，」那男人說道，「他的意思是叫妳停車。妳開太快了！趕快停車。」

那女人回他：「我知道了。」

「不會有事的，還沒有人向警方報案遺失了這輛車，畢竟它停放在波士頓路邊已經好幾個禮拜之久。」

「車子不是問題，她才是真正的麻煩，把槍給我。」

「妳要幹什麼？」

「我們還能怎麼辦？」

那男人不肯讓步，「我們好好跟他講話就沒事了。」

「後座坐了一個戴眼罩，被綁架的女孩？」

「她不會開口亂講話的。凱莉，妳說是不是？」

凱莉抽噎回道：「嗯，一定。」

「告訴她保持安靜，拿掉臉上那東西，還有，叫她低頭，只准盯著下方。」

「緊閉雙眼，不准發出任何聲音。」那男子取下凱莉的眼罩，把她的頭壓了下去。

那女人把車停在路邊，警車應該是在她的後方。顯然她是透過後照鏡觀察警員的一舉一動，她說道：「他把車牌號碼抄在登記簿裡面，等一下很可能會透過無線電通報。」

「沒關係，妳好好跟他說，不會有事的。」

「這些埋伏路邊的州警都有行車記錄器，對吧？」

「我不知道。」

「他們之後就會開始找這輛車的下落，追查裡面的那三個人，我們得把它藏在穀倉裡，恐怕得長達好幾年之久。」

「妳不要反應過度，他只是要開張超速罰單給妳而已。」

凱莉聽到那名州警下車、朝他們走來，鞋底不斷發出吱嘎聲響。

她聽到那女子搖下駕駛座的車窗，在警察逐步逼近的時刻，低聲驚呼：「啊天哪。」

聽不到州警靴子的聲音了，他站在敞開的車窗前面。

那女子問道：「警官，有什麼問題嗎？」

州警問道：「小姐，妳知道妳時速開到多少嗎？」

「不知道。」

「我的測速槍顯示是時速八十三公里，這裡靠近學校，限速是四十公里，我想妳是沒看到交通號誌。」

「我真的不知道這附近有學校。」

「小姐，這標誌很明顯。」

「抱歉，我是真的沒看到。」

「我必須要看妳的……」州警的話只講了一半，凱莉知道他在看她，她全身發抖。

州警問道：「先生，後座坐的是你女兒嗎？」

「是的。」

「小姐，可以讓我看一下妳的臉嗎？」

凱莉抬頭，但還是乖乖緊閉雙眼，全身依然顫抖不止。州警知道狀況不對勁。過了半秒鐘之後，警察、凱莉、車內那對男女都知道接下來會出什麼事。

那女人悶哼一聲，然後，傳出了一聲槍響。

2

星期四早晨八點三十五分

這看起來像是腫瘤科的例行回診，六個月檢查一次，確保一切無恙，她的乳癌依然處於緩解期。瑞秋告訴凱莉不需要擔心，因為她覺得自己狀況不錯，應該一切都沒問題。

當然，她心中知道也許有哪裡不太對勁。她回診的時間本來是感恩節之前的週四，不過，里德醫生一拿到她的抽血報告，立刻就要求她今天早上要進醫院，而且是一大早。里德醫生是不苟言笑、個性沉穩自持的女子，來自加拿大的新斯科細亞省，不是那種容易恐慌、過度反應的人。

瑞秋走九十五號州際公路，一路南行，現在也只能盡量不要多想。

擔心又能怎麼辦呢？她現在什麼都不知道。也許里德醫生只是想要回家過感恩節，所以打算把所有的門診都提前。

瑞秋不覺得自己有狀況，其實，這是她兩年來自我感覺最健康的一段時期。有好長一陣子，她一直覺得自己是被霉運看中的人，不過，如今一切都為之改觀。她已經放下了離婚的陰霾，新工作馬上就要在一月開始，她正忙著撰寫自己的哲學課教綱。化療結束之後，她那一頭棕髮幾乎已經全長回來了，元氣恢復，體重也慢慢增加。去年身體所欠下的債，已經全部清償完畢。她又成了那個條理分明、曾兼兩份工作讓馬提念完法學院、還為他們買下梅島房子的那個女人。

她才三十五歲，還有大好人生在等著她。

她想要拍木頭去霉運，趕緊輕碰儀表板的某一小塊綠鍵，她希望那是木頭，但懷疑那其實應該是塑膠。在這輛富豪二四〇小轎車神秘凌亂的雜物區，倒是有一根橡木手杖，但犯不著冒生命危險伸手去拿那東西。

手機顯示現在是八點三十六分，凱莉一定已經下了校車，正和史都華慢慢走過操場。她按下「傳送」鍵，內容是她一早就存好的蠢笑話。「要怎麼去理解無法理解的事（發音近似「弄沉無法沉下去的東西」）？」

過了一分鐘之後，沒看到回應，她乾脆直接發送答案：「要靠冰山。」

還是沒回應。

瑞秋又傳簡訊：「知道笑點在哪嗎？試試看，把th唸成s。」

凱莉故意不理她，但瑞秋笑得好開心，她知道史都華一定在旁邊哈哈大笑，她講的蠢笑話總是能戳到他的笑點。

現在是八點三十八分，車流越來越壅塞。

她不想遲到，她這個人從來不遲到。也許該下州際公路，改走一號公路？

她記得加拿大人過的感恩節是另外一天，里德醫生急著找她，想必是因為檢驗結果不妙。

「不！」她大聲叫喊，猛搖頭，她不要陷入負面思維的舊式螺旋陷阱，她已經開始向前邁進，雖然身上已經有了通往「病患國度」的護照，但她不會因此而受到侷限。那一場病，就與當服務生與優步司機、被馬提的甜言蜜語迷得神魂顛倒的歲月一樣，都已經成為過去式。

她終於能夠完全發揮潛能，現在，她是老師。她開始揣想自己的第一堂課，也許叔本華對大家來說太吃重了一點，搞不好可以先拿沙特的笑話當開場，還有「雙叟咖啡館」的女服務生——

她的手機響了，嚇了她一大跳。

她對著擴音手機開口：「喂？」

「妳必須要記得兩件事，」對方似乎是透過變聲器在講話，「第一，妳不是第一個，當然也不會是最後一個。第二，妳要記得這與錢無關——重點是『鎖鏈』。」

她腦袋裡出現了某個聲音，這一定是惡作劇，不過，她小腦的另一個深層古老的結構卻有了反應，只能稱之為純粹的動物恐懼。

「我想你打錯電話了。」

對方根本不理她，「瑞秋，在接下來的這五分鐘當中，妳將會接到妳人生最重要的一通電話。等一下趕快把車子停到路肩，展現妳的智慧。妳會接到詳細的指令，確定自己的手機已經充電，而且準備好紙筆寫下指令。我不會假惺惺告訴妳接下來的日子很好過，一定會讓妳痛苦煎熬，不過，『鎖鏈』會幫助妳度過難關。」

瑞秋覺得好冷，嘴巴裡充滿了宛若舊銅板的酸氣，頭暈腦脹。「我要打電話給警察，不然——」

「不准找警察以及任何的執法機構。瑞秋，妳沒問題的，如果我們覺得妳是那種會去報警、把我們搞死的那種人，我們也不會挑中妳。接下來要找妳完成的事，似乎是不可能的任務，但絕對在妳的能力範圍之內。」

碎冰劃過她的背脊。現在已經可以略略窺見未來的狀況，極其可怖，顯然，在幾分鐘之內，一切將要顯露全貌。

「你是誰？」

「妳最好還是別知道我們是誰，也別想知道我們到底有什麼能耐。」

電話斷了。

她再次檢查來電者資料，但是對方早已隱藏了電話號碼。不過，那聲音雖然經過機器偽裝，但依然聽得出從容不迫、自信滿滿、冷酷與傲慢。他那句話到底是什麼意思？將會接到她人生最重要的一通電話？她盯著後照鏡，把車子從快車道移到了中線，萬一又有電話進來，可以迅速反應。

她緊張兮兮，挑去紅色毛衣的線頭，就在這時候，她的iPhone再次響起。

又一通未知號碼來電。

她戳了一下綠色接聽鍵，「喂？」

「妳是瑞秋．歐尼爾？」這次的聲音不一樣，是女人，聽起來非常激動。

她很想要說「不是」，她想要避開這場即將到來的災禍，乾脆告訴對方，她早就恢復了娘家姓氏——其實她是瑞秋．克連恩——但她知道這樣根本無濟於事。無論她說什麼或做什麼，都無法阻止那女人說出最可怕的噩耗。

「我是。」

「瑞秋，抱歉，有個可怕的消息得通知妳。妳手邊有沒有紙筆準備抄寫指令？」

「怎麼了？」她現在真的嚇得半死。

「我綁架了妳女兒。」

3

星期四早晨八點四十二分

天空在墜落，崩裂，她沒辦法呼吸，她不想呼吸，她的寶貝女兒……不，這不是真的。凱莉沒有被人綁架，這女人聽起來不像是綁匪，一定是謊言。瑞秋開口：「凱莉在學校。」

「她不在學校，她在我手中，我綁架了她。」

「妳沒有……妳在開玩笑……」

「我是認真的。我們在公車站綁架了凱莉，我馬上寄她的照片給妳看。」

她附了一張照片，某個戴著眼罩的女孩坐在汽車後座，她身著黑色毛衣，棕色牛角釦粗呢外套，就和凱莉今早出門時穿的一模一樣。而且，她還有尖翹的雀斑鼻，棕色頭髮加紅色挑染，的確是她沒錯。

瑞秋好想吐，眼前一片淚濕，她放開方向盤，富豪座車開始亂飄，四周喇叭聲大作。

那女人還在講話，「妳必須要保持冷靜，仔細聽我說的每一個字，乖乖照做。妳要寫下所有的規則，絕對不可逾越。要是妳違規或是報警，妳就會受到懲處，我也是。妳女兒死定了，我兒子也是，所以，現在把我講的話一字不漏抄下來。」

瑞秋揉眼，腦袋一陣亂哄哄，巨浪之聲馬上就要擊破她的頭頂，將她劈裂成碎片。全世界最可怕的事正在發生當中，千真萬確，其實已經發生了。

「妳這個賤貨！我要和凱莉講話！」她大吼大叫，抓住方向盤，導正車子，再差個幾十公分、她就要撞上某輛掛式卡車了。她把車轉到慢車道，駛入路肩，急煞，熄火，引來許多駕駛狂按喇叭罵髒話。

「凱莉現在沒事。」

瑞秋大吼，「我要報警！」

「不，妳才不敢。瑞秋，我要妳給我冷靜下來。如果我覺得妳是那種會失去理智的人，我也不會挑妳下手。我知道妳的新工作，妳是條理分明的人，我知道妳不會搞砸的。因為，妳要是報警的話，結果非常簡單；凱莉會死，我兒子也會喪命。現在，拿筆把我的話抄下來。」

瑞秋深呼吸，從包包裡拿出記事本。「好吧。」

「瑞秋，妳現在已經進入了『鎖鏈』，我們兩個都是。而『鎖鏈』必須要自保，所以，第一件事，絕對不能找警察。要是妳去找警察的話，他們一定會知道，叫我殺了凱莉，而且要挑選另外一個目標，我一定會聽令。他們不在乎妳或是妳的家人，他們只關心『鎖鏈』的安全，明白了沒有？」

瑞秋一陣茫然，「不能找警察。」

「第二件事是王八機。妳必須要去買一堆匿名手機，用完一次就扔掉，像我一樣，知道了嗎？」

「嗯。」

「第三，妳必須下載『洋蔥路由器』（Tor）搜尋引擎，讓妳可以進入暗網。這很複雜，但妳一定可以搞定。上暗網尋索『無限計畫』，妳有沒有抄下來？」

「有。」

「『無限計畫』就只是個文字提示框的名稱而已，沒有任何意義，不過妳可以在他們的網站上找到某個比特幣帳號。在暗網上有不少好地方能夠購買比特幣，用信用卡或是轉帳都不成問題。『無限計畫』的轉帳號碼是二二八九七四四，趕快寫下來。等到轉入之後，就無法追蹤這筆錢的下落。還有，他們要妳支付兩萬五千美金。」

「兩萬五千美金？我要怎麼——」

「瑞秋，這不關我的事。高利貸、弄二胎房貸、收錢殺人，不重要，反正把錢交出來就是了。妳付了贖金之後，第一部分結束，第二部分比較困難。」

瑞秋心驚，「什麼是第二部分？」

「我應該要告訴妳，其實妳不是第一個，也不會是最後一個。妳已經在『鎖鏈』之中，這已經是行之有年的步驟。我綁架了妳的女兒，我兒子就會被釋放，綁架他的是一對我不認識的男女。妳必須要挑選目標，綁架他們的心頭肉，所以『鎖鏈』就可以一直持續下去。」

「什麼！妳瘋——」

「妳要聽清楚，這一點很重要，一定得綁架某人，才能代替妳女兒在『鎖鏈』中的位置。」

「妳在說什麼？」

「妳必須要挑選目標，直到他們付了贖金、而且綁架別人為止。妳必須要打電話給妳挑選的對象，說出同樣的話。我現在對妳做的事，妳也得對他們如法炮製。等到妳綁架成功，妳也付了錢，我兒子馬上可以回來；而等到妳的目標綁架了別人、付了贖金，我會放走妳的女兒，一切就這麼簡單，這就是『鎖鏈』為什麼能夠永遠運行不輟的原因。」

瑞秋極度驚恐，「什麼？我要挑誰？」

「不會違反規則的人。不能找警察、政治人物或是記者，這些人都會搞破壞。妳必須要找願意出手綁架、付錢、能夠讓『鎖鏈』繼續下去的對象。」

「妳又怎麼知道我會乖乖照辦？」

「要是妳不遵守的話，我就會殺了凱莉，一切從頭開始。如果我搞砸的話，他們會先殺死我兒子，接下來是我遭殃，我們每個人都已經是箭在弦上。瑞秋，我要把話講清楚，必要的時候，我會殺了凱莉，」

「拜託千萬不要這樣，放了她，拜託，我求求妳。站在同為人母的分上，求妳好嗎？她是超級體貼的孩子，我在這世界上也只有她了，我好愛好愛她。」

「那我就靠妳了。我剛才講的這些事，妳明白了沒有。」

「嗯。」

「再見，瑞秋。」

「不！等一下！」瑞秋大叫，但那女子已經掛了電話。

4

星期四早晨八點五十六分

瑞秋開始發抖，她覺得噁心，想吐，惶惶不定。就像是接受癌症治療的那些日子一樣，她必須任由它們毒害，燒灼，只求最後能夠讓她健康好轉。

她左側的車陣川流不息，她坐在那裡，定住不動，宛若墜毀在異世界、死亡多時的探險家。

那女人掛掉電話之後，已經過了四十五秒鐘，感覺卻像是四十五年之久。

手機響了，嚇了她一大跳。「喂？」

「瑞秋？」

「我是。」

「我是里德醫生，我們預計要九點看診，但是妳還沒有在樓下的簽名處報到。」

她恍恍惚惚，「我遲到了，因為塞車。」

「沒關係，這種時候總是塞得很可怕。妳什麼時候會到？」

「什麼？哦……我今天不過去了，沒辦法。」

「真的嗎？哦，親愛的，那明天會不會比較方便？」

「不行，這禮拜都沒空。」

「瑞秋，我需要妳親自過來一趟，討論妳的驗血結果。」

「我得掛電話了。」

「好，其實我不想在電話裡講這種事，但我們發現妳最最近一次報告的癌抗原CA15-3數值非常高，我們真的得要好好討論——」

「里德醫生，我沒辦法過去。再見。」瑞秋掛了電話，而她也在這時候看到後照鏡有車燈在閃。某名身材高大的黑髮麻州州警下了車，走向她的富豪小轎車。

她坐在那裡，六神無主，臉上還掛著淚痕。

州警敲了一下她的玻璃，她遲疑了一會兒，搖下車窗。「小姐，」他一開口，就發現她剛才哭過。「嗯，小姐，妳的車是不是壞了？」

「沒有，抱歉。」

「哦，小姐，路肩僅供有緊急狀況的車輛使用。」

她心想，趕快告訴他，把一切都說出來。不行，我不能這樣，他們會殺了她，他們做得出來，那女人一定會下手。「我知道我不能停在這裡，剛才我和我的腫瘤科醫生講電話，我的癌症似乎又復發了。」

州警懂了，緩緩點頭。「小姐，妳覺得自己有辦法繼續開到這個交流道嗎？」

「可以。」

「我不會開妳罰單，但妳必須繼續往前走。小姐，拜託了，我會幫妳管制交通，讓妳安全進入線道。」

「警官，謝謝。」

她發動引擎，這輛老舊的富豪小轎車又開始怨聲連連，恢復了生氣。州警攔下了慢車道的車流，所以她可以立刻上路，完全沒有任何阻礙。開了一點六公里之後，她到了交流道，進入引道。要是繼續往南走，可以到達那間可能將她治好的醫院，但她現在根本沒把這件事放在心上，無足輕重。把凱莉帶回來，才是太陽、星辰，整個宇宙。

她走九十五號州際公路，朝北上方向前進，繼續催這輛富豪、把它逼到前所未有的極限。慢車道，中間車道，然後是快車道。

時速九十六公里、一百公里、一百一十二公里、一百二十公里、一百二十五公里、一百二十八公里。

引擎發出尖嘯，但瑞秋一心只想著前進，前進、快點前進。

現在，她的任務地點在北方。找銀行借錢、弄到王八機、手槍，還有要把凱莉帶回來的其他必需品。

5

星期四早晨九點零一分

一切發生得太快，槍響之後，他們開車離去。開了多遠？她忘了算，應該是前行了七、八分鐘之後，他們轉進了某條小路，駛入某條漫長的私宅車道，停了下來，現在可能是要打給她媽媽或爸爸。

凱莉獨自與那男人待在後座。他呼吸急喘，吐出的氣息帶有汗味，不斷發出宛若動物的怪異嗚聲。

射殺警察絕非原本計畫的一部分，而他處理的方式也很糟糕。

凱莉聽到那女人回到了車內。

「好，講完了。她已經明白一切，也知道自己接下來要幹什麼，」那女人說道，「把她帶到地下室，我去藏車。」

「好，」男人態度乖順，「凱莉，妳得下車了，我會幫妳開車門。」

凱莉問道：「我們要去哪裡？」

「我們已經為妳弄好了一個小房間，不用擔心，」男子開口，「妳目前表現很好。現在是女子講話，「眼罩給我戴好，我正拿槍對著妳。」

凱莉點點頭。

「喂，妳在等什麼？趕快下車！」那女人發出歇斯底里的尖聲怒吼。

凱莉把雙腿移到車外，準備下車。

男人低聲吩咐：「拜託，要注意妳的頭啊。」

她小心翼翼，慢慢站起來，豎耳傾聽，想知道附近有沒有高速公路車流或其他的聲響，但都沒有。沒有車子，沒有鳥鳴，沒有熟悉的大西洋破浪水聲，他們現在的位置是內陸深處。

「這邊走，」男人說道，「我會抓住妳的手臂，帶妳下樓，妳知道嗎？千萬別想亂來，妳哪裡都去不了，而且我們兩個隨時都可以對妳開槍，知道嗎？」

她點點頭。

那女人堅持她要開口，「回答他啊。」

「我不會亂來的。」

她聽到門閂的拖拉聲，開啟了某道木門。

「要小心，階梯很陡。」

凱莉緩步下樓，那男子扶著她的手肘。她走到階梯的底端，發覺踩到的是水泥地，她的心陡然一沉。如果這裡像是她家的那種低矮空間，那麼地底就是土沙。如果是土沙，自然有辦法挖洞出去，但水泥地就無計可施了。

「這裡。」那男人帶她走到另外一頭。是地下室沒錯，某間鄉下屋宅的地下室，與世隔絕。

凱莉想到了媽媽，不禁又一陣哽咽。可憐的媽媽！她馬上就要投入新工作，歷經了罹癌與離婚，她的人生正準備要開始翻轉，這樣太不公平了。

「坐在這裡，」男人開口，「直接坐下來就是了，地板上有床墊。」

凱莉坐下來，床墊上已經鋪了床被，觸感很像是睡袋。

那女人開口：「好，我要進去屋內看一下wickr的訊息。拜託老天爺，希望他們千萬不要對我們發脾氣。」

「什麼都不要說，只要告訴他們一切都照原定計畫進行就是了。」

她厲聲回道：「我知道！」

「不會有問題的。」那男人的口氣完全聽不出說服力。

凱莉聽到那女人跑上木階，關了地下室的門。現在只剩下她與那個男人，她嚇壞了，他想要做什麼都不成問題。

「好，」他說道，「妳現在可以拿下眼罩了。」

凱莉回道：「我不想看到你的臉。」

「沒關係，我會再戴上滑雪面罩。」

她摘掉眼罩，看到他就站在附近，手裡依然拿著槍。他已經脫去外套，身著牛仔褲、黑色毛衣，搭配樂福鞋，上面沾滿了泥濘。他體格壯碩，年紀約四、五十歲。

地下室是長方形格局，面積約六公尺乘九公尺，兩側各有一個被落葉完全堵塞的小方窗。水泥地，有床墊，旁邊有一盞小燈。他們為她準備了睡袋、水桶、衛生紙、一個大紙箱，還有兩瓶水。整個地下室空蕩蕩，不過有個古董鑄鐵爐靠放在牆邊，遠方的角落還有鍋爐。

「接下來這幾天，妳就待在這裡，乖乖等到妳母親付了贖金、完成其他任務。我們已經盡力了，希望可以讓妳過得舒服一點。妳一定嚇得半死，我無法想像……」他的話說到一半，突然哽咽。「凱莉，我們平常不會為非作歹，我們不是那種壞人。這都是因為出於脅迫，妳一定要明瞭這一點。」

「為什麼要抓我？」

「等到妳回到妳母親身邊之後，她會向妳解釋一切，我老婆不希望我和妳討論這件事。」

「你比她和善多了，有沒有可能——」

「不可能。我們——啊呀——要是妳想逃跑的話，一定會殺了妳，我說到做到。妳知道我們的能、能耐。妳也在現場，聽到了聲音。那個可憐的男人……哦天哪。把這個戴上妳的左腕。」他交給她手銬，「一定要夠緊，不能讓妳有機會逃跑，但也不能太緊，不然會害妳磨破皮……對，再扣緊一點，我看看。」

他抓住她的手腕，仔細檢查，又勒得更緊了一點。他早已在鐵爐扣了掛鎖，將沉重鐵鏈扣住鎖環，現在，他把她手銬的另一頭固定在鐵鏈上頭。

「這條鐵鏈約有二點七公尺長，所以妳還是可以稍微活動一下。有沒有注意到階梯那邊？那裡有台攝影機，就算我們沒有待在地下室，依然可以監看妳的一舉一動。我們會一直開著那盞日光燈，就可以看到妳在幹什麼，所以千萬不要輕舉妄動，知道嗎？」

「嗯。」

「妳有睡袋、枕頭，那個盒子裡有盥洗用品，還有備用的衛生紙、全麥餅乾，以及故事書。喜歡看哈利波特嗎？」

「喜歡。」

「那裡有一整套。還有一些古典讀物，對妳這年紀的女孩很適合。這一點我很清楚，我是英文……反正是很好的讀物。」

我是英文老師？凱莉很好奇，他想說的是這句話嗎？

「謝謝。」凱莉提醒自己，要保持禮貌。要繼續當那個乖巧、驚懼萬分、不敢造次惹麻煩的女孩。

那男人蹲在她身邊，依然拿槍對著她。

「我們位於森林區，私人道路的盡頭。要是妳開始尖叫，也不會有任何人聽得到。我們有大片土地，而且周遭全是樹木，妳要是開始亂叫，我會透過攝影機看到聽到妳在亂來。我絕對不會給妳任何機會。到時候我會下來塞住妳的嘴，而且妳也沒辦法拿掉塞布，因為我們會把妳的雙手反銬在背後。明白嗎？」

凱莉點頭。

「現在把妳的口袋都翻出來，把鞋子交給我。」

她翻出口袋，反正裡面也只有錢而已，沒有小刀也沒有手機，手機早就掉在梅島的泥巴路了。

那男人站起來，整個人搖晃了好幾下。「我的天哪。」自言自語完之後，又猛吞了一下口水。上樓的時候猛搖頭，對於自己剛才的作為感到不可置信，萬分驚詫。

地下室的門一關上，凱莉立刻倒向床墊，呼了一口長氣。

她又開始哭，哭到淚已流乾，坐直身體，盯著那兩瓶礦泉水。他們會不會打算毒死她？瓶蓋還是完整封裝，而且還是「波蘭春」品牌。她開始狂飲，然後又突然停了下來。

萬一他不回來呢？萬一她得靠這些水撐好幾天或是好幾個禮拜？

她仔細看了一下那個大紙箱裡面的東西。兩盒全麥餅乾、士力架巧克力棒、一罐品客洋芋片。牙刷、牙膏、衛生紙、濕紙巾，還有大約十五本書。此外，還有繪圖板、兩支鉛筆、紙牌。她背向攝影機，想要利用鉛筆解開手銬的鎖，但過了十秒鐘之後她就放棄了，這必須要靠迴紋針之類的東西。她開始翻那些書本，哈利波特、傑洛姆．大衛．沙林傑、哈波．李、赫爾曼．梅爾維爾、珍．奧斯汀。對，他很可能是英文老師。

她又喝了一點水，拉了幾張衛生紙，擦乾臉上的淚水。

她躺在床墊上，好冷。她鑽入睡袋裡、整個人蹲坐在裡面，所以攝影機根本照不到她。窩在裡面，她覺得安全多了。

要是他們看不見她，非常好。這是達菲鴨的花招。要是我看不見你，你就根本不存在。

他們說不想傷害她，是真的嗎？妳相信他們，但最後他們卻會顯露出惡質本性。

而且他們已經做出了那件壞事，不是嗎？

那個警察。他一定死了，不然也是岌岌可危，哦天哪。

一想到那個槍響，她就好想要尖叫，尖叫求援，找人來救她。

救我，救我，救我！她張嘴默唸，但卻沒有發出任何聲響。

啊，天哪，凱莉，怎麼會發生這種事？大人早就警告過妳了。不要上陌生人的車，永遠不要坐進陌生人的車子裡。女孩失蹤事件頻傳，她們人間蒸發之後，幾乎鮮少有人能夠平安歸返。

不過，有時候，她們真的回來了。許多人永遠消失，但也並非所有的失蹤女孩都面臨相同的命運，有些人還是平安返家。

伊莉莎白．斯麥特——那個摩門教女孩的姓名。她接受訪問的時候，態度冷靜，充滿尊嚴。她說在這種狀況下，一定還是看得見希望，她的信仰總是帶給她希望。

不過，凱莉並沒有承襲愚蠢父母錯誤的那種信仰。

這裡的壓迫感好重。

她把睡袋蓋被往下拉，驚慌呼吸，再次環視整個空間。

「真的在監視我嗎？」

當然，一開始的時候會盯著不放，不過凌晨三點呢？也許那個鐵爐可以移動，搞不好會找到老舊的鐵釘可以拿來撬鎖？她會等下去，保持冷靜，繼續等待。她盯著紙箱，拿出了繪畫板與紙張。

「救我！我被關在地下室！」她寫下了這兩句話，但這字條也沒有辦法給任何人。

她把它撕碎，揉成一團廢紙。

不過，她接下來開始畫畫，畫的是埃及參考書裡的賽門姆特墓穴的天花板。這個動作讓她變得冷靜，她開始畫月亮與星星。埃及人認為人的來生會住在星星裡，不過，真的有來生嗎？外婆深信不疑，但其他人都不信，這不合理啊，是不是？要是他們殺死了妳，妳就是死了。也許一百年後，有人會在樹林裡發現妳的屍體，根本沒有人記得妳是誰，他們不知道妳曾經是失蹤人口。妳就像是被搖晃過的神奇畫板一樣，過往全部被抹消殆盡。

「媽咪，」她輕聲細語，「幫助我，拜託幫我，媽咪！」

但她知道不會有救兵到這裡來。

6

星期四早晨九點十六分

瑞秋回到梅島住家，走入廚房，跌倒在地。這不是昏厥，她並沒有暈倒，只是無法維持站立的姿態。她整個人癱成一團，躺在塑膠地板上面，就像是個凌亂的大問號。她心搏飛快，喉嚨抽緊，彷彿快要心臟病發一樣。

但她不能心臟病發作，她得救女兒。

她坐直身體，努力呼吸，思考。

他們說不能打電話給警察，因為他們怕警察。警察一定知道該怎麼辦，對不對？

她拿起電話，但卻停下動作。不行，她沒膽冒險。

不能打電話給警察，絕對不行。萬一他們發現她打電話報警，一定會立刻殺了凱莉。那女人的語氣流露出某種訊息，絕望，決心。她會下手，而且找尋另外一名受害者。這整個「鎖鏈」真是太瘋狂了，令人無法置信……不過那女人的聲音……聽得出是真的。她對於「鎖鏈」及其威力感到懼怕，而且深信不疑。

瑞秋心想，我也相信。

但是她不需要單打獨鬥，她得找人幫忙。

馬提，他一定知道該怎麼辦。

她按下快速鍵找馬提，但電話卻轉到語音信箱。她又試了一次，一樣。她開始低頭查聯絡人名單，準備打到他位於布魯克萊恩的新家。

「哈囉～～」塔咪的語氣像是在吟唱，這是她一貫的調調。

瑞秋問道：「請問是塔咪嗎？」

「我就是。哪位？」

「我是瑞秋，我在找馬提。」

「他不在家。」

「哦？他去哪了？」

「他在……嗯，哦那個地方……」

「工作？」

「不是，妳知道的吧，他們打高爾夫球的地方。」

「蘇格蘭？」

「不是！大家都要一起去的地方，他很興奮。」

「他什麼時候開始打高爾夫球啊……沒關係，好，塔咪，我要找他，現在有緊急狀況，但是打電話卻找不到人。」

「他和全公司一起到度假村出遊，所以每個人都得交出手機。」

「不過那地點到底在哪裡？塔咪，拜託想一下好嗎？」

「奧古斯塔！他在奧古斯塔，我應該有聯絡電話，妳需要嗎？」

「麻煩了。」

「好，等我一下，我看看，嗯，七〇六七二二一一五五。」

「塔咪，謝謝，我還是趕緊撥過去找人。」

「等等，到底是什麼緊急狀況？」

「哦，沒什麼，房子的問題，漏水而已。沒什麼大不了的，謝謝妳了。」說完之後，她立刻掛了電話。

開始撥打七〇六七二二一一五五。

「您好，這裡是國會度假村。」

「請幫我找馬提．歐尼爾，我不知道他入住的是哪一個房間。」

「哦，我看看……七十四號房，我幫妳接過去。」

她把瑞秋的電話轉到那個房間，但他不在。她再次打電話給櫃檯，麻煩他們一看到馬提回來的時候就轉告他，請他立刻回電。

她掛了電話，又跌坐在地板上。

茫然無語，恐懼至極。

這世界上有這麼多人，造業程度輕重不一，為什麼她就這麼倒霉？

她身旁的手機響了。她拿起來，看了一下螢幕，未知號碼來電。

啊，別吧。

「打電話給妳的前夫？」又是那個空渺的人聲，「妳真的想要這麼搞？妳能夠相信他嗎？妳自己的命，還有妳小孩的命，可以託付給他嗎？要是他向任何人講出這件事，凱莉必死無疑，妳也一樣，最好給我想清楚。」

「抱歉，我沒有聯絡到他，我留了言。只是……我不知道我一個人是否辦得到，我——」

「我們等一下也許會讓妳找幫手。等一下我們會給妳聯絡方式，妳可以詢問我們是否核准。至於現在，要是妳照子放亮一點，就會知道絕不可以向任何人提起這件事。去弄錢、開始找目標就是了。瑞秋，妳辦得到，在九十五號州際公路的時候，妳成功擺脫了那個警察。對，很好，我們都看在眼裡，我們會繼續密切觀察，直到一切結束。現在，趕快開始行動。」

瑞秋拒絕，態度有氣無力。「我沒辦法。」

對方嘆氣，「我們不會挑選那種一直需要訓練的人，太累了。我們找的是自動自發、會自行尋找資源解決問題的人。瑞秋，妳就是其中之一，現在不要再給我躺在地上了，快起來！」

電話斷了。

瑞秋一臉驚恐，盯著手機，他們正在監控我。他們知道她打電話給誰，還有她所做出的一舉一動。

她把手機推到一旁，站起來，搖搖晃晃走向洗手間，宛若從車禍現場離開一樣。

她打開水龍頭，把水潑在臉上。在這間屋子裡，除了凱莉的房間之外，完全找不到任何一面鏡子。先前她因為看到療程落髮的驚悚畫面，拿掉了所有的鏡子。當然，她的家人都不覺得她會死。她母親是護士，曾經在一開始就詳細解釋過了，侵入性手術介入，再加上後續的放射線與化療，可以讓乳癌二期得到良好控制。不過，在一開始的那幾個禮拜，她望著浴室鏡面裡的自己，卻看到自己在消蝕、萎縮、越來越瘦弱。

移走所有的鏡子，是她在復原過程中的一大重要步驟。她不需要看到自己成為化療黑暗歲月之中，那個可怖蒼白又骨瘦如柴的蜘蛛。她復原成功，稱不上是奇蹟——乳癌二期的五年存活率是百分之九十——但話說回來，總是有可能成為百分之十裡的某一人，對吧？

她關掉了水龍頭。

他媽的真是幸好沒有鏡子，因為鏡中的瑞秋將會以充滿控訴的死沉目光回瞪著她。居然讓一個十三歲的小女孩獨自在公車站等車？妳覺得馬提會做出這種事嗎？

不，要是由他負責看小孩，絕對不可能。瑞秋，這種事只會發生在妳身上，我們就直說吧，妳是魯蛇，他們錯看了妳，錯得一塌糊塗。三十五歲，才開始第一份像樣的工作？妳之前都在做什麼？所有的可能性早就被浪費殆盡，和平工作團？現在沒有人在參加那種組織了。與馬提在瓜地馬拉流浪多年之後，他終於決定要念法學院，而妳拚命打工。

妳一直在裝。但妳明明就是魯蛇，現在妳的可憐女兒被困在妳的魯蛇蜘蛛網裡面。

瑞秋伸出手指，點了一下鏡子以前的位置。妳這個愚蠢臭女人，真希望妳老早死掉就好了，真希望妳也是那死亡的百分之十！

她閉上眼睛，深呼吸，從十數到一，然後又睜開雙眼。她衝入臥室，換穿教書的打扮，白衣黑裙。然後，又加上貌似價格不菲的皮衣外套，找到體面的高跟鞋，伸手梳順頭髮，抓起肩包。她準備好所有的財力文件、她的電腦，還有紐伯里波特社區大學的聘書，又拿了馬提準備律師考試時偷藏的香菸，救急的那包私房錢，跑回小廚房，穿上高跟鞋，整張臉差點撞到抽油煙機。她站穩之後，抓起手機，急忙奔向自己的車。

7

星期四早晨九點二十六分

紐伯里波特市中心國家街的第一國家銀行，開門時間是早上九點三十分。瑞秋在銀行入口附近的人行道來回踱步，猛抽萬寶路。

國家街根本看不到人，不過，卻有一個身穿厚重外套、戴著紅襪隊棒球帽的老人朝她走來，他的面色十分蒼白、緊張兮兮。

他一臉遲疑，開口問道：「妳是不是瑞秋．歐尼爾？」

「對。」

那男人猛力吞了一下口水，又壓低了帽簷。「我是來告訴妳，我已經脫鉤『鎖鏈』有一年之久。我是來告訴妳，我按照吩咐行事，現在我的家人都很安全。此外，要是他們覺得必須有訊息要傳達給妳或是妳的某個家人，還有數百個跟我一樣的人，可以隨時被徵召當信使。」

「知道了。」

這男人突然丟出天外飛來一筆的問題，「妳，妳沒有懷孕吧？」

「沒有。」

「好，這就是要給妳的訊息。」他冷不防出手，對她腹部狠狠揍了一拳。

瑞秋頓時斷了氣，整個人趴在地上。那男人出奇強壯，害她痛到不行，她整整花了十秒鐘才恢復呼吸，她抬頭望著那男人，臉龐滿是不解與恐懼。

「我來這裡是要告訴妳，如果妳想要知道更多有關我們勢力範圍的證據，上Google，搜尋新罕布夏州多佛的威廉斯家族。你不會再看到我了，不過，還有許多和我一樣的人，千萬別想要跟蹤我。」那男人說完之後，雙頰流滿了羞愧的淚水，轉身，迅速走回街頭。

就在這時候，銀行大門開了，警衛看到她整個人匍匐在地，又盯著那想要趕緊遠離她的男人，警衛握緊拳頭，顯然他知道有狀況。

「小姐，需要我幫忙嗎？」

瑞秋咳嗽，努力恢復鎮定，她不斷喘氣。「我應該沒事，嗯，我摔倒了。」

警衛伸手，扶她站起來。

「謝謝。」她痛苦得整張臉扭成一團。

「小姐，妳確定妳沒事嗎？」

「對，我沒問題！」

警衛露出怪異神情，端詳她好一會兒，然後又望向那個匆匆離開她的男人。她知道他在懷疑她的角色可能是在扮演某種銀行行搶的誘餌，他的手護住了佩槍。

「非常感恩，」她壓低聲音，輕聲細語。「我不習慣穿高跟鞋，為了要給銀行好印象的努力全毀了！」

警衛的臉色釋然多了，「除了我之外，也沒有其他人看到，」他說道，「我真的不知道妳們是怎麼能夠穿這種東西走路。」

「這還有個笑話呢！我告訴我女兒：穿著高跟鞋的恐龍，妳應該要怎麼稱呼它呢？」

「什麼？」

「我的腿瘦瘦龍❶。她都不笑，每次我講爛梗笑話的時候，她總是笑不出來。」

警衛哈哈大笑，「我倒是覺得這梗很有趣。」

「再次謝謝你。」瑞秋整理頭髮，進入銀行，要求見經理柯林．坦普。

坦普比較年長，本來住在市中心，後來才搬入這座島。他們會參加彼此的烤肉派對，馬提還會搭他的船一起出海釣魚。離婚之後，瑞秋有兩三次沒來得及付房貸，但他也沒有因此惡搞她。

「瑞秋．歐尼爾，什麼風把妳吹來了？」他臉上掛著開懷笑容，「哎呀瑞秋，為什麼每次妳一出現的時候，附近就突然會有鳥兒飛翔？」

因為牠們其實是烏鴉，而我其實是一具行屍走肉，她雖然這麼想，但終究沒說出這種話。

「柯林，早安，最近好嗎？」

「很好。瑞秋，需要我幫什麼忙？」

她吞嚥口水，忍住剛才肚子被揍的劇痛，擠出勉強的微笑。「我現在手頭有點緊，不知道我們可不可以談一談？」

銀行準備了好幾幅遊艇油畫佈置這間經理辦公室，此外，還有柯林自製的精巧船隻模型。某隻自以為是的查爾斯王小獵犬也有多張照片，可她老是想不起那隻狗兒的名字。他把辦公室的門留了一點隙縫，自己坐在辦公桌裡頭，瑞秋坐在對面，努力讓臉上掛著微笑。

「我能幫什麼忙呢？」柯林的語氣依然很愉悅，但目光中已經有了疑色。

「哦，柯林，是房子的事。廚房天花板在漏水，我昨天找了個包商來看，他說得趁下雪前整個換掉，不然的話可能會坍塌。」

「真的嗎？我上次去妳家的時候看起來還不錯。」

「我知道，但那是原本的屋頂，一九三〇年代的施作，每到冬天就一定漏水。現在成了一大風險。我是說，對我們，對我和凱莉很危險。當然，對房子也是，你們是放貸銀行，要是這房子毀了，你們的資產也歸零嘍。」說完之後，她還補了一陣假笑。

「妳的包商開多少錢？」

瑞秋本想要直接開全額，兩萬五美金，但對於屋頂工程來說，這種報價也未免太誇張了。她的帳戶裡沒錢，但是可以從威士信用卡弄個一萬美金。至於該怎麼償還借款，就等到凱莉平安回家之後再擔心吧。

「一萬五美金，我應付得來，一月就要有新工作了。」

「哦？」

「紐伯里波特社區大學請我去教書，現代哲學導論。存在主義、叔本華、維根斯坦的那些東西。」

「學位終於派上用場了？」

❶ 瘦 sour 與恐龍字根結尾 saurus 發音相似。

「對，你看，我把聘書和薪水明細都帶過來了。雖然薪水不高，但的確是穩定收入，比我以前當優步司機好多了。柯林，我們的狀況真的越來越好，嗯，只是屋頂出了問題。」她將所有的文件遞過去。

柯林仔細看了一下文件，然後，又抬頭望著她。她感覺得出來，他知道狀況不對。可能是因為她的外表糟透了，乾癟枯瘦，憂心忡忡。這種樣貌可能會讓人以為她乳癌復發，或是已經步入嗜用安非他命的死亡螺旋的最後階段。

他抿嘴，心情變了，搖搖頭。

「我們恐怕無法寬限付款期限，也沒辦法讓妳增貸。這不是我的權力範圍，關於這種業務，我能夠處理的空間非常有限。」

她說道：「那就貸二胎好了。」

他再次搖頭。

「瑞秋，抱歉，但妳的房子不屬於二胎的安全資產。我實在不想說實話，但那間房子其實是金玉其外的海灘小屋，不是嗎？而且，妳家也不算是真正臨海。」

「我們家面對潮汐池，是水岸住宅。」

「真的很抱歉。我知道妳和馬提這些年來一直想要好好裝修，但一直沒動手對吧？那不是能夠讓人安穩過冬的房子，也沒有中央空調。」

「那至少土地價格不錯吧，最近房地產一直往上飆。」

「你們的區域是冷門的梅島西岸，又不是大西洋。你們面對的是沼澤，而且位於洪汛區。抱歉，瑞秋，我無能為力。」

「可是，可是我有新工作。」

「社區大學的工作合約只有一學期。對銀行來說，妳是高風險族群，難道妳自己看不出來嗎？」

「你也知道我一向守本分，」她堅持不退讓，「柯林，你認識我，我從來不拖欠，總是定時繳帳單，而且一直認真工作。」

「對，但這不是重點。」

「那馬提呢？他現在是事務所的初級合夥人。我最近沒有讓他負擔小孩的養育費，因為塔咪破產，不過——」

「塔咪？」

「他的新女友塔咪。」

「她破產？」

瑞秋心想，靠。講出這件事，並不會幫她借到錢，所以她打算盡快結束這話題。

「哎呀這也沒什麼。她在哈佛廣場開了家巧克力店，倒了。她不是女強人，我想她才二十五歲或——」

「這裡明明是新英格蘭的點心之都，賣巧克力怎麼可能會搞到關店？」

「我不知道。好，柯林，你聽我說，你認識我，我們是老朋友了，而我，我真的需要這筆錢，越快越好，事況緊急。」

柯林整個人往椅背一靠。

瑞秋可以看到他眼睛後方的腦袋正在打轉。經過了這麼多年，他可能已經知道該怎麼鑑定說謊的人……

「抱歉，瑞秋，我真的很抱歉。要是妳想要找包商，我可以推薦艾比・佛里。他報價很老實，而且施工品質又快又好，我最多也只能幫到這個程度了。」

瑞秋點點頭。

「謝謝。」她認命了，挫敗不已，離開了他的辦公室。

8

星期四早晨九點三十八分

嗯……這個感覺不太一樣。

當然，目前沒有任何證據顯示不一樣，理當不該會有狀況。他們總是說一樣的話，做出一樣的舉動，然後乖乖就範。人性太容易預測了，無聊到爆。難怪精算表無往不利，也難怪破窗理論可以顛撲不破。

這只是感覺——如此而已。她可以拋卻這種直覺，轉換成另一種心情。但是她今天不想要這麼做，她想要好好咀嚼這種不祥的感覺，找出它的起因。要是她有任何的不安，幾乎都是與「鎖鏈」有關。

也許現在應該要確定一下當下的情勢，才是明智之舉。她打開自己電腦的加密檔案，檢視目前上場的那些主角，一切看來都很好。「連環負二號」是漢克．卡拉漢，來自納舒亞的牙醫，也是主日學老師，他成功完成了每一項交付給他的任務，完全沒有出現任何狀況。「連環負一號」也同樣出身新罕布夏州，是大學的行政人員，名叫海瑟．波特，她也是乖乖聽令照做。「連環〇號」是瑞秋．歐尼爾，或者，真正的姓名應該是她現在自稱的瑞秋．克連恩。以前當女服務生、優步駕駛，現在準備要去教書。

瑞秋會不會是害群之馬？

她到底是不是，並不重要。歐力總是這麼說，「鎖鏈」，是某種幾乎能夠完全自我規範的機制，只要從外部稍微推促一下，就能夠自行修補破碎的DNA。

「別擔心，一切終究會自己找到出口。」這是她繼母很愛掛在嘴邊的話。她說得沒錯，大部分的狀況都會自尋出口，當然，她繼母的下場也是如此。

不會，瑞秋不會招惹任何麻煩。他們不會，也沒有那個能耐。她會像其他人一樣乖乖就範，不然的話，她和她女兒就會沒命，死得淒慘，成為殺雞儆猴的慘例。

9

星期四早晨九點四十二分

她站在銀行外頭的街道，強忍淚水與一陣陣的痛楚。她該怎麼辦？她一事無成，一開始就失敗了。天，我的可憐小凱莉。

她看了一下手機上的時間。

九點四十三分。

她抽了一下鼻子，抹乾臉龐，深呼吸，又進入銀行。

「小姐，妳不可以——」有人企圖喊住她，但她已經衝入柯林的辦公室。

他從電腦前抬頭，一臉驚詫，彷彿正在Google找尋某些格外詭奇的色情圖片。

「瑞秋，我告訴過——」

她坐下來，其實她很想翻過辦公桌、把刀子架在他脖子上，對行員大吼趕快把錢給我，而且鈔票不准連號，不過，她還是忍住了這股衝動。

「銀行開的任何借貸條件，我都接受，不管利率多少，吸血的程度有多麼可怕，我都不在乎。柯林，我需要錢，要是拿不到的話，媽的我絕對不離開這間辦公室。」

她知道，自己的雙眸，流露出宛若海盜、銀行搶匪的兇光。它們似乎在喊話，看著我，我現在什麼事都做得出來。難道你真的想要一大早就看到警衛把我拖出去？一路亂踢亂吼？

柯林深呼吸，「這個嘛，嗯，我們有九十天緊急家庭財務——」

瑞秋打斷他，「我可以拿到多少錢？」

「一萬五千美元就可以修好，妳家的，那個，屋頂？」

「對。」

「利率將會遠高於我們的……」

她沒理會他，任由他劈哩啪啦講個沒完。她才不管利率或是申辦費，她只想要錢而已。等到他說完之後，她微笑，還說一切沒問題。

柯林說道：「我還有一些文件得處理。」

「可不可以直接把錢匯到我戶頭？」

「妳不要開支票？」

「對。」

「沒問題。」

「我一個小時內回來。」她向他道謝之後，又走出銀行外頭。

她盯著自己先前潦草寫下、絕對可以成為罪證的清單：「一，贖金。二，王八機。三，搜尋目標。四，買手槍、繩子、膠帶等物品。五，搜尋藏匿人質的地點。」

聯誼會的紀錄？優步檔案？

臉書，他媽的臉書。

她關掉手機，立刻打開她的麥金塔筆記型電腦，登入臉書，在接下來的四十五分鐘裡，不斷仔細搜尋朋友的朋友的姓名與臉孔。

願意把檔案與貼文公開、讓任何人都可以自由觀看的使用者數目，相當驚人。喬治．歐威爾搞錯了，到了未來，靠著無所不在的監控追蹤每一個人的並不是國家，而是眾人自己完成了國家的監視工作，因為他們不斷更新自己所在的地點、興趣、對食物與餐廳、政治觀點與興趣，發布在臉書、推特、IG，以及其他的社群媒體。她發現某些人每隔幾分鐘就會更新自己的臉書與IG，暴露自己的即時動向的隱私與地理資訊，對於有心想要綁架或是搶奪的匪徒來說，還真是幫了大忙。

這都是寶貴資料，瑞秋開始列出在大波士頓地區，北岸地帶的候選名單／下手目標。事業成功、沒有離異的父母，與執法機構沒有任何關聯，小家庭，擁有大房子，看起來能夠付得出贖金、讓「鎖鏈」繼續運作下去。

她拿出筆記本，寫下初步過濾的名單。

她關了電腦，拿起皮衣外套，將名單放入拉鍊口袋，離開了研究小間。

跑下圖書館階梯，回到了銀行。

柯林正在等她。她簽完所有的表格，一切手續完成之後，她說自己要留在現場看他把錢轉入她的帳號，只不過一會兒就完成了。

她向他道謝，前往史托利街的潘娜拉麵包店，點了杯咖啡，躲在角落的某個包廂位。

她打開電腦，利用免費網路，打開Google，尋索「洋蔥路由器」，終於找到了。這個搜尋引擎看起來很不可靠，但她還是按下捷徑按鍵，開始下載，就這樣，她進入了暗網。她以前就聽說過暗網，知道可以在裡面買到槍、處方用藥，還有毒品。

她開始使用「洋蔥路由器」，找到了某個可以買比特幣的地方，讀完操作流程之後，拿出了威士信用卡。她為自己開了帳號，然後利用信用卡買了一萬美元的比特幣。然後，她進入第一國家銀行的網銀，輸入自己的帳號，以簽帳金融卡又買了一萬五美元的比特幣。

她找到了「無限計畫」的比特幣帳戶，將錢全部轉入，整個交易過程不到一秒鐘。

就這樣，她付完了贖金，天哪。

所以接下來呢？他們會打電話給她嗎？她望著手機，靜靜等待。她小口喝著咖啡，盯著潘娜拉店內的其他人，他們不知道自己其實正在快意享受人生，也不知道世界的另一面有多麼醜陋。

她又開始找上衣的新線頭，把它摳出來。

她的手機發出了簡訊通知聲響，是未知號碼：「馬上就要出現接下來的指示。記得：重點不在於錢，而是『鎖鏈』。現在，準備進行第二部分。」

她望著那封簡訊，準備進行第二部分？那就表示他們已經收到錢了？她盼望自己沒有搞砸才好。

當然，這部分很簡單。

她闔上麥金塔電腦，關掉手機，下車。

現在呢？回家？不行，不能回家。她現在得要去買王八機與手槍，而完成這項任務的最佳地點，當然得要躲開鄰居與好奇窺探的目光，還有，麻州的槍枝管制法規也得避而遠之，所以，就該跨越州界，進入新罕布夏州。

她衝向自己的車，發動，離合器發出了咆哮，煞車尖嘶，她又繼續北上。

10

星期四早晨十點五十七分

廣播電台正在報導在普拉斯托附近發生的那起州警槍擊命案。通常新罕布夏州一年只會發生四、五起命案，所以這自然是重大新聞，每個電台都在討論這件事。

這則報導讓她全身發麻，所以她直接關掉了廣播電台。

剛過州界沒多久，進入新罕布夏州的漢普頓，她就找到了她一直在找的地方：「佛列德槍枝與室內戰鬥靶場」。她開車經過這裡不下千次，萬萬沒想到有一天會停在這裡。

原來就是今天，她把車停好，走了進去。早上肚子挨了那一拳，依然痛得要命，她往前走，臉部肌肉不禁微微抽搐。

佛列德身材高壯，和藹可親，看起來是六十歲的人，戴著強鹿牌的鴨舌帽，身穿丹寧襯衫與牛仔褲。雖然臉上有可怕的痘疤，但依然是個帥老頭。他全身上下最搶眼的地方，應該是低掛腰間的槍腰帶。

「小姐，早安，」他開口問道，「有沒有需要我幫忙的地方？」

「我過來買槍。可以放在家裡，嗯，自保的武器，我們的社區最近傳出了多起竊案。」

「妳從波士頓過來的？」他的神情似乎還有弦外之音：就是諾姆．喬斯基、哈佛辯論社、泰德．甘迺迪的那個城市。

「要找手槍？點三八之類的槍？簡單好用？」

「對，沒錯，我已經帶駕照過來了。」

「我會把妳的名字輸入系統，審核資料需要等兩天。」

「什麼？我需要快一點拿到槍。」她小心翼翼，不想讓自己的語氣啟人疑竇。

佛列德伸手指向某排霰彈槍與來福槍。「小姐，這個嘛，我今天就只能賣妳步槍或是霰彈槍之類的武器。」瑞秋有一百七十五公分高，但對她來說，這些槍枝還是太過笨重，而且，把它從外套裡抽出來、準備要對著某個可憐小孩的時候，那動作也未免太拙了。

「有沒有更小巧一點的槍枝？」

他撫摸下巴，看了她一眼，目光詭譎又意味深長。她希望自己要是長得更漂亮就好了。美女不會招來那樣的目光，或者，反正遇到的機會不多。二十多歲的時候，馬提稱讚她像是李安《綠巨人浩克》時期左右的珍妮佛．康納莉，不過，現在當然已經看不見當年的美貌。她雙眼空洞無神，佈滿細紋，眉型像是兩條古怪的小毛毛蟲，而且兩頰的潤采早已永遠消失。

「法律對於長槍管武器的規定比較寬鬆，妳看看這個怎麼樣？」他從櫃檯下方拿出一把槍，他說這是「雷明頓八七〇合成纖維護木磊動式作戰霰彈槍」。

她回道：「應該可以。」

「二〇一五年的二手貨，我可以用三百五十美金賣給妳。」

「那我就買了。」

對方嘴角牽了一下。顯然他本來以為瑞秋會殺到三百美金，但她十分焦急，對於這樣的開價自然樂於接受。她發現他遠眺停車場，盯著她那輛破爛的橘色富豪二四〇。「這樣吧，」他說道，「我送妳一盒子彈，再奉送一堂短短的教學課程。要不要我示範給妳看該如何用槍？」

「好，麻煩你了。」

佛列德帶她進入室內靶場。

他問道：「以前有沒有開過槍？」

「沒有。不過我以前有過一支步槍。那時候我在瓜地馬拉，但是我從來沒用過，我先生馬提倒是開過槍。」

「瓜地馬拉？」

「和平工作團，我們負責挖井。我們兩個都是學藝術出身，所以當然被他們派去叢林弄灌溉工程。我們什麼都不懂，當時還帶著自己的小女兒凱莉。事後回想，當年真是瘋狂。馬提說他看到有隻美洲豹潛伏在我們的營地，沒有人相信他的話，不過，嗯，他開槍的時候弄傷了自己的手臂。」

「好，那我等一下會向妳示範正確的用槍方法。」佛列德給了她耳罩，教她裝填子彈。「要緊貼妳的肩膀，這畢竟是二十毫米口徑的槍。不，不行，還要更緊一點，用身體裹住它，要是妳與槍枝間有空隙，它會直接撞向妳的鎖骨。要記得牛頓第三運動定律，互施的力道大小相等，方向相反。」

佛列德按下某個按鍵，天花板滑槽降下了某個紙靶，在他們面前七點五公尺的位置定住不動。這個地方，瀰漫著保養油與火藥的密閉氣味。她的打靶目標是同樣攜帶槍械、面目猙獰的男子，而不是某個嚇得半死的小朋友。

「扣下扳機，對，繼續，動作保持輕緩。」

她扣下扳機，好大的砰響，佛列德提到的牛頓運動定律果然沒錯。槍管直接衝撞她的肩肉。等到她睜開雙眼，想要望著那張紙靶的時候，卻發現它已經不見了。「七點五公尺以內的距離，妳是沒問題了。要是他們在比較遠的地方，正在奔跑，就讓他們跑吧，聽懂我的意思了嗎？」

「讓他們朝妳跑來，正好可以開槍殺死他們；或者，乾脆讓他們越跑越遠，趕緊報警。」

他對她眨眼。

「妳學得很快嘛。」

她買了子彈，拿出私房錢付帳。她謝過佛列德，走向停車的地方，將那把霰彈槍放在自己身旁的副座。要是他們能夠透過手機監看她的話，希望他們會看到她的認真態度，絕對會拚命達成任務。

11

星期四早晨十一點十八分

漢普頓購物中心是購買王八機的理想地點。她把車塞進停車格，打開後車廂，東翻西找，終於找到凱莉的紅襪隊棒球帽。她戴上之後，又把它壓低，掩蓋臉龐。

她的手機響了，引來她一陣胃痛。

「喂？」她不假思索立刻回應，根本沒看來電者是誰。

「嗨，瑞秋，我是珍妮．蒙特克里夫，凱莉的班導師。」

「哦，珍妮……嗯，妳好。」

「不知道凱莉現在人在哪裡？」

「哦，她生病了，我應該要打電話到學校才是。」

「妳應該要在九點前打電話通知我們。」

「下次一定不會再犯了。抱歉。她身體不太舒服，今天不會進學校。」

「怎麼了？病況嚴重嗎？」

「希望，只是感冒而已。哦，還有，她還出現了嘔吐。」

「哦親愛的，真讓人心疼。希望明天可以看到她，大家盛傳她正在準備一場有關圖坦卡門的精采口頭報告。」

「明天，嗯，我不知道，再看看吧，這種事很難說。好，我得掛電話了，現在得去幫她買藥。」

「她要多久之後才能出門？」

「我不知道，我得要掛電話了。」另一通電話進來，未知號碼來電。「珍妮，再見了，家裡有小女孩生病，我還有得忙。」瑞秋話一說完，立刻就接聽另一通來電。

「我希望妳認真一點，瑞秋。我靠妳了，要是妳不找到人接替我兒子的位置，他們絕對不會放人。」來電者是綁架凱莉的那個女人。

瑞秋態度也很硬，「我已經盡全力了。」

「他們說已經送了個訊息給妳，有關威廉斯家族的事？」

「對。」

「如果妳不想惹禍，那就不准理會，不然他們一定會狠狠報復妳。」

「我一定什麼都不會說，我會乖乖合作，我會竭盡一切努力。」

「瑞秋，繼續行動。妳千萬記住，要是他們告訴我妳惹麻煩，我一定會立刻殺死凱莉。」

「拜託千萬不要講出那種話，我——」

但那女人已經掛了電話。

瑞秋盯著手機，雙手發抖。這女子已經徹底發瘋，現在掌控凱莉生死的人似乎已經在精神崩潰的邊緣。

有個年輕人在對面下了車。他表情詭異，盯了她好一會兒，然後，對她冷冷點了一下頭。

難道他也是「鎖鏈」的特派員？

他們是不是無所不在？

她差點發出哀號，勉強忍住，趕緊把手機放回包包，匆匆進入購物中心的雙開門。

「喜互惠」超市已經開始營業，裡面擠滿了購物顧客。她抓了個購物籃，快步走過感恩節商品的展示區，找到了販售便宜手機的貨架。AT&T的EZ3似乎是不錯的選擇，一支才十四點九五美元。她把十二支丟入購物籃裡面，然後又多抓了兩支。十四支，這樣夠嗎？貨架上只剩下六支。管他的，她全拿了。

她轉身，突然看到薇若妮卡・哈特，她的梅島街坊，與她隔了五戶，個性古怪又愛八卦。啊天哪。她當初之所以到這裡來，就是避免遇到認識的人。要是薇若妮卡看到這些手機，一定會問她是不是在為世界末日做準備，強調殭屍大隊一定會滅絕人類製造的手機高塔。瑞秋悄悄躲在那堆出清品的後面，等待薇若妮卡付帳離開。

她站在自動結帳櫃檯前，自己掃描那些手機的條碼。

她心想，現在已經是騎虎難下，她又衝去「Ace」五金行，買了繩子、鎖鏈、掛鎖，還有兩捲膠帶。

收銀員是個留著貓王落腮鬍、戴太陽眼鏡的嬉皮，他開口說道：「三十七點五美金。」

她交給他兩張二十元美金的鈔票。

收銀員開口：「妳應該要說，其實這不是你想的那樣。」

瑞秋不知道他這句話到底是什麼意思。

「什麼？」

「這些啊，」他開始把東西放入兩只購物袋裡面，「看起來像是《格雷的五十道陰影》的菜鳥級配備。不過，我想妳的真正動機應該純潔多了吧。」

真正的動機其實更可怕。「沒有，就和你想的一模一樣。」瑞秋丟完這句話之後，匆匆離開了商店。

12

星期四早晨十一點五十九分

凱莉掉了手機，所以不知道現在是幾點，她猜應該還是早晨。當然，她什麼都聽不見，但她可以看到從地下室窗戶透入的光。

她在睡袋裡坐直身子，天氣真的好冷，窗戶另外一頭還結了霜，也許原地跑步可以驅寒？

凱莉從睡袋裡鑽了出來，穿著襪子，站在冰寒的水泥地上面。她走到了鎖鏈控制範圍的最遠處，但其實也不是多長的距離，在床鋪周圍與老舊巨型鑄鐵爐後方的一個小圓圈。那個鐵爐不知是否真的像外表一樣那麼沉重？她背對攝影機，偷偷推了一下，動不了，根本是紋風不動。她趕緊逃回睡袋裡，整個人躲在裡面，豎耳傾聽，不知道地下室的門是否會打開，但根本沒有人下來。

他們在忙，不可能透過監視器盯著她，或者至少也不是一直緊迫盯人。應該是把攝影機連接到某台筆電，偶爾看一下她的動靜。要是她能移動那個鐵爐，又怎樣呢？控制她的那條鎖鏈，依然緊扣著放在階底的那個臭東西，完全逃不出去。

她躲在睡袋裡仔細檢視那個鎖腕的手銬。金屬與皮膚之間幾乎沒有任何空隙，也許有兩毫米吧。在空隙這麼緊縮的狀況下，要怎麼把手銬推出手腕？似乎是不可能的任務。胡迪尼是怎麼做到的？她的朋友史都華對於胡迪尼的迷你影集十分著迷，曾經慫恿她一起追劇。當然，她不記得胡迪尼曾在哪一次的逃脫表演時把手銬推出手腕，他總是會以隱藏鑰匙打開鎖扣。要是她這次可以成功脫險的話，一定要好好學習那一類的生存技巧，自衛、解開手銬。她睜大眼睛、湊前盯著手銬，小小鑰匙孔下方印有「舉世無雙手銬企業」的字樣。其實把鑰匙插入鎖孔，順時鐘或逆時鐘轉一下，就可以打開手銬。她只需要某個鑰匙替代品，能夠把鎖扣彈開即可。睡袋拉鍊不是很適合。他們給她畫畫的鉛筆也一樣，紙箱裡的東西都不管用，但有個東西也許派得上用場……

她望著牙膏的軟管。那是什麼材質？金屬？塑膠？她知道油畫顏料都是金屬管，但牙膏呢？她仔細研究了一會兒，看不出所以然。那是高露潔的防蛀牙膏，看起來像是放在備用浴室或類似地方的老舊牙膏，應該放了好幾年了。不知道是否能用尾部的小小尖點撬開手銬？

她把它戳入鎖孔，似乎是有希望。她必須要小心翼翼撕開牙膏管底部，把它當成鑰匙。要是她想逃跑的話，那女人一定會殺死她。企圖逃走固然是充滿危險的舉動，但總比坐以待斃好多了。

13

星期四中午十二點十五分

有個矮小男子站在她家門口。霰彈槍就在駕駛副座，瑞秋剛把車停好，就立刻開始摸找。她搖下車窗，把霰彈槍放在大腿上面，開口詢問：「嗨，哪位？」

那男人轉身，原來是哈福坎普醫生，這位老先生住在潮汐池區的第二棟屋宅。

「嗨，瑞秋。」他開心打招呼，聽得出他的緬因州鄉下腔調。

瑞秋把霰彈槍放回副座，下了車，哈福坎普醫生的手裡拿著某個東西。

「我想這是凱莉的物品，」他說道，「保護蓋上面有她的名字。」

瑞秋的心跳飛快。對，那是凱莉的iPhone，也許可以靠它提供線索查出凱莉的下落。她立刻把他手中的手機拿過來，打開電源，但鎖控螢幕上唯一出現的是紅髮艾德在彈吉他的照片，還有等待輸入四位數密碼的空格。瑞秋不知道密碼，而且她知道自己也猜不出來。要是猜錯密碼三次，手機就會自動鎖定二十四小時。

瑞秋故作輕鬆，「這是凱莉的手機，你在哪裡找到的？」

「公車站。我帶契斯特出來散步，發現那應該是手機，撿起來一看，發現後面有凱莉的名字，一定是等校車的時候掉了。」

「她一定會鬆了一口氣，謝謝。」

瑞秋沒開口邀他進去喝點東西。在麻州的這種地方，這種行為幾乎是嚴重冒犯，但她現在沒時間。

「哦，我看我得走了，還得忙著吸清船底的污水，再見。」她一路目送他鑽進蘆葦叢、走到自己的船邊。

等到確定他完全消失不見之後，她又回到車上，把霰彈槍與其他用品拿入屋內。她喝了一大杯自來水，打開了自己的麥金塔筆記型電腦，螢幕發亮恢復了生氣，她則以充滿敵意的目光盯著它。他們是不是透過她的麥金塔電腦和iPhone手機的相機在全程窺視她？她曾經在某個地方看過這樣的文章，馬克·祖克柏為了以防萬一，會拿一小片紙膠帶蓋住他所有電子器材的相機。她從廚房抽屜拿出膠帶，如法炮製，貼住了手機、麥金塔電腦，以及iPad的攝影機。

她坐在客廳的小桌前。

現在要開始執行那項任務了。

她必須要綁架小孩？她苦笑。怎麼會發生這種事？真是瘋狂，瘋狂至極。

她怎麼能做出那種事？

她又忍不住心想，他們為什麼要挑她？他們到底是看中她哪一點？認定她會做出綁架小孩這種傷天害理的惡行？她一直是乖乖牌好女孩，是杭特學院高中的優等生，輕鬆搞定學術水準測驗考試與哈佛面試。她從來不超速，誠實繳稅，從來不遲到，萬一收到交通罰單，總是令她氣惱。現在，她卻必須對某個家庭做出心狠手辣至極的事？

她望向窗外，美麗清朗的秋日。池區處處有鳥兒，還有好些漁夫在潮泥灘下餌。梅島的這個情景，正是麻州此區的縮影。在潮汐池的這一頭，會看到沼澤區的小屋，而在東側則是面臨大西洋碎浪的大型夏日度假屋，空無一人。潮汐池的西側都是藍領消防員、教師、漁夫，一年四季都住在這裡。而東側在五月或六月的時候才會開始出現那些度假的有錢人。馬提與她曾經以為住在這裡很安全，

比波士頓安全。安全——真好笑，有誰能安心過日子？他們怎麼會這麼天真？以為可以在美國找到安心的住地？

馬提。他為什麼沒有回電？他到底在奧古斯塔幹什麼？

她拿出從臉書挑選的名單，再次仔細檢視。

全部都是幸福洋溢的燦爛笑臉。

她馬上就要拿著槍、對準某個笑意盈盈的小男孩或是小女孩，然後拖入她的車內。還有，她究竟得把這可憐的小朋友藏在哪裡？她家當然是不可能，這是木造牆，完全沒有隔音功能。要是有人尖叫，附近那幾戶人家都會聽見。而且她家也沒有合適的地下室或閣樓。柯林．坦普說這是金玉其外的海灘小屋，果然被他料中。或者她可以訂汽車旅館？不行，她瘋了，這樣會引發太多麻煩。

她望向潮汐池遠方的那些豪宅，突然之間，她想到了更棒的點子。

14

星期四中午十二點四十一分

她衝入臥室，脫掉裙子，換上牛仔褲與球鞋，改穿紅色毛衣，戴上凱莉的紅襪隊棒球帽，穿上拉鍊式兜帽運動外套，然後，打開法式落地窗，站在戶外平台區。

她走入池區邊的蘆葦砂地小徑。

冷風，腐臭的海草，臨水住戶屋內傳出的電視與收音機聲響。

她一直緊挨著水岸，在近海的潮汐池北段走了一半的時候，轉進北方大道，她盡量裝出神色自若的模樣，開始探索面向大西洋的這些濱海大別墅。

所有的夏日度假人潮都消失了，不過，哪些房子是屬於夏日度假客？又有哪些是屬於固定長住的居民？由於梅島有了自己的自來水與污水處理系統，所以也有越來越多的長期住戶，但老派有錢人積習難改：宛若鴴鳥一樣，在陣亡將士紀念日[2]那天到來，勞動節[3]飛走。

當下的任務是要查出哪一棟房子有住人。開了燈、車道上停放了車子、信箱裡有郵件。判定

[2] 五月的最後一個星期一。
[3] 九月的第一個星期一。

哪一棟暫時無人居住也相對容易：沒有開燈，車道上沒有車子，所有門窗緊閉，但信箱裡堆滿了郵件，瓦斯開啟。

要找出哪一間是空房，而且還會好一段時間無人居住，就比較複雜了，但其實沒有想像中困難。沒開燈，沒有電力與網路，信箱裡沒有任何郵件，瓦斯管線也被切斷。不過，這也可能還是有人居住，屋主可能是週一至週五在波士頓或紐約工作，在星期六一大早，身穿里昂比恩戶外休閒鞋與外套，打算來這裡度週末，卻嚇得半死，莫名其妙看到某個小孩人質、被妳捆綁在他們家廚房椅子上面。

妳要找的是可以防寒冬的屋舍。這時節的東北大風特別凜冽，雖然大部分的臨海房屋都蓋在海平面之上的沙丘，但是遇到漲潮暴風雨的時候海浪還是會狂襲他們的戶外平台區，毀壞他們昂貴的平板玻璃窗戶。

不過，要是他們在聖誕節或春天之前不會回來的話，一定會在面東的窗戶封上木條。好幾棟大型別墅已經完成了防浪工程，附近有一棟讓她看了特別上眼。那是磚造屋，相當少見，因為這座島上的其他房屋幾乎全部都是木造屋。更棒的是，這棟屋子有磚牆，表示它還有個真正的地下室。這一定是一九九〇年之前所建造的房舍，當時的法律規定所有的梅島新建房屋都必須要有防洪措施——換言之，房子地基必須要有架高支柱。

瑞秋在打算下手的房子附近走動，勘查狀況。面海的窗戶全部裝了木條，就連側邊的窗戶也是。她跳過圍牆，檢查電箱與管線。瓦斯與電力系統都被切斷了，而且信箱裡也沒有任何信件——顯然屋主已經申請郵件改投或是存放郵局。郵筒上的名牌顯示住戶是亞本澤勒夫婦，她見過他們幾次，一對老夫婦。男的快七十了，波士頓人，艾默里大學的退休化學教授。妻子艾蓮比較年輕，將近六十歲，兩人都是再婚。要是瑞秋沒記錯的話，他們每年都會在坦帕過冬。

瑞秋走到東側，望著後院戶外平台區。這裡有私人圍牆，也就是說，除了海灘正前方的走動遊客之外，完全不會被其他人看見。每年的這時候，活動的人並不多。

後面通道接連的是廚房。有一道上鎖的紗門，她用力一拉就開了。至於廚房的門，就是一般的門鎖。

她仔細觀察，又以手機拍下照片。花了十分鐘以Google搜尋圖片，找出了型號，西勒奇牌的仿喬治王朝F 40門鎖，根據好幾個鎖店網站的資料，只需要靠錘子與鑿子就可以成功解鎖。

不過，令人擔心的是廚房窗外掛了警告牌，這棟房子裝設了「原子警報」系統。要是她打開後門的話，可能還有三十秒的時間找到警報器密碼盒，要是她來不及按下密碼，事情就大條了對吧？話說回來，那個「原子警報」警告牌看起來十分老舊，原本的亮藍色已經褪成了淺灰色。在電源已經被切斷的狀況下，警報器還能發揮作用嗎？

這棟房子還有另一個大問題。亞本澤勒住所的隔壁就是某處供役地，穿越沙丘區、通往梅島海灘的諸多捷徑步道之一。現在這種時候，當然沒有人使用步道，但是她腦中已經浮現出早晨的繁忙畫面，有人在遛狗，還有其他固定晨起健身的居民。除非她能夠為地下室安裝隔音系統，不然那小孩要是大聲尖叫，一定會被人聽見，蓋住地下室窗戶的大型木板應該可以派上用場。她想起伏爾泰說過的警語，完美是保持優秀的大敵。對，除了那張警報器招牌與供役地問題之外，亞本澤勒夫婦的住所可說是接近完美。它與這條大道的其他住戶有些距離，而且因為沙丘地的關係，多少算是有些偏僻。它距離馬路約有十五公尺遠，而且亞本澤勒夫婦還種了一些柏樹，遮蓋西升朝陽光線。

她坐在亞本澤勒夫婦後院門廊的阿迪朗達克木椅裡面，打電話到「紐伯里保全公司」。

「紐伯里保全公司，您好，我是傑克森，有什麼地方需要協助？」應答的那名男子，里維爾口音濃得不得了，當成去漆劑也不成問題。

「嗨，我有個警報器的問題，可否請你幫忙一下？」

「我盡量。」

「我叫佩姬．夢露，住在梅島。艾希．譚納有隻拿波里獒犬，她不在家的時候，我女兒得幫她遛狗，而艾希也給了她鑰匙，不過，她家窗外貼了一張老舊的『原子警報』告示牌，我女兒擔心自己一打開門就會引來警報器大作。有沒有什麼好建議呢？」

瑞秋很少說謊。她不知道應該是講得越少越好？還是假裝在閒聊？編出名字與細節來減低對方的疑心？她決定採取第二種方式，很擔心自己會搞砸，不過，聽到傑克森打哈欠說出這段話之後，她就放心了。「這個嘛，小姐，如果妳擔心的話，我可以過去看一下，但至少是五十美元起跳。」

「五十美元？那還超過了她遛狗的酬勞。」

「對，我猜也是。好，我想妳女兒不會遇到任何問題。『原子警報』在九〇年代的時候就收了，後來『微風保全』接收了他們大部分的業務，『微風』的人應該已經取下舊用戶窗面的老舊『原子』招牌，所以，要是妳還看到以前的告示牌，那個警報器應該是根本沒有連接任何系統。

妳有沒有看到任何新的警告標誌？」

「沒有。」

「我想她應該沒事。要是她遇到麻煩的話，打電話給我，我可以立刻趕過去。」

「太感謝了。」

她走回自己位於梅島另一頭的家，在馬提的老舊工具箱裡面找到了槌子與鑿子，他幾乎從來沒動用過那套工具箱。馬提的哥哥彼得是工程師，也是修車專家，無所不能，但馬提就不是那塊料。當初他們搬來的時候，都是靠彼得未在外遠遊的時候動手修繕，才把這個家弄到可以住人的程度。

她的心又開始揪痛，要是凱莉有個三長兩短，彼得一定也活不下去了。這對伯伯與姪女感情好到不行。瑞秋發現眼淚馬上又要奪眶而出，趕緊忍住，啜泣無濟於事，沒辦法讓凱莉回家。

她把鍾子與鑿子放入健身袋，又拿了支手電筒。要是真的遇到什麼麻煩，她還有霰彈槍，放入袋中，尺寸剛剛好。

她步行前往潮汐池小徑，開始下起毛毛雨。現在天空一片灰，而且還有不祥的黑雲往西方飄去。下雨是好事，遛狗的人和好管閒事的民眾也只能被迫待在家裡。

她不知道凱莉待的地方是不是夠暖和安全。她是個敏感的小孩，需要仔細呵護。瑞秋狠狠敲了一下自己的大腿，我來了，凱莉，我馬上過來，立刻就到……她戴上自己的兜帽，從北方大道走向亞本澤勒的家。對，那些前院的柏樹實在長得茂盛，可以完全遮掩裡面發生的各種醜行。她抄短路，走後門的沙地小徑，再次翻牆進去。她仔細檢查地下室那一扇突出地面有十五公分高的長方形窗戶，窗面是九十公分寬，三十公分高。她敲了敲玻璃——看起來不是很厚，但要是以壓克力板或是木板加蓋的話，也許聲音就不會傳出去了。

她走到到後院門廊，打開了紗門，心跳飛快。在大白天做出這種事真是瘋了，但她必須立刻行動。

她從袋子裡拿出鑿子，對準門鎖中央的孔洞，然後又舉起錘子、猛敲鑿子。的確聽到了金屬砰響，但她試了一下把手，還是動不了。她又拿起鑿子對準，這次下錘的力量更猛烈，不過卻不小心失手，錘子敲陷木門。

天哪，瑞秋。

她拿起錘子，試了第三次。整個中央鎖孔區都裂了，還有些小碎片飛出去。瑞秋放下鑿子與錐子，小心翼翼試門。

門把可以轉動，她伸手輕推，嘎吱一聲，門開了。

她拿出霰彈槍與手電筒，全身發抖走進去。

15

星期四中午一點二十四分

三十秒鐘的恐懼。

沒有狗兒撲過來，沒有警報聲大作，也沒有呼喊。

這不只是運氣好而已，而是她事前勘查得十分完善。

房子充滿霉味，一片空蕩蕩，廚房表面染了一層薄灰。自九月初之後，這裡就無人居住。她關上廚房的門，開始檢查整棟房子。

三層無趣的樓層，加上一層饒富趣味的地下室、水泥地、磚牆，那裡什麼都沒有，只放了滾筒烘衣機、洗衣機，還有鍋爐。這屋子有好幾根水泥柱，她心想，剛好可以拿來作為以鎖鏈拴人的基座，這念頭讓她覺得好噁心。她看了一下烘衣機上面的小窗，等一下她會進市區五金店買個五公分厚的木板，把它蓋住窗戶。這種專注入神又滿心嫌惡的複雜情緒，讓瑞秋全身打顫，她思考這種事的時候怎麼這麼流暢？

這是不是創傷留下的影響？

對。

她又想到了化療的日子，僵麻，掉入深淵，下墜，下墜，永無止境。

她回到一樓，關上後門與紗窗，確保四下無人之後，才離開自己剛剛闖入的這間屋子。

她回到海灘，再次穿越海沫與細雨籠罩的霧濕空氣，走路回家。

她在客廳小桌打開自己的麥金塔電腦，開始在臉書塗鴉牆找尋可行的下手目標。

挑選適當目標十分重要。要找的不只是合適的受害人，而是合適的受害人家庭。不會嚇到挫賽而去報警，而且也有足夠的錢付贖金，最可怕的是，擁有資源可以執行綁架計畫、換回自己的小孩。

她又忍不住心想，為什麼自己會被挑中。換作是她挑人，她絕對不會挑自己，不可能。她會挑更沉穩的對象，找一對已婚夫婦，也許還要有錢。

她拿出自己的拍紙本，準備繼續濃縮初選名單。不能找認識她的人，搞不好會認出她的聲音，不要找住在紐伯里波特、紐伯里，或是梅島的住戶，但也不能住太遠。佛蒙特州、緬因州，或是波士頓南區就不列入考慮。要找有錢人，看來個性穩重。不能挑警察、記者，或是政治人物。

她把名字與面孔過濾了一遍，眾人居然這麼大方、願意在網路上散布個人私密資訊，再次讓她瞠目結舌，包括了地址、電話、職業、子女數目、他們所就讀的學校，以及平日的嗜好與活動。

小孩應該是最合適的對象。他們不可能會掙扎（或）逃跑，而且應該會讓父母的心十分揪痛。但話又說回來，世風日下，大家都會嚴密保護這種年紀的小孩，要在不被人發現的狀況下抓走小孩，難度重重。

「但我的小孩不是，隨便哪個人都可以帶走我的孩子。」瑞秋自言自語，又吸了一下鼻涕。

她看完了臉書、IG，以及推特，以設定的條件一一過濾，挑出了最後的決選名單，一共有五個小孩。她依序排列，逐一檢視他們的背景。第一號人選：丹尼斯．派特森，住在麻州的羅利；第二號人選：托比．鄧列維，住在麻州的貝佛利；第三號人選：貝琳達．華特森，住在麻州的劍橋；第四號人選：珊德拉．信恩，住在麻州的劍橋；第五號人選：傑克．芬頓，住在麻州的格洛斯特。

「真不敢相信我會做這種事。」瑞秋自言自語。當然，她不需要做出這種事，大可以去找警察或是聯邦調查局。

她陷入長考，認真思索報案的可能性。聯邦調查局很專業，但綁架她女兒的那個女人並不怕司法系統，她怕的是「鎖鏈」。在這條「鎖鏈」之中，她的前一人綁架了她的兒子。要是她認定瑞秋違背了指令，她就會殺了凱莉，尋找新的目標。那女人的語氣似乎越來越焦躁不安，瑞秋深信對方為了要讓兒子平安返家，什麼事都做得出來……

不行，不能找聯邦調查局。而且，等到她自己要撥出綁架電話的時候，她必須要和這女人一樣，是個態度決絕的危險人物。

她盯著手中的人選清單，第一號人選看來的確非常適合：

丹尼．派特森，十二歲，與母親溫蒂住在羅利。她是單親媽媽，與先生不相往來。她並沒有破產，其實，她似乎非常有錢。

瑞秋想到了財力。「鎖鏈」的操控者要的是這個嗎？其實，最重要的是，「鎖鏈」本身會持續不輟。鎖鏈裡的某些人固然比較有錢，但比財力更重要的是他們必須要夠聰明、夠謹慎，才能找到下一個對象加入鎖鏈，確保整個機制繼續運作下去。每一個人與「鎖鏈」的同質性才是關鏈，他們必須要有錢，但也必須有能力、順從、感到恐懼。比方說，就像是現在的她。銀行戶頭雖然只有幾百塊美金，但同質性高的人，還是強過某個同質性薄弱的百萬富翁。

齊克果說過，所有惡行的根源來自於百無聊賴與恐懼。「鎖鏈」背後的邪惡主事者想要的是入袋的贖金，而他們恐懼的是可能會有人搞爛這樣的機制、讓它就此停擺。

瑞秋不會是那個人。

回到丹尼。丹尼的母親曾經開過公司，後來被「美國線上」收購。她愛死兒子了，動不動就在誇兒子有多好。她似乎也很強悍，不是那種會輕易崩潰的人。四十五歲。跑過兩次波士頓馬拉松，一次是二〇一三年，另一次是去年。去年成績比較好，四個小時又兩分鐘。

丹尼喜歡打電玩、席琳娜．戈梅茲、看電影，最棒的是他超愛足球，每個禮拜會在放學後練球三次，通常是走路回家。

走路回家。

捲髮，正常的好孩子。沒有過敏，沒有健康問題，就他這個年紀的小孩來說，身材不算高大，比起同齡的一般小孩，算是稍微嬌小了一點，想必是沒辦法當守門員。

媽媽有個妹妹住在亞利桑那州，與孩子的爸爸幾乎是已經沒有任何往來，他住在南卡羅萊納州，已經再婚。

家族裡並沒有人當警察，與政界也沒有關聯。

溫蒂是數位未來的擁護者，總是在IG與推特宣告自己所在的位置，每天只要是清醒時所做的事，也都會上網公布。所以，要是瑞秋趁那小孩踢足球的時候偷偷監視，她也能夠透過網路知道溫蒂主動公布的行蹤。

一號小朋友似乎非常理想。現在，她開始研究二號小朋友：托比．德列維，也是十二歲，住在貝佛利。他有個妹妹，他們的母親每天都會在臉書更新這對兒女的大小事。

她點開海倫．鄧列維的臉書，有著漂亮笑顏的金髮美女，年約三十五歲，她在照片下方寫下了自述：「我才不是神經質，我忙得要死，根本沒時間搞神經質。」海倫與丈夫麥可、兒子托比、女兒艾蜜莉亞住在貝佛利。麥可是波士頓渣打銀行的管理顧問，海倫則是賽倫北小學的兼職幼兒園老師。

艾蜜莉亞八歲，托比十二歲。瑞秋繼續觀察海倫的臉書貼文，她每個禮拜有兩天早上在幼兒園工作，剩下的時間似乎都泡在臉書、向朋友們分享家中的各種活動。麥可．德列維在波士頓的工時頗長，幾乎每天都晚歸。海倫會發布麥可搭哪一班火車回家的動態，要不要讓小孩等爸爸回家也會一併公布，所以瑞秋才會知道這件事。

瑞秋在領英網站找到了麥可的履歷。三十九歲，原本住在倫敦，然後又搬到紐約。沒有政治或警方的相關背景，看來個性相當穩定。他有開美食部落格，喜歡足球，進入管理顧問業之前，曾經當過拍賣官。成名代表作是皮耶羅．曼佐尼的「藝術家之糞」罐頭。

海倫是三姊妹之中的老二，姊姊與妹妹都是家庭主婦。其中一個嫁給律師，另一個則是嫁給食品科學家之後離異。這兩個小孩天天都由母親接送上下學，完全不會出差錯，不過，托比之所以令人眼睛一亮，是因為他剛開始學射箭，一個禮拜會去賽倫射箭俱樂部兩次。

托比最近對射箭瘋狂著迷，他的臉書上貼了一個可愛的影片連結，他對著不同目標射箭，而背景音樂是伊尼·卡莫日的〈舞棍來了〉。最棒的是他結束俱樂部的練習之後，都是走路回家，自己一個人。瑞秋心想，乖男孩，小孩子就是應該要這樣多加練習獨立，然後，她想到世界上就是有她這種人，所以才會出現直升機／保護過度的父母。

一號小朋友與二號小朋友看起來都可以，而且她還有三個備胎。

她出了門，上車，前往市中心的五金行。

她手機響了。

「喂？」

「嗨，麻煩找瑞秋·歐尼爾。」

「嗨，瑞秋，我是大通銀行防詐騙部門的梅蘭妮。我想要提醒您，今天早上您的威士卡出現了異常交易。」

「嗯。」

梅蘭妮問了一些確認身分的問題，然後，直接切入重點：「看來有人用妳的卡片買了一萬美元的比特幣，妳知道嗎？」

「你們也沒有中斷交易，不是嗎？」

「沒有，我們並沒有這麼做。呃，但我們懷疑——」

「是我，是我刷的卡，我和我先生的投資。我現在真的很忙，得要掛電話了。」

「所以沒有異常消費？」

「沒有，一切正常，沒事。但還是謝謝妳的通知。我真的得掛電話了，再見。」瑞秋說完之後，立刻切斷。

她在五金行找到了封住亞本澤勒屋宅地下室的木板，回家的路上，終於接到了馬提的電話。

「嗨，親愛的，怎麼啦？」聽到他一貫和善開心的語氣，她的眼淚差點奪眶而出，只能勉力忍住。

也不知道為什麼，明明覺得馬提很可惡，但就是沒辦法恨這個人，可能是他的那雙綠色眼眸，還有一頭深色捲髮。瑞秋的母親打從一開始就警告過她，這傢伙是個人渣，但那種話只會造成反效果而已。

馬提問道：「塔咪說屋頂漏水了？」

「什麼？」

「屋頂。塔咪說雨水會滲入屋內？」

「馬提，你在哪裡？」她才剛問完，又立刻追加一句：「我需要你。」

「我在奧古斯塔，我們在這裡度假。」

「你什麼時候回來？」

「週五晚上回去，我會帶凱莉度週末，別擔心。」

瑞秋憋住嗚咽，低聲呼喊：「啊，馬提……」

「就是明天了，親愛的，再撐一下。」

「我會的。」

「和屋頂無關對不對？親愛的，到底怎麼了？一定出事了，快跟我說。」

「還有，我可能快死了，我們的女兒被綁架。」她差點脫口而出，但依然沒有。因為馬提一定會直接去報警，完全不明白她為什麼要配合歹徒。

「是不是跟錢有關？我知道自己狀況不好，我答應妳，我以後一定會賺更多錢，妳找到包商了嗎？」

「沒有，」瑞秋像機器人在講話，「找不到人幫忙。」

「漏水到底有多嚴重？」

「我不知道。」

「好，親愛的，我查過天氣了，今晚下雨，不會有屋頂工人出門。也許彼得可以幫忙？」

「彼得？彼得在哪裡？」

「我想應該在伍斯特。」

「我會發簡訊給他，這應該在許可範圍之內吧。」

「妳在說什麼？要經過誰的允許？」

「沒事。嗯，也許我會問彼得，我會考慮一下。」

「好，親愛的，我得掛電話了，好嗎？」

她語氣好哀傷，「再見，馬提。」

「掰。」現在車內已經聽不到他那令人舒心的男中音，又恢復了原來的冷寂。

16

星期四下午兩點四十四分

除非你是弓獵人、半身麻痺、老式槍械愛好者，或者未滿十八歲，不然身在麻州，就是得等到十一月二十七日才能開始獵鹿。

不過，彼得從來沒把麻州獵季的規矩放在心上，其實，他也不鳥大多數的法律規定以及各種條例。

他知道要是被巡林員或是治安官抓到的話，一定會對他罰款，或是要逼他接受嚴重的處罰。彼得對伍斯特西區這些樹林的熟悉程度，就像是其他人對芬威球場外的酒吧、或是「貝蒂颶風」成人俱樂部的美眉輪班表一樣清清楚楚，早從他還是小男孩的時候，他就在這些森林裡打獵。的確，他現在的問題，造成自己感知能力鈍化，但即便如此，笨手笨腳的副治安官或是身穿顯眼背心的巡林員也沒那個能耐堵到他。

他經常動念想要搬到阿拉斯加，那裡的巡林員和警察沒那麼多，但凱莉住在這裡，讓他捨不得離開，所以這檔子事也得等到她上大學的時候再說了。凱莉是他唯一的姪女，他對她疼愛有加，兩人幾乎天天傳簡訊，而且總是帶她去看那些她媽媽看不下去的電影。

彼得悄悄跟著這頭公鹿進入了樺木森林的深處，牠根本渾然不覺。他站在逆風位置，而且穿越林間時完全沒有發出任何聲響，這一點彼得是高手。在海軍陸戰隊的時候，他本來是工程官，不過，歷經了兩年在迫擊砲威脅之下搭建橋梁的日子之後，他趁休假參加了彭德頓基地的偵察基本訓練課程，他幾乎是班上的第一名結業。長官本想要把他轉到偵察部隊，但他上課的用意只不過是為了要測試自己。

他拿起步槍、對準那頭老公鹿的心臟下方，正準備要扣下扳機的時候，口袋裡的手機發出了震動聲響。他心想，剛才應該要關掉才對，沒想到這裡也收得到訊號。

他看了一下，兩封新訊息，一封來自瑞秋，一封來自馬提，兩個人的問題都一樣：「你在哪裡？」

他想要回訊給瑞秋，但訊息送不出去。至於馬提，他就懶得理會了。他不討厭馬提，但兩人幾乎沒什麼共通點。他們兄弟兩人差了六歲，當馬提開始學走路講話、吸引大家注目的時候，彼得卻已經迫不及待想要離家，離開自己的一切。

在十二歲的時候，他向某個鄰居「借了」雪佛蘭的「羚羊」，一路開到了佛蒙特州的東法蘭克林。大家都沒猜到他打算要去蒙特婁，不過，加拿大邊境警察把他攔下來，而且立刻逮捕。

不過，沒事，完全沒事。法官唸了他一頓，了無新意的訓詞，最後，對他搖了搖手指。自此之後，他偷了更多的車，而且也更加小心翼翼，不再亂闖國界，也不飆車。中學的時候，他加入了學校附近的某個幫派，但只要他能夠維持中上成績，也就不會有人理會這件事，果然他辦到了。他覺得學校很無聊，但還是不知怎麼弄到了波士頓大學的入學許可，念了土木系。在波士頓大學的時候，他的成績差不多就一直是中下程度，大部分的時間都拿來玩電腦輔助設計軟體，弄出永遠不可能建造成功的超級吊橋，以及不會有人想要的老派懸臂橋。二〇〇〇年的夏天，他畢業了，完全不知道將來要做什麼。

他搬到紐約，在蓬勃發展的網路界當資安專家糊口飯吃。大家都說網路是新的淘金熱地點，但彼得一定是闖入錯誤的虛擬河流之中撈金，賺的錢只能勉強支付學貸的利息。

不過，隔了一年：爆發九一一事件。

他在第二天早上衝到時代廣場。只要是當時在紐約的人，絕對不會有人忘記第二天的場景，那是一個全新的世界。時代廣場募兵站那一排長長的隊伍排到了三十四街。彼得的祖父曾經在海軍服役，再加上他的工程學位與背景，招募者的建議是海軍或海軍陸戰隊，他選擇了後者，對方大筆一揮，自此決定了他往後十三年的命運。預備役學校，戰鬥工兵，派駐海外七次，動了五次手術。陸戰隊生涯結束之後，他又旅遊了一陣子，最後終於搬回了伍斯特。

現在，他那一段生活篇章已經結束，如今他只是個四十歲的失業男，需要一些免費的鹿肉熬過這個冬天。

那頭公鹿在小溪前低頭飲水，牠的左側有一道長型傷疤，他與牠，都曾經接受過戰爭的洗禮。現在瞄準絕對萬無一失，不過，他的直覺，就是那種在頸後的搔癢感，卻在此時提醒他，解決這隻公鹿還得緩一緩，出事了，有狀況。

他再次盯著簡訊：「你在哪裡？」

小瑞是不是遇到了什麼問題？他把步槍揹上肩，想要找地勢比較高的地方傳訊給她，但現在手機顯示的電量是「百分之一」。

他爬到瀑布上方的小丘，正打算傳訊的時候，果然，手機在這兩分鐘就完全沒電了。那頭大公鹿回頭望著他，他們互望了三秒之久。

牠嚇到了，溜入樹林裡，彼得看著牠消失不見，心中滿是懊悔。他凝望天空，應該還不到三點鐘吧，但顯然天色透露了實情。他穿越秋色樹林，找到停放在防火道空處的卡車。他運氣不好，沒帶手機充電線，所以他必須回到伍斯特的公寓之後，才能知道瑞秋到底需要什麼援助。

17

星期四下午三點二十七分

凱莉坐在睡袋裡，單手握住牙膏管，她拚命想要解開手銬鎖孔，雙腕痛得要命。

她想起史都華曾經想要給她看某段網路影片，主題是鬆脫手銬的三種方法。史都華就是喜歡那種東西，胡迪尼、魔術、脫逃術。她那時候沒有看，忙著在滑自己手機裡的影片，某人在大金字塔裡發現了新的密室。

下一次，她一定會看得很仔細。

如果還有下一次的話。一想到這個，一股恐懼就油然而生。

她深呼吸，閉上雙眼。

她也喜歡魔術。

埃及人生活在充滿神祇與魔鬼的世界。

這裡也有魔鬼，不過他們是人類。

她不知道她媽媽是不是依照綁匪的指示行事。她懷疑綁匪搞錯人了，其實勒贖的對象不是她母親，而是某個能夠直通銀行金庫或知悉政府秘密的人……

她大口吸氣，緩緩吐出來。

現在的她平靜多了，不是真的平靜，而是比較平復了一點。

她仔細聆聽，什麼聲音都沒有。

不對，不是一片寂靜，還是有聲響。蟋蟀，噴射機，遙遠的河流。一秒秒過去了，然後是一分鐘接著一分鐘。水流汩汩，小溪會變成大河，她希望它能帶她遠離這個地方，遠離這些人，與這一切離得遠遠的。去哪裡並不重要。她想要躺下來，讓河水把她沖入沼澤，推向大西洋。

不，假的，那是夢。這才是真的，地下室，手銬。在上冥想課的時候，學校心理輔導老師曾經說過，夢幻如泡影，必須要專注的是當下。唯有如此，才能看到應該要注意的一切。

她睜開雙眼。

凝視，仔細凝視。

果然心清目明，眼前盡顯一切。

18

星期四下午三點三十一分

溫蒂．派特森從羅利小學接了丹尼，把他留在羅利中學練足球，然後，她開車到伊普斯威奇，為自己買了杯星巴克豆漿拿鐵，將拿鐵與打算給丹尼的感恩節餅乾一起拍照，上傳到IG。丹尼已經換上了球衣，開始練盤球。

值此同時，瑞秋一直坐在自己停靠在路邊的車內，監看小男孩在對街的一舉一動，還盯著手機，隨時檢查溫蒂推特與臉書的新動態，以及IG的照片。她怎麼能做出這種事？對某個母親、某個家庭來說，最殘忍的莫過於此。但她又想到了凱莉，此刻正窩在某個瘋狂女人地下室的床墊。這的確是惡行之極致，但她勢必得動手。

她望著丹尼踢球，等到練習結束之後，太好了，她發現溫蒂還在伊普斯威奇的星巴克。天空已經不再飄著細雨，丹尼應該會走路回家，溫蒂並沒有在臉書上提到等一下要去接兒子。

瑞秋能不能趁現在把他抓走？

她原本以為這次只是勘查，並沒有要執行抓人任務。亞本澤勒住家根本沒準備好，地下室窗戶的木板還沒有釘上去，也還沒放床墊。不過，要是機會已經出現在眼前呢？

小男孩身邊還有另一個朋友。當然，她不能一次抓兩個小孩，所以她必須等待他們兩個分開。

她知道自己看起來一定十分可疑，以時速八公里的速度跟在兩個小男孩的後面。

她還沒想清楚，不知道丹尼家位於羅利的哪裡，是在大馬路旁邊？還是在死巷？她咒罵自己，居然沒有事先在Google地圖上弄清楚從中學到他家的路線。

丹尼的朋友與他一起走了好幾個街區，然後，他們揮手道別，現在丹尼只有一個人。落單的小丹尼。

瑞秋心跳飛快，她望著副座上的東西，手槍、滑雪面罩、手銬、眼罩。

她搖下車窗，在人行道旁邊龜速前進，盯著後照鏡。

到處都有證人。有老頭子在遛狗，高中女生在慢跑。羅利平常是個寂靜小鎮，但今天卻不夠平靜。然後，丹尼就這麼走入某戶的車道，拿出鑰匙，進入自己的家門。

瑞秋把車停在對面，檢查溫蒂的臉書發文，現在她正在回家的途中。

丹尼在裡面，瑞秋還有八到九分鐘的時間，屋內只有他一個人嗎？還是有養狗？或是管家什麼的？

她能不能就直接戴上滑雪面罩、邁開步伐走過去，按電鈴？如果她想要速戰速決，該怎麼把他弄進車子？然後又把他拖出來？在電影裡的獨行綁架犯都是拿碎布浸滿哥羅芳、麻醉被害人。藥局買得到哥羅芳嗎？萬一她使用了太多的劑量，會不會害那小孩突然心臟停止？

她雙手掩面。

她怎麼會遇到這種事？什麼時候才能從這場惡夢中醒來？

她左思右想，來不及了。溫蒂的白色福斯休旅車已經進入那棟屋子的前方，然後，人也下了車。

瑞秋暗罵自己。

她搞砸了。簡直就是故意的，純粹就是基於膽小而故意搞砸。

丹尼的母親一現身，他立刻就跑了出來，他跑到鄰居家，和隔壁的小孩一起玩籃球。

她望著那兩個小朋友，虎視眈眈。

就像是掠食性動物看著獵物一樣。

她看了一下手錶，還不到五點鐘。今天早上，當她一醒來，已經變成了截然不同的人。小說家巴拉德❹曾經強調文明只不過是一片脆弱不堪的薄板、掩蓋了叢林法則。死道友不死貧道，你家的小孩可以死，我家的小孩絕對不行……

打完籃球之後，丹尼又回到屋內。過了一會兒之後，有輛羅利的警車停在派特森家的門口，有個身高一九〇的制服警察下了車。

瑞秋整個人縮在座位裡，但那個警察並沒有朝她走來。他帶了一大盒樂高玩具，按了派特森家的電鈴，溫蒂出來應門，還給了他一個吻，然後，瑞秋看到警察進去屋內。透過客廳的窗戶，可以發現他正在撫弄丹尼的頭髮，又把樂高送給了他。

瑞秋心想，我看溫蒂並沒有在臉書與IG上分享一切。一號小朋友沒了，不能與執法機關人

❹ James Graham Ballard, 1930-2009，英國作家，被譽為世界末日小說大師。

員有任何關聯，規則很清楚。她拿出筆記本與手機，現在，二號小朋友成了一號。

托比．鄧列維。

瑞秋開始看海倫．鄧列維的臉書。海倫也是那種覺得自己周遭的一切都必須要讓大家知道、每隔個半小時就該更新一次動態的人，瑞秋當初就是看中了她這一點。海倫看起來是個善良的女人，也是好媽媽。就是要找這樣的類型：為了要救小孩，什麼事都做得出來的好媽媽。

她進一步研究麥可，海倫的老公。渣打銀行是一個夠安穩、也夠無聊的工作場所。他平常應該很習慣面對壓力，也有存款能夠付贖金。麥可是英國人，但已經在曼哈頓居住多年。他開了美食部落格，還曾經寫過一篇有趣的文章，標題是「先有Zabar食材店還是上西區？」，也是個好人，不該被推入地獄。

但話又說回來，任何人都不該經歷她現在所承受的煎熬。

她暫時停了下來，又開始苦思是否有其他的解決辦法，但腦袋一片空白。遵守「鎖鏈」的規矩，就這樣。要是妳乖乖服從「鎖鏈」，就可以讓小孩平安返家，如若不然……

正當她在看托比的湯博樂貼文的時候，她的iPhone響了，來電是「未知號碼」。

瑞秋焦急回應，「喂？」

「瑞秋，事情進行得怎麼樣？」對方透過變聲器在講話，就是當初在九十五號州際公路聯絡她的那個人聲。

瑞秋語氣嚴厲，「你是誰？」

「瑞秋，我是妳的朋友，無論真相有多麼殘酷、都會對妳講實話的朋友。妳是哲學家吧？」

「我想——」

「妳知道他們是怎麼說的吧。生者只是死者的其中一種類別而已，是不是？而且是非常罕見的品種，搖籃在深淵之上搖搖晃晃。妳女兒叫凱莉，對嗎？」

「對，她是個很乖的小孩，我就只有她了。」

「如果妳想要讓她留在生者之境，希望她平安返家，那麼妳就得趕快下手。」

「我知道，我正在搜尋目標。」

「很好，這樣就對了。妳手邊有沒有紙？」

「有。」

「把這一段符號抄下來，2348383hudykdy2，重複一次給我聽。」

「2348383hudykdy2。」

「這是『鎖鏈』在目前這個階段所使用的wickr帳號。妳必須在手機裡下載這個程式，把預計下手目標的詳細背景資料送給這個帳號。這裡會有人負責清查。我們可能會否決妳的部分人選，有時候是否決全部人選，還有，在極少數的狀況下，我們會自行建議人選。清楚嗎？」

「嗯。」

「到底聽清楚沒有？」

「很清楚。好，在這個階段我恐怕得找人幫忙，但我不知道可不可以告訴我的前夫馬提，他可能會想要直接報警。」

「所以答案就是不行，還要問嗎？」變聲器人聲回答得超快。

「嗯。」

「他哥哥彼得曾經是海軍陸戰隊隊員，但他對執法單位興趣缺缺。他小時候惹過警察，去年也在波士頓遭到逮捕。」

「這也沒什麼，我聽說波士頓警察就連芝麻小事也可以抓人。」

瑞秋聽到了一絲希望，一顆也許永遠不會萌芽茁壯的種子，但畢竟是顆種子。

「對啊，」她說完之後，又以若無其事的語氣說道：「可以因為闖馬路，因為違規迴轉而逮捕你。」

那個變聲器人聲憋笑，低聲說了句「的確如此」，然後又切回到原來的議題，「妳的大伯也許可以加進來，把他的背景資料用wickr寄給我們。」

「我會的。」

「很好，我們現在有進展。這就是『鎖鏈』許多年來的運行方式。瑞秋，它會幫助妳走到最後一步。」對方說完之後，直接掛了電話。

也該繼續上路，離開這座小鎮了。

瑞秋發動引擎，車子回火，引來那個警察回頭側目。她別無選擇，只能透過車窗對他揮揮手，注意到她今天鬼鬼祟祟的人又多了一個。

她走麻州一A號公路，接洛費斯大道，上了收費高速公路，過橋，進入了梅島。

她轉入通往自家的那條馬路，開到一半的時候，看到凱莉的宅男好友史都華正朝她家走去，靠！

她搖下車窗，故作輕鬆。「嗨，小史！」

「歐尼爾太太，呃，克連恩小姐，這個，我在想……不知道凱莉今天人在哪裡啊？我沒有收到她的簡訊，蒙特克里夫老師說她生病了。」

瑞秋踩煞車，「沒錯，凱莉不舒服。」

「哦？怎麼了？」

「嗯，就腸胃型流感之類的問題。」

「啊，真的嗎？她昨天看起來還好好的。」

「很突然。」

「一定是。她一早傳訊給我，但裡面卻什麼都沒說。我原本以為她不想要發表埃及學報告了，這根本不可能，妳知道——」

「她是專家，我知道。我剛才講過了，就是突然生病。」

史都華似乎很困惑，而且不太相信這種說法。「反正我們大家都有傳訊給她，但她就是不回。」

瑞秋努力編出藉口，「哦，對了，我們家的無線訊號沒了，所以大家才沒辦法聯絡到她。她沒辦法發訊也無法使用IG。」

「她的手機應該還有流量可用吧？」

「沒了。」

「那要不要我去妳家檢查一下無線設備？可能是路由器的問題。」

「不，最好不要，連我自己也快中標了。傳染性很強，我不希望害你也跟著生病。我一定會告訴凱莉你在找她。」

他開口說道：「哦，好，那再見嘍。」她一直盯著他，他嚇到了，揮手轉身，掉頭離開。

她繼續開了五十公尺，到達家門口。她完全沒想到這一點，凱莉的同學一直傳訊給她，要是凱莉在網路消失個一小時以上，他們的生活中就會出現一個大缺口，而且過沒多久之後，她能用的藉口就會全沒了。現在，除了眼前的困境之外，又多了一項令人憂心的難題。

19

星期四下午五點十一分

彼得還沒到家，但他已經無法繼續忍受下去了，畢竟他在樹林裡一整天。他的皮膚在搔癢，宛若著火，這就和德．昆西❺講的一樣，是種永遠無法搔抓的癢。他原本已經開著自己的道奇公羊貨車進入二號公路，但現在卻轉進瓦楚西特山麻州保護區，他知道那裡有個大家都不會去的池塘。

他把手伸到後座，抓起自己的背包。

他左右張望，路上根本沒有人。然後，又從背包裡拿出一小袋高級墨西哥海洛因。食品藥物管理局查緝合法鴉片藥品，已經影響到透過退伍軍人事務部取得藥品的每一個人。彼得一開始的時候還能透過暗網填補空窗期，但後來食品藥物管理局也在裡面大力掃蕩。現在，買海洛因比買「疼始康定」容易多了，反正海洛因的效果也比較好，尤其是那些上等貨：墨西哥金三角的海洛因以及葛雷洛集團的新品。

他拿出湯匙、芝寶打火機、針管、橡膠止血帶。他煮燒海洛因，綁緊靜脈，以針管抽取海洛因，輕彈針尖，排出空氣小泡。

❺ Thomas Penson De Quincey, 1785-1859，英國散文家。

他為自己注射完之後，把所有器材放入置物箱裡面。這是為了要提防自己昏過去，正好又有州立國家公園的服務人員好奇刺探。

他透過擋風玻璃凝望秋葉與淡藍色的池水，現在的樹木十分美麗，豔麗的橘紅，還有宛若驕陽燒炙的焦黃色。他放鬆心情，讓海洛因溶解在血流之中。

他從來不看數據，所以也不知道到底有多少退伍軍人對鴉片成癮，但他推測比例一定很高，尤其是那些曾經歷過兩次海外戰役的人。在二〇〇八年騷亂的時候，他的每一個同僚都受了傷。過了一陣子之後，他們就不去看軍醫了，有什麼意義呢？對於腦震盪、斷掉的肋骨、扭傷的背脊，他們根本一籌莫展，你就只是躺在病床上而已，而自己的弟兄們卻在外頭忙著清除路面危險物品、移除橋梁上的爆裂物。

這些鴉片以及海洛因的功能，就是可以暫時消解身體的痛苦，在世間行路數十載所積累的疼痛。骨關節炎的疼痛、跌倒的疼痛、有人把大樑朝你丟下來的疼痛、因機具操作不當引發的疼痛、從十公尺高處掉入乾河床的疼痛、後方九公尺處出現土製炸彈爆炸的過度驚嚇疼痛。

而這些都只不過是身體的疼痛。

他把座椅往後傾斜，讓海洛因發揮那種連睡眠也無法達到的放鬆強效。他腦袋裡的鴉片類受體釋放出腦內啡，頓時讓人充滿了幸福感。

眼前一陣閃光，現場的景色在他面前不斷輪動，池塘遠方的詭異小樹、落葉，還有在宛若水銀般的池水水面跋涉而過的細腿鳥兒。許多回憶與畫面開始湧上心頭。大部分是不快的記憶，尤其是戰爭，有時候是九一一。他想到了卡拉與布烈兒，他還不到四十歲，卻已經結了兩次婚，也離了兩次婚。當然，大家幾乎都是殊途同歸，但退伍軍人特別慘烈，麥克葛拉斯中士在參與最後一次海外戰役的時候，已經離婚四次了。

卡拉只是年少輕狂的錯——十三個月——可是，布烈兒，天，布烈兒是一首湯斯・范・贊特❻的歌，她幾乎挖走了他全部的心、生命，還有錢。

錢，另一個讓人擔憂的來源。當初他要是再熬個七年，就可以辦退休、領終身半俸。不過，他卻提前退役，純粹就是要避開二〇一二年九月巴斯營地事件的軍法審判。

女人、錢、靠他媽的戰爭……靠，不管了，他閉上雙眼，讓海洛因撫慰他。

海洛因發揮了撫慰的力量。

帶來極大的撫慰。

他睡了約二十分鐘左右就醒了過來，開車前往便利商店，買了包萬寶路與開特力，有關瑞秋的那股不祥預感又籠罩心頭。

他回到車上，打開廣播電台，他們正在播放史賓斯汀的歌。是新歌，他沒聽過，但也沒差。

他點了根菸，慢慢啜飲開特力，開到了荷頓，接一二二A公路，回到市區。

他回到伍斯特，已經有將近兩個月的時間。對這個地方並沒有什麼特殊的感情，沒有家人，只剩下少數幾個老朋友。

彼得的住所是老工廠改建的其中一間公寓，只是個拿來睡覺與收信的地方而已。

❻ John Townes Van Zandt，美國創作歌手。

他停好車子，進入屋內。

立刻從冰箱裡拿了一瓶山姆．亞當斯啤酒，開始為iPhone充電。等到手機恢復正常之後，他瞄了一眼，看到瑞秋發送的第二通簡訊。

「他們說可以把你拉進來。趕快打電話給我，拜託！」

他撥打她的電話，她立刻應答：「彼得？」

「是，怎麼了？」

她回道：「我等一下回電給你。」

電話又響了，是未知號碼來電。「瑞秋？」

「我是用『王八機』打電話給你。啊，彼得，我得要找人講話。我想要找馬提，但他人在喬治亞州，我的天……」講到後來，她已經開始不斷啜泣。

「妳是不是出了什麼意外？怎麼了？」

「是凱莉，他們綁架了她。」

「什麼？妳確定她不是——」

「彼得，她被人帶走了！」

「有沒有報警？」

「彼得，我不能報警，我不能讓任何人知道這件事。」

「馬上報警，瑞秋，現在就打電話！」

「彼得，我沒辦法，說來話長，這件事的可怕程度，絕對遠超過你的想像。」

20

星期四傍晚六點鐘

彼得和瑞秋一樣，那個念頭一直在心中盤據不去：要是他們敢動凱莉的一根寒毛，他會放火燒了他們的世界、踩熄悶燒的灰燼。他一定會用他的餘生追兇，把他們全部殺光光。

不能讓任何人傷了凱莉，他們一定要把她平安帶回來。

彼得把自己的道奇公羊貨車衝到位於九號公路的個人自助倉庫，停在三十三號儲藏室的前面。這是最大的空間，面積就跟雙車庫一樣。他原本使用的是小型置物間，後來進階成中型，現在則是使用他們的「豪華儲存設備」。他找出鑰匙，解開掛鎖，把鐵捲門往上推，找到了電燈開關，又拉下了門。

當他母親賣掉房子搬到靠近思考茲岱爾的那個地方之後，彼得直接拿走自己所有的東西，全都扔在這裡，一年一年過去，東西也越變越多。買下現在這棟公寓之前，他一直沒有住所。一開始是海軍陸戰隊的勒瓊營破爛軍營，然後是伊拉克、卡達、沖繩，以及阿富汗的軍方宿舍。而這間位於大馬路與破舊貨運火車鐵道之間，普普通通的個人自助倉庫，幾乎等於是他永遠的家。

他平常可以花好幾個小時的時間在裡面翻找自己的老舊物品，但他今天根本不碰那些令人感懷的紙箱，反而直接走到後牆的槍枝櫃。瑞秋在電話裡語無倫次，凱莉被綁架了，而她在這時候卻不想報警。她想要和綁匪合作、接受他們的使喚。要是他沒辦法勸服她去找聯邦調查局，那麼他們就得要準備充分的武力。他拿了另外一把鑰匙，打開槍枝櫃，拿出了他的兩把手槍：他祖父的海軍點四五柯爾特自動手槍、他自己的格洛克十九手槍。步槍已經在卡車裡，然後，他又多拿了一把十二毫米口徑溫徹斯特步槍。

他拿出所有武器的備用子彈，還加了兩個當初偷偷從軍隊挾帶出來的閃光彈。如果這次是救援行動，他還需要什麼？他拿了闖空門配備——開鎖器具、長柄大錘、電磁警報干擾發射器、乳膠手套、手電筒——還有他擔任軍職，與企業合作的時候所購買的竊聽與反竊聽設備。

現在，他把所有裝備放在公羊卡車裡，心想是不是還遺漏了什麼？

他盯著裝了海洛因的密封袋。

也該是結束的時候了，徹底戒斷。把它留在這裡，直接把車開走。

現在他有更重要的任務。

絕對不要再給自己任何機會。

燒了它，忍住痛楚，把凱莉帶回來。

分岔點，秋黃的樹林，這種老套說詞早就聽膩了。

他站在那裡。

猶豫不決。

陷入長考。

他搖搖頭，拿起那個密封袋，放入汽車置物箱，鎖好槍枝櫃，離開倉庫，駛向高速公路。

21

星期四晚上八點三十分

瑞秋仔細研究鄧列維一家人，已經到了雙眼泛水光、頭昏腦脹的地步。現在，她對他們知之甚深，已經超過他們對自己的了解程度。

她已經看過每一則部落格、臉書與IG的貼文，所有推特與推特轉文也沒有放過。

她知道托比之所以會對射箭產生興趣，是因為在網路上看到某名丹麥急速射箭好手的影片，而不是因為他父親的弓獵習慣。她還發現艾蜜莉亞·鄧列維對花生過敏，因為這個關係，她的小學因此還頒布了全面禁止花生的命令。

她也看了麥可撰寫弓獵嗜好的新部落格，還一路回溯他的美食部落格，就連二〇一二年的第一篇巧克力圓環蛋糕食譜也沒放過。

她知道海倫還想繼續當全職老師，但是她憂心自己沒有擔任五年級全職老師的充沛能量，諸如此類的事還有一大堆，部分有用，但大部分沒有。

她關掉電腦裡的檔案，看著自己的筆記。她已經列印出貝佛利的地圖，標出從射箭俱樂部回到鄧列維住宅的可能路線，必須要研究得十分透徹。她也準備了二號小朋友與三號小朋友的資料，但她知道托比·鄧列維將會是她的下手對象。

現在的潮汐池區一片幽暗，繁星登場，全部船隻都因為夜臨而泊岸。

到處都是衣服，貓咪的便盆還沒有清理，早餐的碗盤依然堆放在原處——這間屋子就像是翠西・艾敏的現代藝術作品一樣，紀念了某一段曾經相當天真爛漫、卻永不復返的時光。

瑞秋檢查了自己的左乳，感覺並沒有什麼不一樣，但醫生的擔憂可能是對的——也許裡面又長出了某種惡性物質。要是她置之不理，那惡瘤一定會奪走她的性命，讓她就此消失，想必一定十分暢懷。

她凝望窗外，透亮天光已經消退，躁動不安的天空轉為深藍與墨黑。

毛毛小雨變成了大雨。

她聽到某輛貨卡開過來。

她立刻衝出去。

彼得下了車，她奔向他面前，他抱住她，兩人就在滂沱大雨之中不發一語，長達十五秒之久。然後，彼得扶她入內，兩人坐在客廳小桌前。

彼得開口：「從頭說起吧，把一切都告訴我。」

瑞秋把自己接到第一通電話之後所發生的事、她做出的所有舉動，全都告訴了彼得：付贖金、買王八機、買槍、闖入亞本澤勒的住宅、拚命在想到底要綁架誰。但她並沒有講出腫瘤科醫生今日提到的憂慮——那是她與死神之間的私事。

彼得靜靜聆聽，不發一語，他讓她一口氣講完。

他努力消化一切。

無法令人置信。

他曾經在阿富汗與伊拉克親見惡行，但萬萬沒想到在美國會發生這麼冷酷殘暴的事。他壓根沒想到這樣的惡勢力會侵擾他的家人，這是嚴重的組織犯罪，不然就是販毒集團搞的鬼。

瑞秋說完之後，徵詢他的意見。「你覺得呢？」

他嚴肅以對，「瑞秋，我覺得我們應該要報警。」

她早就猜到他會說出這樣的答案。她拿出筆電，讓他看有關威廉斯一家人事件的報導，趁他在閱讀的時候，她又說出銀行外被那名男人攻擊的事。她握住她的手，「彼得，你沒有和他們說過話，但我有。那個挾持凱莉的女人因為兒子被綁架而嚇得半死，要是他們指示她殺死凱莉，我知道她會動手，一定的。讓『鎖鏈』繼續運行下去，是我們唯一的選擇。」

她知道自己的語氣聽起來像是邪教中人，但其實也相去不遠了。現在她已經深陷其中，她深信不疑，也盼望彼得與她一樣。

「所以，我們必須要綁架別人，才能把凱莉救回來。」他搖頭，恐懼不已。

「彼得，我們不得不如此。要是不從，他們會殺了凱莉，要是我們去報警，他們會殺了她，就算是我們動了這樣的念頭，他們也會殺死她。」

彼得回想起自己在匡提科海軍陸戰隊預備役學校被迫上的那堂道德課。以色列國防部的客座講師向他們做出了詳細解析，為什麼違背某項非法指令是合乎道德規範的行為。就連在軍隊裡，道德也是必須被同等看待的標準。然而，瑞秋此時在構思的事不只是非法，而且就道德面來看也是大有問題，無論從哪一個角度觀之，都是大錯特錯。符合道德規範的做法是立刻去找聯邦調查局。找到最靠近這裡的辦公室，走進去，把事情原委全部告訴他們。

不過，這樣就會害凱莉沒命了。瑞秋很相信這一點，他也相信她，而凱莉能夠平安歸返，才是彼得唯一在乎的重點。

所以就這麼定了。要是他們得綁架別人，才能換回凱莉，他一定會動手，要是他得殺人才能救她回來，他也會動手。如果他把她救回來，換他得坐五十年的牢，這也沒什麼，因為凱莉安全了。

彼得望著小凱莉坐在地下室的床墊，被鏈條銬在鐵爐的那張照片，完全找不到她身處地點的線索。他走到小廚房，為自己倒了一點咖啡，沉思，評估目前的狀況，他開口問道：「我們不報警嗎？真的完全不考慮？」

「那個『鎖鏈』的人聲，還有綁架凱莉的女人，都已經把話講得很明白了。他們說要是我膽敢違反任何一條規矩，他們就會殺死凱莉，找尋下一個目標。」

「要是妳違反規則，他們又怎麼會知道？」

「我不知道。」

「他們是不是在妳家裡裝竊聽器？最近妳有沒有外出度假？還是有不尋常的訪客？」

「沒有，是沒有發生那樣的事，但我覺得他們今天一早就駭入我的手機。我在九十五號州際公路的時候，他們知道我後面有警車，也知道我打電話給誰、講了什麼內容。無論我在哪裡，他們似乎都一清二楚。我覺得他們似乎是透過手機的鏡頭觀看一切，他們可能做到這種程度嗎？」

彼得點點頭，關掉瑞秋的手機，把它放入抽屜裡。他也關上她的麥金塔筆記型電腦，把它與手機放在一起。「當然。妳說妳買了王八機？」

「對。」

「從現在開始，只要是撥打出去的電話，一定要用王八機。還有，也不要再用妳的電腦了，我帶了我自己的電腦過來。他們應該已經駭入妳手機與電腦的攝影機，而且關閉了攝影機的啟動光源，所以他們可以看得見妳的一舉一動，但妳卻完全不知道攝影機早就被他們打開了。英特爾處理器裡面收集的那些東西，一定會讓妳瘋掉。」

「我已經拿膠帶貼住了攝影機。」

「很好，但妳要知道，他們也可以監聽。等一下我會檢查屋子裡有沒有竊聽器。妳說沒有人闖入屋內？那有沒有突然來修電視的工人或水電工之類的傢伙？」

「沒有。」

「好，可能只是裝了惡意軟體。嗯，妳有沒有把事情告訴馬提？」

「目前隻字未提。他在奧古斯塔打高爾夫球。」

「馬提是我弟弟，我愛他，不過馬提是大嘴巴，要是妳擔心安全或者有人會去向聯邦調查局告密……」

她回道：「我絕對不會害凱莉身陷危險。」

彼得拉起她冰冷顫抖的手、握在自己的手心。「不會有事的。」

她點頭，望著他沉穩的深色眼眸。「你確定嗎？」

「沒問題，我們一定會把她救回來。」

她問道：「你覺得他們為什麼要挑我？為什麼要綁架我的家人？」

「我不知道。」

「她說她研究了我的網路資料，看到馬提和我曾經在瓜地馬拉參加和平工作團計畫，她還找到了哈佛、抗癌成功，以及我所有工作的資料。他覺得我就是可以成就他們計畫的人。我不是，彼得，我明明是魯蛇，我遜斃了。」

「妳不是，妳——」

「我早就毀了自己的一生。我把一切都投資在馬提的身上，連自己的女兒都看不好！」

「小瑞，不要再講這種話了。」

「我沒有槍，今天必須買一支。」

「這也是明智之舉。」

「今天是我有史以來第一次開槍。」

彼得伸出雙手、包住她的兩隻小手。「相信我，瑞秋，妳一直處理得很好，現在我也來幫妳了。」

「我知道你在海軍陸戰隊的時候是工程師，但你有沒有，曾經遇過那種狀況……」

「有。」他的回答簡單明瞭。

「不止一次？」

「對。」

她再次點頭，深呼吸。「能知道這一點真是太好了。嗯，好，這就是我的預定人選名單。」

她把那幾個符合篩選條件的嬌弱小朋友名單交給了彼得。

彼得問道：「妳專找的是生活狀況穩定的父母，應該是不會去報警，而且會繼續綁架別人的小孩？」

「不能是離異的夫妻，不可以與警察、記者，或是政治人物有任何瓜葛。而且他們必須要有適當年齡的子女。不要挑有特殊需求的小孩，不找糖尿病患者之類的對象。」

彼得問道：「為什麼不綁架另一半？反而要挑小孩下手？」

「因為無法確定伴侶之間的相處沒關係。你看看我們吧，總共經歷了三次離異。但大家都愛自己的小孩不是嗎？」

「好。對了，這個應該可行。托比．鄧列維是妳的第一目標？」

「對。我本來挑的優先對象不是他，但那媽媽有個警察男友。」

「妳有沒有去勘查過鄧列維的住宅？」

「還沒，應該今晚會過去。但首先我需要你幫忙搬床墊，還有在亞本澤勒家釘木板。」

「他們家在哪裡？」

「過了沼澤池區就到了。來吧，我帶你過去。」

他們冒雨出門，沿著潮汐池區的小徑前進，瑞秋開始解釋：「每年到了這個時候，許多類似這樣的豪宅都成了空屋。」

彼得問道：「妳自己闖進了某間豪宅？」

「對，我知道亞本澤勒夫婦不住在那裡。我本來有點擔心警報器，但他們家根本沒有警報器。」

「妳很厲害。我自己闖空門多次，每次都嚇得要死。」

他們已經到達亞本澤勒的住家門口，瑞秋說道：「我們可以從後門進去。」

「挑得好，我喜歡他們的磚牆，」彼得說道，「妳是怎麼把鎖打開的？」

「我沒有，直接拿鑿子把鎖弄壞。」

「妳怎麼知道的？」

「我查了Google。」

兩人進去屋內，在一樓的客房拿了床墊與被褥，以徒手的方式搬到地下室。瑞秋早已買好了蓋住窗戶的木板，但還沒有上釘。彼得說道：「等一下我們就拿馬提的老舊電鑽吧，它的噪音不會像鐵錘那麼驚人。」

他們裝好木板，利用床褥與毯子，還有她先前買的許多玩具與遊戲，盡量讓地下室變得溫馨舒適。這計畫要是成功執行，而且他們並沒有被殺害或逮捕，那麼這裡過沒多久之後就會出現一個嚇得半死的可憐小男孩，一想到這一點，就叫人頭皮發麻。瑞秋已經準備了一條沉甸甸的鏈條，扣在床墊附近的水泥柱，這不禁讓彼得的背脊起了一陣冷顫。

他們關上亞本澤勒家的後門，回到瑞秋的家中，彼得問道：「現在呢？」

「找出我家的竊聽器，一想到他們監視我的一舉一動，就讓我覺得好煩。」

彼得點點頭，「我來處理，沒問題。」

他從自己的包包裡拿出無線訊號偵測器。在那個還是類比竊聽器材的古早年代，需要無線電接收器與複雜的配備才能處理問題；不過，現在只要弄個五十元美金的無線訊號偵測器就可以搞定了。他先檢查屋子，接下來是手機與電腦。

「大致沒問題，」他終於開口，「我仔細掃過了整間屋子，每一個角落都不放過，地下室也找了，就連廚房上方的低矮設備層也沒放過。」

「你剛不是說大致沒問題？」

「對。妳家裡沒有竊聽器，但正如我先前所懷疑的一樣，妳的麥金塔電腦十分危險。」

「怎麼說？」

「裡面有惡意程式，只要連接無線網路，就能操控妳的攝影機，也可以隨時截圖回傳，裝設之後，要知道妳的密碼就易如反掌。這個殭屍病毒有個隨機產生的名稱——xu2409——但這也沒有任何意義，因為它的發送目的地也已經被加密處理。」

瑞秋大感佩服，「你怎麼知道搞定這些東西？」

「打從網路的石器時代開始，我就在搞電腦了，對於當時的軍方來說，個人資安是迅速成長的一大部門。」

「能不能移除那個病毒？」

「簡單得很，但我要是把它弄走的話，他們馬上就會發現了。」

「駭入我電腦的人，會知道我已經處理了病毒？」

「沒錯，他們不只是知道妳動了手腳，而且鐵定會採行更進一步的反制措施。我的建議是，在凱莉平安回來之前，不要使用妳的麥金塔電腦與iPhone就是了，之後我再幫妳移除病毒，把電子設備整理乾淨。」

「他們會打我的手機，我需要它。」

「妳只要記得他們可以隨時聽到對話內容就好，當然，妳的手機也等於是衛星信號發射器。」

瑞秋問道：「他們會不會正在監看這整間屋子？」

「可以做得到，」彼得回道，「搞不好現在就盯著我們的一舉一動，我猜是沒有，但這種事很難說。」

瑞秋一陣顫慄，「我的眼前一直浮現凱莉在地下室的畫面，她一定嚇死了。」

「她是很有韌性的小孩，個性強悍。」

彼得心想，也許兇過頭了，希望她不要做出什麼傻事。

22

星期五凌晨一點十一分

凱莉一直等到深夜，但其實她完全沒有辦法知道現在是什麼時候。沒有iPod、沒有平板、沒有麥金塔筆記型電腦。當然，也沒有手錶，但現在這種年代有誰會戴手錶呢？

她躺在床上，可以聽到遠方的車流，偶爾還會聽到飛機準備降落在洛根機場的時候引擎推力的變換聲響。遙遠的飛機，飛向了遙遠的洛根機場。

她坐在床墊上，背對著攝影機啃全麥餅乾。她的第一個計畫失敗了，沒辦法用牙膏軟管打開手銬。她試了四個小時，卻徹底失敗。不過，她的第二個計畫似乎是多了一點希望。

就在天黑後沒多久，那男人拿了熱狗與牛奶給她，將托盤放在她旁邊的地板，槍在他的運動衫口袋裡。後來，是那女人下來把托盤拿回去，而她則是右手持槍，他們兩人總是隨身攜帶武器。她才十三歲，而且被鏈子固定在某個九十公斤重的大鐵爐附近。但是他們卻不敢冒險，只要進入地下室，一定帶著槍。

而凱莉知道，那個東西，一定能夠助她一臂之力。

她在今天下午稍早時發現了它。

天空的陽光在緩緩移動，她發現地下室角落出現了閃光。湊前一看，原來是鍋爐下方靠牆處的某支扳手，幾乎很難看得見。有人不小心把它掉在那裡，而且就忘了，也許是多年前遺落在那裡的東西。顯然他們整理了地下室，但卻沒有看到那支扳手，因為必須要在下午三點到五點的時候，靠著從窗戶射入的陽光，躺在地上、正對著鍋爐，才有機會看到那支扳手。

那支扳手就是鑰匙。

她等待，靜心等下去。

現在，也許是深夜時分吧，車流似乎變得緩慢，而且飛機起降也沒有那麼頻繁。

她一直想到那名警察。他們殺了他嗎？一定是。換言之，她被兩名殺人犯所挾持，他們看起來不像是那種惡徒，但明明就是。她拚命想要拋卻這個念頭帶來的恐懼感，但無論怎麼兜轉，它還是潛藏在心中……

她想到了媽媽。

她媽媽一定擔心死了，崩潰不已，她並不像外表那麼堅強。距離結束化療，也還不到一年的時間。還有，她想到了爸爸，她爸人很棒，但應該稱不上是全世界最有肩膀的男人。

她又看了一下那個GoPro攝影機。現在到底是多晚了？他們在晚上還是會睡覺吧？一定得睡的，可能是靠安眠藥。

她還是繼續等下去。

現在差不多是凌晨兩點吧。她心想，應該可以了。

她站起來，用力把鏈條拉到底，使勁扯鐵爐。當然，重得要命，但地板是光滑的水泥材質，不需要耗費過多的摩擦力。她早已在爐子的鑄鐵支腳附近地面潑灑了水，希望多少有點幫助。

她死命拉鏈條，整個人往後倒，就像是在拔河比賽現場拚搏一樣。她在冒汗，肌肉疼痛，對於一個小女孩來說，這似乎是不可能——

鍋爐搖搖晃晃。但她的腳站不住，砰一聲跌坐在地板上，摔到了尾骨。

她咬住下唇，拚命忍住大叫的衝動。

她在地上翻來覆去，靠，靠，我靠！

痛感逐漸消退，她努力檢查自己的狀況，沒有摔斷骨頭。她從來沒有過斷骨的經驗，但她猜想那應該痛多了。史都華有次在紐伯里公園的結冰池塘溜冰，斷了手腕，當時他哀號個不停。

話說回來，那是史都華。

她再次站起來，甩動四肢的疼痛。她的瘋狂伯伯彼得曾經說過，會感到痛苦，是因為這種疲弱即將脫離告別身體。她告訴自己，所以我現在變得更強壯了，但老實說，這種話她也很難說服自己。

她抓住鏈條，使勁猛拉鐵爐，它又開始搖晃，這一次，隨著她的拉力，它也開始跟著緩慢移動。她想起了科學課裡的內容，這都是與摩擦力與動能有關。鐵爐固然巨大，但是濕答答的地板卻很光滑。

好重，重得要命，但已經開始移動。噪音很可怕：高頻的刺耳刮擦尖響，所幸不會太吵，地下室外頭聽不到，當然屋內就更不需要擔心了。

她全身冒汗，拉了兩分鐘之後，停了下來，已經累到不行。她坐在床墊邊，氣喘吁吁。

出於警覺，她回望了一下攝影機，但什麼也看不出來。開機的時候，也不會有亮燈顯示，但她必須要假設它永遠保持在開啟狀態。

她爬向鍋爐下方的把手，像是神奇先生一樣拚命往前伸長身體，她的左腕被鏈條扯得好緊，還差了約九十公分。她爬回睡袋，開始心算。今晚她應該還可以再移動爐子三十公分，然後，還得再花一個晚上才能拿到扳手，但她一定會成功。

她興高采烈，現在她想到方法了，可能會害自己喪命，但要是什麼都不做，恐怕也是死路一條。

23

星期五深夜四點二十分

波賽頓街距離海岸邊的貝佛利市中心有一小段距離。典型的新英格蘭綠蔭郊區街道，小窗斜屋頂的兩層樓殖民風格小屋，尷尬夾雜在有豪華大窗、佔地更氣派的新屋之間。波賽頓街十四號，也就是鄧列維一家人的住所，正是其中一間新屋。院子裡種有美麗的紅楓，還安裝了鞦韆。在充滿情調的街燈映照之下，可以看到草地上有小孩的玩具、足球，還有棒球捕手的手套。

他們把車停在街道遠處的某棵濃密大柳樹下方，依然還有部分枝葉可以遮擋。雖然已經盡量低調，但他們看來還是形跡有些可疑。所幸，這雖然不是那種有人會在車裡睡覺的社區，但這裡是那種就算有街坊發現某人在車內半寐，也會假裝視而不見的社區。

彼得正透過自己的電腦檢查鄧列維一家人的社群網路，「大家都還在睡。」

瑞秋開始解釋：「大概再過一個小時，麥可就會起床，接下來是海倫和小孩。有時候麥可會搭六點的火車前往南站，有時候是六點半的車次。」

「他應該要開車吧，這種時候又不會塞車，」彼得繼續說道，「對了，妳知道我們應該要提防什麼嗎？」

「什麼？」

彼得說道：「鞋子裡的衛星定位追蹤器。許多直升機父母會把衛星定位追蹤器放在小孩的後背包或是鞋子裡頭。要是他們失蹤的話，只要使用應用軟體，幾秒鐘之內就可以找到人了。」

瑞秋十分驚駭，「真的嗎？」

「是啊，聯邦調查局只要靠著那小東西，就會在我們還搞不清楚狀況之前立馬追過來。」

「我們要怎麼預防？」

「我可以掃描，看看那些東西是否有發射訊號，然後丟掉他們的iPhone和裝設衛星定位追蹤器的鞋子，我們應該就沒事了。」

「海倫似乎是只要一利用那種設備找小孩，就會洋洋得意公告天下的那種人。不過，她從來沒提過這個。」瑞秋一說完，才驚覺自己的這番話充滿了酸意。

她點點頭，想起歷史學家塔西佗曾經說過的話，對於我們即將要殘虐的對象，我們到頭來一定是充滿了恨意。

「也許妳說得沒錯，」彼得回她，「但反正我們會檢查鞋子。」

他們盯著那棟房子，啜飲咖啡，等待。

街上根本沒有人。有人送牛奶與早班郵差到來的日子早就是過去式了，而第一個遛狗人出現是在五點三十分。

鄧列維家中有人起床的第一個線索是麥可在六點零一分的時候，回推了湯姆．布雷迪的某條貼文。然後，海倫也醒了，開始玩臉書，她為十幾個朋友的發文按了讚，然後自己也發布了某段女士兵們在敘利亞對抗伊斯蘭國的影片。海倫是溫和的民主黨人，而她老公似乎是溫和的共和黨人，兩人都關心世界、環境，以及自己的小孩，都不會為非作歹，要是換作在其他狀況下，瑞秋覺得與他們成為朋友也是順其自然之事。

那兩個小孩很可愛，不是驕縱的小屁孩，是討人喜歡的小朋友。

「妳看看，」彼得說道，「海倫剛才發了一則IG，是沙連市偉伯街的『航海家』餐廳。」

瑞秋回道，「臉書上也發了。」

「她說要和自己的朋友黛比共進早餐，沙連市距離這裡有多遠？」

「不遠。五分鐘，加上塞車可能是十分鐘。」

「不妙。不過，和朋友一起吃早餐，應該至少需要四十分鐘吧？」

瑞秋搖搖頭，「我不知道，如果只是喝咖啡吃馬芬，不會耗那麼久。但話說回來，如果你只吃那些東西當早餐，去星巴克就好了是不是？嗯，你覺得呢？」

「我在想，等到麥可出門後，小孩上學，海倫去吃早餐，屋內保證沒有人。」

「然後呢？」

「我潛入後門，勘查裡面的狀況，也許在他們家的桌上型電腦上傳某個監控軟體。」

「你可以嗎？」

「哦，沒問題。」

「要怎麼做？」

「闖空門就像妳進入亞本澤勒家一樣，簡單得不得了。我離開軍隊之後，為好友史坦工作，在他身上學到了竊聽技術。」

瑞秋搖頭，「我不知道這樣好不好。」

「這樣對我們有好處，我們可以立刻知道他們在想什麼。等到我們帶走托比之後，妳就知道這種下流手段有多麼重要了。」

「安全嗎？」

「我們現在做的哪一件事是安全的？」

麥可・鄧列維終於在七點十五分離家，準備上班。他開車前往貝佛利車站，把他的寶馬汽車留在接駁停車場。海倫在八點零一分把小孩帶出門，瑞秋看到兩個小朋友身穿過大的軍裝外套、再加上帽子與圍巾，覺得他們十分可愛。

彼得問道：「要不要跟蹤他們？」

瑞秋搖頭，「不需要。反正海倫會讓我們知道他們什麼時候放學，而且她會待在餐廳裡。」他們坐在冷得要命的富豪座車裡，在八點十五分看到海倫在臉書上發了一張「航海家」餐廳的自拍照，終於放了心。

彼得看了一下街上的狀況。有個大學生在相隔四戶的自宅庭院裡練投籃，對面有個小女孩剛從家門出來，在封閉式的蹦床裡不斷跳上跳下，彼得說道：「妳看，這小女孩關上了自家大門，一個人在蹦床裡玩耍，完美的下手目標。」

「嗯，」瑞秋也同意，「但這不是我們原本的計畫。」

「沒錯。好，我要展開行動了。」

瑞秋抓住他的手，「彼得，你確定真要這麼做嗎？」

「我們必須要知道這些人的所有資料。展開突擊行動之前，必須花好幾天的時間蒐集所有敵情，有時候甚至要花好幾個禮拜。但我們現在可沒有好幾天或是好幾個禮拜的時間，所以我們必須要盡快蒐集情資。」

瑞秋聽懂了他的意思。

「這就是我現在必須進去這間屋子的原因，理論上，裡面應該沒有人。但萬一遇到什麼瘋狂的凱文老伯拿著霰彈槍的話，我看我是必死無疑。我應該會待個十五分鐘左右，要是到時候沒看到我，妳就趕快閃人。」

「所以你到底要做什麼？」

「十五分鐘之內能搞定多少算多少。」

「好，所以就是八點三十分。」

「對。」

「如果到了那個時候，看不到你的人怎麼辦？」

「也就是說，我遇到了麻煩。當然，我什麼都不會說，但妳得要準備找二號小朋友下手，或者，更好的方式是重擬一份我根本什麼都不知道的名單。」

「要是街上有狀況，我會打電話給你。」

「好，但要是十分危急，妳趕緊離開就是了。」

彼得把他的後背包揹上肩，鄧列維住家旁邊有片相隔海濱與道路的樹叢，中間有圍牆。他確定四下無人，朝那裡衝了過去。瑞秋看著他爬過圍牆、進入鄧列維家中的後院。

她豎耳傾聽，不知道會不會聽到尖叫或是瘋狂凱文老伯的開槍聲響，但什麼都沒有。

她透過後照鏡觀察那個在對街玩蹦床的小女孩。看來是沒有父母在監控，而且她家大門緊閉，其實，走過去把那小孩拎走，應該是輕而易舉。

天，到底是誰的腦袋裡會有這些念頭？瑞秋？妳到底變成了什麼德性？

她看了一下手機，現在是八點二十二分。

她閉上雙眼，想到凱莉。她能夠入睡嗎？她應該一整個晚上都在想著爸媽，擔心我們兩個人。

她又瞄了一次手機，八點二十三分。

有輛白色的貨卡緩緩駛過來——那種遇到鐵定沒好事的髒兮兮白色貨卡。不過，那輛車的司機卻根本沒注意她，繼續前進。

她翻口袋，想要拿出馬提的香菸，但卻遍尋不著。有狗在亂叫，像是發瘋了一樣狂吠。

到底在哪裡亂叫？鄧列維家裡沒有養狗，要是有的話，瑞秋早就知道了。

也許是鄰居的狗？搞不好隔壁的狗兒看見彼得進入屋內，發現這是陌生人？

八點二十八分。

她打開收音機，正在播出已經重播無數次的《汽車談話秀》節目，那對主持人兄弟裡的某一個正在大罵福斯的迷你巴士。

八點三十一分。

彼得在哪裡？

狗兒吠得更狂了。

小女孩下了蹦床，拿起一罐似乎是汽水的東西，又回到了蹦床上面。

瑞秋心想：親愛的，妳穿的洋裝這麼美，這樣不太好吧。

八點三十四分。

後照鏡裡可以看到街尾出現了貝佛利警局的黑白警車，瑞秋低聲嘀咕：「天，不要啊。」她立刻發動引擎，忠實可靠的老舊引擎發出低吼，隨時可以上路。

警車緩緩駛過來，裡面有兩名警員，直接朝她的方向而來。

八點三十七分。

狗兒還在叫，而且越來越大聲。

警車越來越迫近。

她把排檔推入一檔，左腳踏著離合器，隨時準備踩下油門。

那個在蹦床上的小女孩果然闖禍，不知該怎麼挽救已經潑灑全身的汽水，她開始尖叫，那兩名警察轉頭看著她。

彼得出現在鄧列維家圍牆的上方，跳入那一小叢樹林、奔向瑞秋的富豪汽車。他進了後座，氣喘吁吁。「快走！」

瑞秋十分緊張，「沒事吧？」

「對，沒事，快走！」

瑞秋放開離合器，立刻上路。她一路東行，朝曼徹斯特方向前進，然後又轉向北方，接伊普斯威奇，走一A公路。警察並沒有跟過來，彼得在後座滑手機。

她開口問他：「一切都還好吧？」

「對，沒事。」

「剛才發生了什麼事？」

「沒事，這次任務超簡單。後面窗戶是打開的，所以我兩秒就進去了。樓下書房的桌上型電腦還開著，停留在螢幕保護程式狀態，所以我上傳了電腦蠕蟲。很可惜，我沒找到家用電話，所以沒辦法裝竊聽器。現在許多人都已經不裝市內電話了。不過，只要他們一使用那台桌機，我就可以知道他們電郵、Skype、Facetime和iMessage的密碼。」

「靠！」瑞秋對彼得的功力大感佩服。

「嗯。」

「這一切都是你好友史坦教你的嗎？」

「幾乎都是。我這個人一向不喜歡受到法律牽絆。」

「對，馬提告訴過我，你在十一歲的時候偷車，還開到了加拿大。」

彼得假意謙虛，「不是加拿大，而且我那時候是十二歲。」

「你待在裡面的時間超過了八點半。」

「我知道。因為我找到了托比的房間，稍微研究了一下。很正常的小孩，應該是沒有健康問題。喜歡紅襪隊、《X戰警》，還有一個叫作《怪奇物語》的電視影集，超正常的小男生。」

瑞秋語氣痛苦，「所以可以找他下手？」

彼得回道：「對，這小孩沒問題。」

他們走一A公路北行，轉入通往梅島的支路，過橋，進入本島。

到家的時候，瑞秋打了一個大哈欠。

彼得好擔心，「妳上次闔眼休息是多久以前的事了？」

她裝作沒聽到，「我再多煮一點咖啡，我們還有好多工作得完成。」

瑞秋上樓，準備從凱莉房間內拿出白板。她打開房門的時候，暗自期盼搞不好凱莉正躲在裡面，這一切只是某種殘酷、瘋狂的惡作劇。

房內無人，但裡面的確有她女兒的氣味。便宜的Forever 21廉價香水，凱莉的最愛。收藏的諸多貝殼，從洗衣籃裡滿出來的髒衣服，有關天文學與埃及的書籍，還有放滿從小到大收到的生日卡片的盒子，「布洛克漢普頓」男團、綺拉．奈特莉主演的《傲慢與偏見》海報，依照字母整齊排列的功課檔案夾，還有好友與家人的照片集錦。

瑞秋覺得自己快站不住了。她抓了白板，進入走廊，輕輕掩上房門。

他們兩人待在樓下，將小托比的日常生活做出了一張流程圖。他在今天與週日晚上有射箭課，課程七點鐘結束，然後走路回家，這就是下手的時機。彼得望著Google地圖，開口說道：「射箭俱樂部的聚會地點位於貝佛利水岸附近的『舊海關大廳』，從海關大廳走到鄧列維家還不到一『喀嚓』。」

「什麼是『一喀嚓』？」

「抱歉，意思就是一公里。我已經反覆研究過這條路線的街景。他從海關大廳離開之後，走雷文努街，右轉，接史坦多爾街，再右轉進入波賽頓街，就到家了。這段路程應該只需要花他七到八分鐘的時間，最多就是十分鐘。」

時間非常緊湊，他們都很清楚這一點。

瑞秋說道：「我們必須要在七點到七點十分之間逮人。其實應該不成問題，我們必須要在史坦多爾街抓住他，因為雷文努街的人太多了，而且我們也不能在波賽頓街下手，因為他母親可能會出來等他。」

彼得撫摸下巴，其實無論就時間與地理位置看來，機會都相當渺茫，但他憋在心裡沒說出來，這是他們精心研究過的對象。瑞秋又想打哈欠，還是忍住了。

彼得開口：「妳要不要小睡一下？」

「不需要小睡了，我們走吧。」

他們出門，進入車內，不到十五分鐘就到達貝佛利。這座小鎮的規模未免也狹小了一點，讓人覺得好彆扭，但這一點他們也無能為力。

這時候變得比較熱鬧，瑞秋心想，居然有這麼多混蛋在遛狗、買東西、四處遊晃。為什麼要叫他們混蛋？因為天在崩塌，不，已經崩塌下來的時候，他們為什麼還能顯現出這麼毫不在乎的開心模樣？舊海關大廳靠近水岸，也是遛狗與朋友鬼混的熱門場所。

「根據最新的天氣預報，」彼得看著自己的筆記型電腦，開口說道，「今晚會下小雨，不是大雨。希望雨勢夠大，能夠讓那些想散步的人打消念頭，但也不能是傾盆大雨，不然他媽媽可能會自己出來接他回家。」

「等到我把凱莉帶回來之後，我再也不允許她自己一個人走在路上，哪裡都一樣。等到她五十歲以後，才可以解禁。」

他們開著車，從舊海關大廳到了雷文努街、史坦多爾街，最後到了波賽頓街，在這個平凡無奇的新英格蘭郊區繞了三分鐘左右。史坦多爾街的兩側種滿了依然保有綠蔭的巨大老橡樹，彼得說道：「很好的掩護。」

他們掉頭，又回到了市中心。

「好，計畫是這樣：」瑞秋告訴彼得，「一、我們開到舊海關大樓等待。二、等那小孩出來。三、跟蹤托比回家，從雷文努街一直到史坦多爾街，拜託老天，一定要讓托比落單。四、我們把車停在他旁邊。五、我們抓住他，把他拖進來。六、立刻把車開走。」

「妳希望由我去抓他？」

她點點頭，「我負責開車。」

「好，我會把他抓入車內，妳開車。」

「有許多環節都可能出包，」瑞秋說道，「幸好有你陪我。」

彼得想起二〇一二年九月巴斯營地出事的那個夜晚，一團混亂，他咬住下唇，告訴瑞秋：「對，小瑞，不會有問題的。」

「但就算一切沒問題，」她一臉痛苦，「還是十分可怖。」

24

星期五早上十一點三十九分

凱莉窩在睡袋裡，突然驚醒，我在——

她一陣驚慌，但隨即想起自己到底在哪裡，又出了什麼事。

她在紐伯里波特北方某處住宅的地下室，有一對夫婦綁架她，逼她母親必須付贖金。她的喉頭好緊，趕緊在睡袋裡坐起身子，大口吸氣。這裡的空氣污濁，充滿了霉味。

不過，她還是猛吸氣，強迫自己冷靜下來。他們要殺了我，要殺了我，他們……不，沒有。他們不是神經病，要是媽媽乖乖聽從他們的指令，就不可能會傷害我，而那警察的事純屬意外。

而且她還沒死。

她一直在密謀某項計畫。那支扳手……對！

從陽光現在的位置看來，她應該是睡過頭了，想不到她居然能睡著。她現在真的很想尿尿，趕緊背向攝影機，拿了尿桶，利用皺疊成一坨的睡袋當成掩護。

過了幾分鐘之後，門開了，她看到那男人站在梯頂，還可以見到背後的院子與樹木。他帶著托盤下來，所以沒關門。他身穿睡衣，戴著滑雪面罩。她聽到他發出急促呼吸聲響，想必下樓一定很費力。

「早安，」他開口說道，「我想現在還是算早上吧。我給妳送來圈圈餅穀片，嗯，早午餐。妳喜歡圈圈餅吧？」

「嗯。」

他走過地下室，把餐盤放在她身邊。一碗圈圈餅穀片加牛奶，一杯柳橙，再加一瓶水。

「抱歉這麼晚過來。我們昨天拖到很晚才睡。我們，嗯，沒想到昨天會出那些狀況……妳一定餓了，有沒有睡好？」

她搖頭，沒有顯露任何情緒。「不意外，」他說道，「這真是瘋狂，我壓根也沒想到自己會……」

凱莉問道：「你為什麼要做出這種事？」

他深呼吸，搖頭。「因為他們擄走了我們的兒子，」他語氣輕柔，搖搖頭。「妳有沒有看那些書？」

凱莉發現了一線機會。

「有。我以前沒看過《白鯨記》，雖然一直很想讀，但卻擔心它會太無聊。」

那男人興奮問道：「妳喜歡嗎？」

「嗯，看到目前為止還不錯。」

「哦，太棒了，這是經典作品。對你們這個世代來說可能會覺得無聊。但只要妳能夠讓自己進入那樣的思考模式，閱讀過程就差不多像是流水一樣順暢。」

「嗯，沒錯。我喜歡那個刺青男。」

「魁魁格？妳說他是不是很棒！梅爾維爾曾經與南太平洋的島民共同生活了將近有一年之久，所以他描繪他們的面貌格外動人，對吧？」

凱莉拚命想要找話，雖然明明沒看過某本書，但是卻被英文老師點名發表心得，能夠讓老師大為激賞的那種話。

她繼續努力，「對，這整本書就是一個龐大的隱喻，是不是？」

「當然。沒錯！妳說得很好，妳——」

階梯上方傳來了人聲，「放下餐盤就給我回來！」

「我看我得趕緊回去了，」那男人低聲說道，「好好吃東西，放輕鬆，拜託千萬不要亂來，我從來沒有看過她這樣。」

「趕快回來！」那女人尖叫，男人趕緊上樓，鎖門，又留下凱莉一個人。

他這次下來時也還是帶著槍。

那把槍是一切的關鍵。

25

星期五下午三點十三分

她的手機發出了吱吱聲響。她已經預先設定通知，只要最新一筆贖金透過比特幣系統進入了他們的瑞士銀行帳戶，她就會立刻知道。威士或萬事達，尤其是美國運通，有時候會封鎖交易，但顯然這次是全額入帳，沒有遇到任何麻煩。

她哥哥老是嘲笑她愛搞這種微型管理。她讓他負責處理「鎖鏈」的時候，他老是宣稱自己幾乎都不用動手，差不多就是讓這整個機制自行監控，但她的習慣就是管東管西，那畢竟是她的小寶寶。

她盯著手機。對，兩萬五千美金，無法追蹤流向的這筆錢，已經透過比特幣的洗錢系統全部進去了。

就某方面來說，這是好事；但要是從半杯水理論來看待的話，他們之所以能夠這麼快付出贖金，也就表示他們還可以繳出更多的錢。這是她的疏失，是她自己設下贖金數目。她事先檢查過瑞秋的銀行帳戶與收入，心想兩萬五千美金應該會很吃緊了。拜託，她前幾個禮拜還在開優步為生，而且家裡也沒有存款。

贖金哲學並不是要吸光他們的血，而是要講出一個能讓他們湊得出來的數目。第二部分總是比較困難……與金錢無關啦……

不過……

她透過自己的手機鏡像監控瑞秋的電腦，但瑞秋自昨晚之後就沒有打開她的麥金塔。顯然她現在已經改用別台電腦，至少，這證明了瑞秋不算個白痴。

她眼神放空，飄向窗外，盯著雨滴落入波士頓灣。要是瑞秋比她聰明呢？那將會成為致命大錯。

她打開wickr應用程式，發訊息給瑞秋：「準備要處理妳的目標了嗎？托比．鄧列維？」

過了五分鐘之後，瑞秋才回應：「對。要是今晚沒問題的話，我們會動手；如果不行，那就是星期天晚上。」

她回訊問道：「為什麼不是明天晚上或早上？」

瑞秋回道：「這個小男孩會去上射箭課，然後自己走路回家。今晚和週日才有課。」

她不喜歡瑞秋的語氣，不夠戒慎恐懼，不夠謙卑，瑞秋不知道自己是正在跟女王講話的三流貨色。

瑞秋．克連恩，我可以宰了妳，我只要捻一下手指，妳就會像是迪街的吸毒妓女一樣死得很難看。

「一抓到那男孩，立刻用wickr傳訊給我，」她寫下了這些話，「我會先打電話給那一家人，妳過了五分鐘之後再打。妳要說的第一段話是：『你們要記得，你們不是第一個，當然也不會是最後一個；這與錢無關，重點是「鎖鏈」。』明白了嗎？」

「嗯。」

又來了，態度粗魯，自以為是，她不喜歡這種態度。

她關掉對話框，陷入沉思好一會兒。

歐力總是提醒她，不要把這些事與私人領域沾上邊，彷彿他比較年長睿智一樣。對，比她老了十五分鐘而已。的確，這種事不需要匆匆忙忙，重點不在於速度，關鍵是要讓它持續運作下去。

根據歐力的模組分析，到了現在，它應該早就瓦解了。「鎖鏈」的成員越來越多，發生重大轉折的可能性也逐漸升高。所以，恐懼才會這麼重要，這是全體心理的關鍵要素。

人類是被深層本能主宰的生物。他們就像是老鼠一樣，這些人，等於是乾草堆裡的老鼠，而她是在他們上方盤旋的遊隼，凝望著他們的一舉一動。

她想到了諾亞．李普曼。和他交往的時候，她用情至深，但他卻甩了她，與新女友搬到了新墨西哥州。然而，也不知道是怎麼回事，「鎖鏈」伸出了觸鬚、進入了那裡的高原沙漠。他在陶斯鎮遇到了好幾次的生命悲慘大轉彎。他的女友死於飛車搶劫案，而他被自己服務的醫院解雇，然後，他自己也被搶，還被打得半死，現在是聖塔非某間安養院的護士，薪資低廉，老是得加班。而且現在的諾亞已經長了白髮，遇襲之後，走路也變得一拐一拐的。

她心想，這也未必是壞事，有時候，「鎖鏈」可以助人。幫助大家聚焦在真正重要的事物。就某方面看來，她也在幫助這些乾草堆裡的小老鼠。好，瑞秋，現在妳知道如果妳想再看到自己的可愛小凱莉該怎麼辦了吧？妳感受到不知所措的恐慌？腎上腺素爆發？想要行動的心焦？這都是「鎖鏈」所給妳的一切，「鎖鏈」解放了妳。

她關上筆記型電腦。

歐力的口頭禪：不要干預，就讓它自行運作到崩解為止。

不過，有時候可以從中找出一點小小的樂趣。

她又點開wickr軟體，發訊給海瑟．波特：「向瑞秋．克連恩索討的贖金必須加倍，現在是五萬美元，得要在今天支付差額，立刻通知她。還有，她必須要在今天完成第二階段，要是她今天付不出新的贖金，沒辦法在半夜十二點之前完成綁架任務，妳就必須殺掉凱莉．歐尼爾，找尋新目標。」

對，如此一來，就產生了療癒效果，這念頭讓她頗感心滿意足。

26

星期五下午三點五十七分

瑞秋站在蓮蓬頭下面。她想要燙死自己，又想要冷死自己，但這樣的水流似乎幫不上忙。她依然深陷在惡夢之中，心神散漫而丟失小孩的那些人，他們任由十三歲的子女獨自離家、前往密西西比州或是阿拉巴馬州的偏僻車站，然而，這種事不該發生在屬於安全文明都會區的麻州北部。

她步出淋浴間，站在冰冷的浴室地板上面，搖頭。就是這樣的自滿與傲慢，才會讓他們立刻成功綁架了她的女兒。她頭昏腦脹，左乳疼痛，一片茫然。在那早已不存在的浴室鏡面當中，她又看到了自己的臉。憔悴消瘦醜陋、酷似珍妮佛．康納莉的愚蠢臉龐。當初拆除了所有的鏡子——真是一場鬧劇。只是在掩蓋事實罷了，那些破碎的鏡子都已經進入了公立垃圾場，而厄運卻又回頭找上了她。

卡繆曾經說過：「身處於寒冬之中，我終於領悟到自己內心深處隱藏著無敵夏日。」

鬼扯。

她現在只感受到痛苦、恐懼，以及悲傷。最強烈的是恐懼。對，她覺得這是寒冬，身處在冰河時期，位於看不見陽光的北極。我女兒被人綁架，為了要把她救回來，我必須要從街上擄走某個可愛小男孩，威脅他與他的家人，而且說到做到。當我說出我會殺死他的時候，我絕對不是說說而已，我如若不從，就再也見不到凱莉了。

她穿上T恤、紅色毛衣與牛仔褲，走進客廳。

原本埋首在自己電腦前的彼得，抬頭望著她。

他不可能明瞭她的折磨，不可能明瞭那種恐懼與疑惑。他是好人，是退休軍官，她必須擔任馬克白夫人的角色。她冷冷說道：「好，所以我們都安排好了。」

彼得點點頭，他剛從亞本澤勒的屋宅回來。

「那間房子怎麼樣？」

「很完美，地下室超安靜，還有個可以尿尿的小桶。我還為小孩準備了一些漫畫書，到時候他就不會無聊了。除此之外，還有絨毛動物娃娃與玩具，以及一些糖果。」

「最新的天氣預報呢？」

「還是毛毛雨，雨勢不大。」

瑞秋問道：「這家人在做什麼？」

「麥可依然在工作，其他人都待在家裡。海倫・鄧列維正在為她家後院的無花果樹發表一篇臉書長文。哦，還有，托比絕對沒有過敏問題。」

「太好了。我有次搭飛機的時候，遇到一個光是聞到別人花生醬三明治就抓狂的過敏女人，惡夢一場。」她講完之後，嘆了一口長氣。「彼得，謝謝你過來，你是我的靠山，要是沒有你的話，我一定熬不過去。」

彼得凝望著她，猛嚥口水，欲言又止。他有兩件事得要告訴她，一個是海洛因，另一個是巴斯營地的意外事件。他不是靠山，他是靠不住的廢物。要不是他先主動請辭的話，現在應該正在接受軍法審判。他開口說道：「有些事應該要讓妳知道……」

瑞秋手機響了，未知號碼來電。

她轉為擴音模式，讓彼得也可以聽到對方講的話。

「喂？」

「現在計畫有變。」來電者是綁架凱莉的女人。

「什麼意思？」

「妳必須要另外支付兩萬五美金，存入『無限計畫』帳戶。」

「我們已經付了贖金，那——」

「狀況有變。有時候他們會突然改變心意。妳得再交出兩萬五美金，『無限計畫』的比特幣轉帳帳號是二二八九七四四。此外，妳今天得要完成第二部分。妳明白嗎？要是妳今天不搞定這些事，我會殺死凱莉。」

「不要！拜託妳！我一定會照辦，我一直都很合作！」

「我知道。他們剛剛傳訊給我而已，瑞秋，我們必須聽從他們的指令。半夜十二點之前，再交出兩萬五美金，完成第二部分的任務。要是沒有達成目標，我就得殺了凱莉，要是我不這麼做的話，他們會殺了我兒子，所以我一定得動手。」

「不要這樣，這太離譜了，我們一直很合作，我們——」

「瑞秋，有沒有聽懂我剛才交代妳的話？」

「有，我——」

電話斷了。

今天還得生出另一筆兩萬五美金？要去哪裡籌錢？

彼得望著客廳窗戶外頭，對她大吼：「有車子來了！」

「朝這裡開過來？」

「對，」彼得很確定，「裡面有兩個人，一男一女，就停在我的卡車旁邊。馬提現在開的是什麼車？」

瑞秋衝到廚房窗戶前面，剛剛停好的那輛車子是白色賓士。坐在駕駛座的是馬提，身旁的女人是塔咪。其實她先前只見過塔咪一次，換手由馬提照顧凱莉的某個場合，塔咪是留著可愛鮑伯頭的長腿金髮美女，而馬提身邊的那個人也是這個模樣。

「是馬提！」

彼得衝到廚房窗戶前面，「天，妳說得沒錯。他來這裡做什麼？我記得妳說他在喬治亞州。」

瑞秋發出哀號，「今天是週五傍晚，他要帶凱莉去度週末。」

「我們現在分秒必爭，必須要趕快擺脫他們。」

「我知道！」

馬提透過窗戶向瑞秋揮手。而她站在廚房水槽前面，面露驚恐，望著馬提與塔咪走上通往廚房門口的外階。馬提開了門，對她微笑，傾身向前親吻她的臉頰。

他看起來氣色很好，超帥，電影明星等級的帥。他瘦了一點，雙頰紅潤，還有，他終於找到了要怎麼整理自己濃密捲曲頭髮的理髮師。那雙藍綠色的眼眸晶亮閃動，但是當他看著她的時候，濃粗眉毛糾結在一起，憂心忡忡。

她頓時湧起一股原始的示弱衝動，想要癱軟在馬提的懷中，雙手扣住他的頸項，縱聲大哭。但她忍住了，猛吸鼻子，平復心緒，擠出了一抹假笑。

馬提演技一流，說謊說得很自然。「嗯，妳看起來很不錯啊。」

他稍微清了一下喉嚨，把塔咪拉了過來。

「妳一定記得塔咪吧？」

塔咪又高又漂亮，無趣的藍色眼眸。「瑞秋！」塔咪立刻給了她一個大擁抱，「妳還好嗎？」

「我很好。」瑞秋回答完之後，做了一次深呼吸。

她已經克服了看到他們的恐懼，現在，她只有兩個目標：盡快把他們趕出去，凱莉不在家，也不能讓他們在離開的時候起疑心。

馬提問道：「彼得，你在這裡做什麼？」

彼得從另外一頭大步走來，給了他一個兄弟式的擁抱。「嗨，馬提。」

「彼得，天，看到你真好。哇，看看你，曬得好黑。塔咪，這是我哥。」

「終於見到本尊，真是太開心了。」她還吻了一下彼得的臉頰。

「我想大家都看得出來吧，我們家外貌與腦袋的優良基因全遺傳在我身上，」馬提虧完彼得，繼續問道：「大哥，什麼風把你吹來了？」

瑞秋看得出來彼得腦筋打結、拚命在想藉口，她主動解圍：「我打電話給彼得，請他來幫我看屋頂。」

彼得接口：「哦，對，屋頂，我弄好了。」

「親愛的，妳辛苦了，」馬提說道，「妳講電話的時候似乎很沮喪。」

「現在沒事了。」瑞秋偷瞄了一下時鐘。

「所以我們的模範生女孩在哪裡？我們是不是到得太早了？」馬提四處張望找凱莉。

「你們要帶凱莉出去啊？」彼得假裝隨口問問，但未免也太做作了一點。

塔咪回道：「帶凱莉和把拔、瘋狂阿姨開心一下，我就是安排一切的瘋狂阿姨。」

馬提對著樓上大喊：「凱莉！」

「哦我差點忘了，這是要給妳的禮物，」塔咪把手伸入某個購物袋，交給瑞秋一瓶香檳。「妳的周年紀念日快到了。」

「一年？」瑞秋拉高聲音反問，「我們是今年二月才離婚的耶。」

「不是那個。這是為了要紀念妳最後一次化療，馬提說已經一年了，完全沒有復發？」

「哎呀，對。滿一年啦？天，時間過得好快，妳說是不是？」瑞秋好懊惱，自己居然忘了馬提今天特地前來的原因。

「整整一年的緩解期，別具意義，」馬提說道，「妳應該要好好慶祝，這個週末剩下的時間就讓妳喘口氣，寵愛一下自己，去聽那個打死我也不願意跟的麥克斯・里奇爾的演唱會！」

瑞秋把那個此刻充滿諷刺意味的酒瓶放在流理台上面。禮貌的做法是請他們喝一杯，但他們會消耗掉更多的寶貴時間。她的腦袋拚命在打轉，該如何解釋才好？她不能說凱莉生病了，因為馬提一定會堅持要見她一面。

「所以，奧古斯塔高爾夫球俱樂部怎麼樣？」彼得問得很猶豫，他不想找話題聊天，只想要多爭取一點思考的時間。

「哪壺不開提哪壺啊？」塔咪插嘴，還擺出上吊的手勢。

馬提開口：「哦，對了，奧古斯塔高爾夫球俱樂部超美——」馬提才剛開口就被打斷。

「凱莉人在哪裡？她準備好了嗎？」塔咪露出燦爛微笑，握住瑞秋的手，但一聽到自己手機傳出通知聲響，又立刻盯著螢幕。

瑞秋心想，這些小孩真是太離譜了，她鬆開被握住的手，也回笑了一下，反正，笑容之下可以隱藏一切。

包括——

她出事了。

狀況很可怕。

而且相當殘虐。

「妳的項鍊好漂亮，」她對塔咪說道，「我一直想要買條『鍊子』，妳覺得怎麼樣？」

塔咪不再盯著手機，抬頭看她。「什麼？」

「我一直很想買條鍊子，就和妳的一樣。這與錢無關吧是不是——重點是『鎖鏈』。」

「親愛的，如果妳想要的話，我可以送給妳，這是我當初在飛爾林百貨買的特價品。」

根本兜不起來，「鎖鏈」與她完全沒有關聯。不可能。他們挑選的過程幾乎是完全隨機，這就是他們的天才之處。瑞秋面向前夫，「好，馬提，真的很不好意思，都得怪在我頭上，我應該先打電話給你才是，凱莉出去了。」

「出去了？」

「都是我的錯。你們兩個特地開車過來，但我真的忘了你們今天要來。過了這麼多年，要當老師讓我壓力好大，我忙著寫教學大綱，徹底忘了這件事。」

「凱莉在哪裡？」

瑞秋回道：「紐約。」

「紐約？」馬提好困惑。

「對，她正在忙著弄有關圖坦卡門的學校報告，大都會正好有個小型展，她在這學期表現非常傑出，所以我就讓她去看展了。」

「到紐約去了？」

瑞秋繼續說道：「對，我看她上了閃電巴士，她外婆會在航港局客運總站接她，帶她回到布魯克林的公寓。她會在那裡待個幾天，可以盡情飽覽埃及文物。」

馬提皺眉，「現在是十一月，妳媽媽不是應該在佛羅里達州嗎？」

「沒有，今年她沒過去。今年天氣好熱，所以她在紐約待得比較久一點。」

「她什麼時候回來？」

「過幾天吧，她們可能會一起去看表演。哦，我媽有管道，弄到了《漢米爾頓》的門票。」

塔咪說道：「哦，我要來好好問一下凱莉。她要看哪一晚的表演？我來傳簡訊給她。」

瑞秋快嚇死了，「妳有凱莉的手機號碼？」

「當然有，而且我們還有追蹤彼此的IG，但我不記得最近有看到她貼什麼關於紐約的事。」

「好奇怪，」塔咪盯著自己的手機，「自從星期四之後，她就沒有更新IG了，通常她一天都會發兩三次動態。」

馬提憂心忡忡，「妳確定她沒事嗎？」

「對，她非常好，」瑞秋口氣很硬，「她外婆可能暫時沒收了她的iPhone。她老是愛碎碎唸，與其整個人盯著螢幕不放，還不如抬頭凝望真實世界。」

馬提點頭，「這很像是茱蒂絲會說的話，」然後，他繼續說道：「不過，唉呀，瑞秋妳怎麼不先打電話給我們呢？簡單的簡訊也可以吧？省得我們這麼累。」

瑞秋火氣都上來了。他怎麼敢講出這種話？女兒被綁架、躺在地下室的時候，在奧古斯塔打高爾夫球的人是他；丟下抗癌妻子、跑去找年輕美眉的人也是他，他是——

不。

現在不是開戰的時候。她必須要裝出超級懊悔的模樣，趕緊結束一切。「馬提，真的很抱歉，是我搞砸了，我是超級大笨蛋。你知道嗎？我壓力好大，新工作、教書、屋頂，真的很抱歉。」

看到瑞秋這麼自責，馬提嚇了一大跳。「哦，好啦，沒關係。親愛的，這種事也難免。」

瑞秋腦中的聲音在大吼，現在就把他們轟出去！

「要不要留下吃晚餐？」她決定一賭，「千里迢迢跑來一趟，卻馬上掉頭回去，也未免太可惜了，我可以弄……」她努力回想馬提最討厭的菜。淡菜？對，他一直無法忍受淡菜佐大蒜。「一大盤沙拉，今天魚市也有很棒的淡菜。」

馬提搖頭，「不，我們最好現在離開，才能避開車潮。」

「車潮？」塔咪好疑惑，「另一個方向才會塞車啊。」

馬提口氣很硬，「一定會塞車。」

瑞秋說道：「抱歉，都是我出包。」

馬提露出憐憫的微笑，「沒關係，看看下個週末好了？」

「好，我會把她帶到波士頓，你就不用再過來一趟了，至少這一點我還做得到。」瑞秋雖然這麼說，但卻不知道凱莉能否在下個週末回來。要是她能夠平安回來，其他都不重要了，馬提可以每個禮拜都帶她去水族館，就算是一輩子也不成問題。

「不需要。」他給了她一個臨別的擁抱，塔咪則親了一下她的臉頰。

不到五分鐘，他們又回到外頭，準備上車。

彼得和瑞秋在門口向他們揮別，然後進入屋內，關門。

現在是五點二十分，浪費了好多時間。射箭課在六點鐘開始，而托比・鄧列維會在七點鐘走路回家。

「他們要我在半夜十二點之前再匯入兩萬五美金，不然就要殺了凱莉。」

彼得回道：「我已經在處理了。」她正好看到他進入暗網買比特幣。

瑞秋問他：「你要怎麼付款？」

「一張卡的額度是一萬五美金，另一張是一萬美金，沒問題。」

「你的銀行帳戶裡有錢可以支付嗎？」

「不重要吧？重點是要把凱莉救回來。」

瑞秋親吻他的後頸，幫他弄好帳號，把錢匯出去。

她問他：「你有在注意時間嗎？」

「快好了，」他回道，「等一下就暖車，確定面罩沒問題，帶走手套與槍枝。」

她跑到外頭，進入那輛道奇貨車，發動引擎，保持怠速狀態。

再過五分鐘就六點了。

「好了，」彼得看著海倫．鄧列維的臉書，「她準備要去射箭俱樂部，我們最好趕快出發，我去拿槍。」

瑞秋回他：「我不想要傷害這男孩。」

彼得開口向她保證：「我想我們不需要傷害任何人，但是萬一有民眾見義勇為，我們必須對空鳴槍、嚇退這些好心人。我有一把響聲驚人的柯爾特手槍，一定可以發揮嚇阻效果。」

瑞秋點點頭，她在想的是自己的最後一句話：我不想要傷害這男孩。這男孩，這男孩有個名字：托比。他名叫托比．鄧列維。不過，要是把他當成這男孩，一切就變得輕鬆多了。不是人類，不是人類之子。他們可能得要恐嚇這男孩，其實，恐怕是不得不出手了。

她全身顫抖，而彼得望著她，等待她一起展開行動。

「好，我們走吧。」

他們上了車，走一號公路前往貝佛利。車流比平常壅塞，但他們並不擔心，只是二十分鐘的路程，而射箭課要一個小時之後才結束。

彼得握住她的手，輕輕捏了一下。「妳還是先打電話給妳媽，套好說詞，以免馬提打過去找凱莉。」

「你說得對。」瑞秋立刻打電話到佛羅里達。

茱蒂絲接起電話，「我正要打橋牌，什麼事啊？」

「媽，嗯，我剛才告訴馬提，凱莉住在紐約外婆家。」

「什麼？為什麼要這麼講？」

「這個週末是他的親子時段，他今天過來接凱莉，但她討厭馬提的新女友，不想和他在一起，所以我就一時慌了，謊稱她去紐約找妳，準備要待上好幾天。」

「但我在佛羅里達。」

「媽，我知道妳在佛羅里達，但要是馬提打電話給妳的話，妳必須假裝自己在布魯克林，而且凱莉和妳在一起。」

「我們在紐約幹什麼？」

「凱莉一直很想看大都會博物館的那些埃及文物。」

「她的確很愛。」

「還有，妳們已經買到了《漢米爾頓》的便宜門票。」

茱蒂絲問她：「我們怎麼有辦法弄到那麼熱門的票？」

「我不知道，搞不好妳認識哪位老太太買了票卻不能去。」

電話另一頭出現漫長沉默，茱蒂絲陷入長考。「瑞秋，妳編了這麼多的謊，還把我一起推下水。現在，要是我的前女婿打電話來，我還得假裝自己去看了《漢米爾頓》，我要怎麼跟他圓謊？」

「哦，媽，拜託別這麼快就拒絕我好嗎？還有，妳沒收了凱莉的手機。」瑞秋口氣很差，因為她已經看到了「下個出口貝佛利」的指示牌。

「為什麼我要拿十三歲外孫女的手機？」

「因為她千里迢迢到了紐約，卻一直盯著那十幾公分大的玻璃螢幕，讓妳再也忍不下去了。」

茱蒂絲終於答應，「好吧，這理由說得過去。」

「嗯，媽，太感謝了，妳幫了大忙，我得掛電話了。」他們已經到了貝佛利，瑞秋打算趕緊結束通話。

「親愛的，妳自己要小心，我很擔心妳。」

「媽，我很好，一切沒問題。」

六點二十五分。毛毛雨，還有從水岸吹拂而來的寒風。「我不喜歡這天氣，」彼得說道，「托比的媽媽可能會改變主意，親自接托比下課，我看我還是先確定一下。」

臉書上沒有動靜，但他們透過電腦蠕蟲看到了海倫與妹妹的往來訊息，根據她妹妹的建議，她此刻正在和麥可觀看《急凍之城》。

他們有機會。

或者，這是他們一廂情願的期待。

他們把車停在雷文努街，不過才六點三十分，也不知道是什麼原因，一群小孩與大人走出了海關大廳。

彼得大吼：「搞什麼？這些小孩是哪裡冒出來的？天，我以為這裡是射箭俱樂部！」

瑞秋驚呼：「你看看那些弓箭與器具，是他們沒錯！我們搞砸了！」

「快走！追過去！」彼得吩咐瑞秋，她立刻打檔上路。

「出發了。」

彼得說道：「我不懂，他們應該在七點鐘出來才對，為什麼提早離開？而且早了半小時！不合理。」

瑞秋嚷個不停：「哦天哪，我的天哪……」

「不會有問題的，」彼得語氣平靜，「他們才剛出來，我們追得上。」

瑞秋馬上離開雷文努街，以時速六十五公里的速度轉入史坦多爾街，大約在前方一百公尺處，有個身穿軍裝外套的小朋友扛著運動袋，裡面鼓鼓的，似乎裝的是複合弓。那小孩戴上了兜帽，正朝鄧列維住家的方向走去。

瑞秋問道：「是他嗎？」

「不知道，不過他的袋子裡絕對是裝了弓，而且街上沒有其他人，至少現在是如此。」

瑞秋接口：「戴上滑雪面罩。」她拚命壓抑語氣中的盲目恐慌。

比得回道：「現在四下無人。」到了最後，他們並不需要樹蔭或是夜色隱匿行蹤，因為這樣的雨勢讓大家都不想出門。瑞秋打開雨刷，關了車燈。將車子停靠在那小孩的前方。

彼得檢查馬路兩側，「沒有人。」

瑞秋大叫：「趕快去啊！」

彼得帶著點四五手槍離開了副座。瑞秋看著他與那小孩講話，然後，他轉身，對著擋風玻璃看著她，搖搖頭。

有狀況。彼得回來了，但身邊並沒有那個男孩。

靠，這是怎樣？她厲聲問道：「出了什麼事？」

彼得說道：「那是女孩。」

瑞秋拉下滑雪面罩，下車。真的沒錯，那是瘦小的棕髮女孩，年齡大約八、九歲，她扛著一個與她身形相比體積大得十分誇張的運動袋。

瑞秋問她：「妳是不是剛從射箭俱樂部出來？」

女孩回道：「沒錯。」

彼得追問：「他們為什麼提早離開？」

「暖氣壞掉了，所以我們得回家。你們兩個的臉上為什麼要戴著那種東西啊？」

瑞秋問道：「妳叫什麼名字？」

「艾蜜莉亞．鄧列維。」

「妳哥哥托比呢？」

「他去連恩家了，他叫我把他的包包帶回家。」

彼得問瑞秋：「現在該怎麼辦？」

瑞秋冷冷回他：「我們抓她吧。」

「我們原本的計畫不是這樣。」

「現在的計畫就是這樣。」瑞秋十分堅持，她知道自己無法再次承受這樣的折磨，現在不出手，凱莉就死定了。

「來吧，艾蜜莉亞，」彼得說道，「我們送妳回家。」

他幫她扣上安全帶，鎖了車門，坐在她身邊。瑞秋打檔，迴轉，前往一A公路的支路。

彼得問道：「真的要這麼做嗎？她的健康問題怎麼辦？」

「我們會搞定啦！不要碰花生或花生製品，買腎上腺素注射筆。靠！」瑞秋大吼，還狠狠敲了一下儀表板。

艾蜜莉亞說道：「妳不可以講髒話啊。」

「妳說得對，」瑞秋回道，「小可愛，對不起。對了，妳幾歲？」

「我八歲，」艾蜜莉亞回道，「十二月就滿九歲了。」

「在這種時代，有誰會放八歲小孩一個人晚上走回家？到底是誰做得出這種事？」瑞秋低聲嘀咕，「天色這麼黑？而且還下雨？」

「本來還有托比，這是我的第一堂課，我現在會用兒童弓了哦。他一開始說要陪我回家，但因為今天我們提早下課，所以他去了連恩家。」

「然後托比讓妳一個人回家？」

艾蜜莉亞回道：「他說沒問題。他說我已經是大女孩了，還讓我揹他的包包。」

瑞秋告訴她：「好，妳現在跟我們走。妳媽媽說沒關係，之後我們來玩一場大冒險。」

後照鏡裡的艾蜜莉亞猛搖頭，「我不想跟你們在一起，我想要回家。」

瑞秋態度強硬，「妳不能回家，妳要跟我們走。」

「我想要回家！」艾蜜莉亞開始大哭。

艾蜜莉亞開始亂抓安全帶，瑞秋湧起一陣嘔意。

彼得扣住她。

「我想要回家！」艾蜜莉亞大叫，彼得用大手與雙肩壓制這個不斷掙扎的小女孩。

瑞秋離開市中心之後，把道奇停在一A公路的某個荒僻路邊，介於貝佛利與溫漢姆之間的一處濕地樹林，她下了車，大吐特吐。

她吐出口水，再次嘔吐，口腔充滿了苦辣氣味，喉嚨灼熱，淚水從臉頰潸然落下。

她又吐了兩次，最後只能乾嘔。

彼得打開車門，把艾蜜莉亞的鞋子與運動袋丟出來。「最好把這些東西丟到沼澤裡，」他說道，「搞不好裡面有衛星信號發射器，還是處理掉比較保險。」

瑞秋把那雙鞋放入運動袋，拉鍊只拉了一半就匆忙丟入沼澤裡，整包東西漂浮在水面。她現在沒有時間，當然無法像《驚魂記》的諾曼．貝茲一樣，等待車子慢慢沉下去。所以她直接涉水進入沼澤，直接用腳把那些臭東西踩入爛泥裡。

等到瑞秋進入車內後，彼得開口問道：「要不要讓我開車？」她搖搖頭，面向艾蜜莉亞，小臉蛋滿是淚水，雙眼睜得好大，顯然是嚇壞了。

「親愛的，不會有事的，」瑞秋說道，「我們只會把妳帶走兩三天而已。這是一場遊戲，妳爸爸媽媽也知道。」

艾蜜莉亞好驚訝，「他們也一起玩嗎？」

「對，他們也一起玩，我保證不會有事的。」瑞秋打檔，再次上路。

「親愛的，現在妳得要戴眼罩，」彼得說道，「這也是遊戲的其中一部分。」

艾蜜莉亞問道：「要假扮瞎子嗎？」

「對。」

「我以前有玩過哦。」

她乖乖戴上眼罩，彼得與瑞秋取下了自己的滑雪面罩。

他們才一離開紐伯里，瑞秋就在後照鏡發現了州警的警車，她冷靜說道：「有警察。」

彼得往後看，「我們沒有違規，繼續開就是了，不要加速，也不要減速。」

「我知道，」她對他咆哮，「但把槍給我！要是他們攔下我們的話，我們不可能瞎編藉口脫身。」

「瑞秋——」

「給我就是了！」

彼得把那把點四五手槍交給她，她放在自己的大腿上面。「妳知道要怎麼用嗎？」

她回道：「沒問題。萬一我們被攔車的話該怎麼做，我們已經有共識了吧？」

「對。」他說完之後，立刻屏氣不動。

27

星期五傍晚六點五十二分

警察尾隨了他們三十秒之久，緩緩跟在側邊，進入郊區之後，超車離去。

這個舉動並不意外。

因為瑞秋從頭到尾都沒有違規。

她開往梅島，然後直接前往亞本澤勒的住家。

艾蜜莉亞可能是暈車或是嚇傻了，但到底是什麼原因也沒差——反正她一直很乖，這才是重點。瑞秋交代彼得：「你把她弄進去，我來打電話。」

趁街上無人的時候，彼得把艾蜜莉亞帶出車外，把她弄入地下室。

瑞秋坐在車內，打開手機裡的wickr軟體，發訊給帳號2348383hudykdy2。

她打了幾個字，「好了。」

「什麼好了？」

「我已經綁架了艾蜜莉亞．鄧列維，她現在已經在我的手裡。」

瑞秋的手機響了，「好，很好，」對方透過變聲器說道，「我現在打電話給她父母。妳等一下向他們要十萬美元的贖金買比特幣，轉入先前那個帳號。」

「十萬！這似乎——」

「那是他們存款帳戶裡的一半金額而已，對他們來說輕而易舉。瑞秋，重點不是錢。」

「我知道，重點是『鎖鏈』。」

「沒錯。我現在打電話給他們，叫他們準備好紙筆。五分鐘之後，妳用王八機和他們通話，他們會等妳撥電話過去。」

她拿了一支王八機，打電話給彼得。

「喂？」

「一切還好嗎？」

「嚇壞了，想也知道。她真的很害怕，我說我們是他們家的朋友，她半信半疑。」

「彼得，要注意她的安全，絕對不能讓她碰到花生。我不知道她到底有多敏感，但我們還是小心為上，千萬不要跟那些電影裡的愚蠢父母一樣。」

「不會的。」

「我們給她的所有食物，都必須要事先仔細閱讀標籤，還有我們得想辦法弄到腎上腺素注射筆。」

「沒問題，我會注意。我想透過拍賣網路就可以買到。妳打給她家人沒有？」

「等一下就打過去。」

「用另外一支手機，開車離開這間屋子之後再撥出電話。」

「你說得對，我會照辦。」

她立刻把車開到了海邊的停車場，撥打鄧列維太太的電話。「喂？」那女人語氣充滿焦慮。

「我帶走了妳的女兒艾蜜莉亞，她被綁架了。不准報警，要是妳通知警方或是其他的執法機關，我會殺了她，明白嗎？」

海倫開始尖叫。

瑞秋想辦法讓她冷靜了下來，因為她告訴海倫，要是不保持鎮定的話，艾蜜莉亞的腦袋就等著吃子彈。

她們的通話進行了十分鐘之久。

結束之後，瑞秋下車，一直吐個不停，等到沒有東西可吐之後才終於停止。

她望著黑色的海水擊岸破浪。

她坐在沙地，天空開始下雨，打在身上的雨滴又冷又痛。

她頭痛欲裂，彷彿頭蓋骨快要爆炸了。

她又待了五分鐘，終於起身，踩爛了那支王八機，將碎片丟入海中。她仰頭迎向雨水，期盼能夠得到滌淨，沒辦法。

她拿了新的王八機打電話給彼得，「打完了，你那邊沒問題吧？」

「不是很好。我給她戴上手銬，另一頭扣住鏈條、綁在柱子上面，她不是很在意，也沒有尖叫什麼的，但一直哭著要找媽媽，還說她不能待在這裡，因為沒有『噓噓先生』，看來是某隻玩具熊。這裡有一堆填充玩具，但只有『噓噓先生』才能讓她開心。」

瑞秋回道：「知道了。」

她開車回家，上樓，進入凱莉的房間，找到了「棉花糖」，凱莉的粉紅色兔寶寶玩具。凱莉沒有「棉花糖」與貓咪相伴，又該怎麼入睡？

她拿了「棉花糖」，穿上兜帽衣，冒雨衝向亞本澤勒的住家。

她敲了一下後門，彼得開門讓她進去。他正在講電話，面色焦慮。

她低聲問道：「怎麼了？」

他的手蓋住話筒，「美國運通正在審核那筆交易。」

「威士卡也打電話詢問我。要是交易無法核准的話，他們會殺死凱莉。」

「我知道，我會處理。」他看起來狀況不太好，焦慮不安，雙眼暴凸，而且一直在冒汗。

「你沒事吧？」

「嗯，沒事，我會處理。」

瑞秋戴上滑雪面罩，進入地下室。

艾蜜莉亞累壞了。她又哭又鬧，剛才又哭了一陣子，現在八成很想睡覺。可是沒有「噓噓先生」，她無法入睡。床墊已經鋪了睡袋，她坐在上頭，四周堆滿了樂高與其他玩具，以及那些不對她胃口的填充娃娃。

瑞秋坐到她身邊，「親愛的，我知道妳一定嚇壞了，但其實妳根本不需要害怕，這裡很安全，真的，我一定讓妳平平安安。」

艾蜜莉亞回道：「我要找媽媽。」

「我知道。不久之後，我們就會讓妳回到她身邊。好，我聽說『噓噓先生』的事了，雖然我們現在沒有『噓噓先生』，但這裡有我女兒的超級好友『棉花糖』。打從她出生的第一天開始，他就陪伴在她身邊。他非常特別，整整被珍愛了十三年。」

艾蜜莉亞盯著「棉花糖」，一臉狐疑。

「我要『噓噓先生』。」

「我們沒有，但我們有『棉花糖』，」瑞秋回道，「『棉花糖』是『噓噓先生』的朋友。」

「是嗎？」

「哦，對啊，他們是很要好的朋友。」

瑞秋把兔寶寶給了艾蜜莉亞，她猶豫了一會兒，還是收下了。

瑞秋問道：「要不要我講故事給妳聽？」

「嗯，好啊。」

「要不要牛奶和餅乾？」

「要。」

「妳等一下，我看看我有沒有辦法弄給妳。」

她回到樓上，彼得站在門廊，正在努力勸服美國運通核准他的這筆消費。要是他失敗的話，某個瘋女人就會在兩個小時後殺死她的女兒。

她輕叩廚房的門，彼得轉身看她，瑞秋問道：「他們怎麼說？」

「我還在和他們談。」

瑞秋仔細閱讀「洛娜敦恩」牌餅乾的標示成分，為了以防萬一，又全部輸入Google搜尋了一次，沒有花生成分。她帶著牛奶與「洛娜敦恩」牌餅乾回到樓下，很安全，完全找不到含有花生或花生成分的警語。

她講了金髮姑娘與三隻小熊的故事，艾蜜莉亞很開心，因為她知道。

接下來，她又說了糖果屋的故事，艾蜜莉亞也聽過。

都是小朋友在森林裡安然度過危難的故事。

有個也叫艾蜜莉亞的可憐小女孩不見了哦。

她是個乖小孩，聰明的小孩，瑞秋喜歡她。

怎麼可能不愛這孩子呢？又怎麼可能會傷害她？

過了半小時之後，彼得出現在階梯上方，對瑞秋比出大拇指。

「消費核准了嗎？」

「對。」

「感謝老天。」

「艾蜜莉亞呢？」

「過來看看吧。」

「睡了，妳怎麼辦到的？」

「牛奶、餅乾，顯然『棉花糖』很管用。」

「什麼樣的餅乾？」

「『洛娜敦恩』。沒問題，我檢查過了。」

「我已經在拍賣網站成功下訂腎上腺素注射筆，現在已經寄出了。」

「你不會把東西寄來這裡吧？」

「當然沒有，是紐伯里的自助取件櫃。」

「很好。」

「我今晚在這裡留守，」彼得說道，「妳可以回家休息，妳累壞了。」

「我應該要留在這裡。」

「不，拜託妳，趕快回家休息。」

她不想和他吵架，她累壞了，整個人像是洩了氣的皮球一樣。她拿了一支王八機，拍下艾蜜莉亞的照片。

「我會寄給他們。」

「瑞秋，多少睡一下。」

她回嘴：「我又不累。」

彼得在搔抓手臂，冒汗不止，整個人看起來空茫，渾身不自在。

她問道：「你確定你沒問題嗎？」

「我？精神好得很。妳快回家，我在這裡沒問題。」

她點點頭，從地下室階梯走上去，門廊，海灘，自己的家。

冰寒大雨澆身，帶來了一陣快意，困苦悲痛是她應得的報應。她拿了一支新的王八機，打電話給鄧列維太太。

「妳最好趕快去籌錢找目標。我現在把艾蜜莉亞的照片寄給妳，她在睡了，沒事。」

「讓我和她講話！」

「她在睡覺，我寄照片給妳。」

等到照片傳送完成之後，瑞秋掛了電話，搗毀手機，回家。

她泡了杯咖啡，開始透過鏡像監控的方式注意鄧列維一家人的活動，他們並沒有以電郵或是簡訊報警。

半夜十二點，瑞秋的 iPhone 響了。「喂？」

「瑞秋？」對方壓低聲音說話。

「我是。」

「我不該打電話給妳，但我想要讓妳知道，他們在一個小時前放了我兒子，現在他已經和我們一起待在家裡了！」

「妳兒子回來了？」

「對，我真不敢相信！太開心了！他平安無事，而且回到了我們身邊。我一直不敢奢望，但是……他回來了。」

「不過……這樣的話……是否可以現在放了凱莉？」

「不行，妳也知道我不能這樣，『鎖鏈』必須繼續運作，妳必須要相信這樣的交替過程。要是我打破了『鎖鏈』的規則，就會引發反衝效應。我會有危險，我兒子也是，妳和凱莉也會有危險。」

「也許他們只是在虛張聲勢。」

「他們不是那種會吹牛的人，我覺得要是一切出了狀況、我們開始自相殘殺，他們一定很開心。妳也看到了新聞，知道那家人是什麼下場。」

「嗯。」

「他們有一次告訴我，多年前有人背叛，反衝效應毀了『鎖鏈』的七個家庭，後來還是靠他們自己解決。」

「我才不信！」

「不過，我想要讓妳知道的是，妳只差一步就可以讓凱莉回家了。瑞秋，很快就會結束了，真的。」

「天，我也希望如此。」

「一定的。」

「妳是怎麼辦到的？如何熬過來？從哪裡找尋力量？」

「瑞秋，我不知道該怎麼說。我覺得妳只要去想像自己與凱莉重逢的那一刻就夠了。妳所做的一切，每一次的抉擇，都是為了那個最終目的的手段而已，知道了嗎？」

「嗯。」

「我們帶走凱莉的時候出了事，狀況很不妙。與她無關，她很好。但我必須做出某件可怕的行為，換作是過去的我，一定會對於我的行為感到憤怒。但妳知道我的感覺嗎？我完全無感，只覺得如釋重負，這是我不得不為的舉動，換回了我的兒子，就這麼簡單。」

「我想我明白妳的感受。」
「只需要再撐一下就夠了。」
「我會的。」

28

星期六凌晨十二點零七分

麥可．鄧列維望著妻子，她整個人縮成一團，窩在浴室地板上啜泣。他站在她身邊，自己也開始掉淚。

他把槍放在地上，如今已經不需帶著上膛的槍在屋內走動。

那把槍根本派不上用場，找不到殺人目標。

「托比還好吧？」海倫開口問他，淚水撲簌簌滑落而下。

「睡了。我告訴他艾蜜莉亞要在別人家住個好幾天。」

「他相信嗎？」

「他不在意，他只想知道自己的射箭器材在哪裡，我說東西還好好的，」

海倫問道：「你覺得向上帝祈求天助有用嗎？」

「真的要這樣嗎？」

「只能如此了。」

「何必呢，我們直接去報警就是了。」

「我們要是去報警的話，他們一定會殺了她。她是禽獸，我聽她的聲音就知道了。我們是全國最差勁的父母。」

海倫又開始嚎啕大哭。

好，劇烈急喘的啼哭，宛若進入了垂死狀態。他靠著浴室窗戶透入的月光，凝望她的臉龐。她孱弱，心痛欲絕，茫然不知所措，而他無言以對。

她問道：「沒有『噓噓先生』，艾蜜莉亞怎麼睡得著？」

「我不知道。」

海倫問道：「我們一定會把她救回來的，你說是不是？快告訴我，我們一定會把她救回來。」

「對，我們絕對會拚命，就算我得殺光那些王八蛋也在所不惜，我們一定會把她帶回家。」

29

星期六清晨五點三十八分

外頭依然一片漆黑，但也許東邊的天色已經變得比較灰淡。凱莉睡不著，自從她拿到扳手之後就一直無法闔眼。

她的腎上腺素一整晚都在大噴發，想要入睡是不可能的事。她只有一次機會，絕對不能失敗。計畫很簡單。最好的計畫總是十分簡單，對不對？

登船，找到鯨魚，殺了牠。

登船，找到鯊魚，殺了牠。

那男人或女人下樓梯的時候，總會帶著放有一碗穀片和一杯柳橙汁的托盤。他或她會彎腰放下托盤，然後，把穀片與柳橙汁拿到托盤外面。

到了這一刻，凱莉就會拿出扳手襲擊。

使出全力，朝對方的頭敲下去，雙手的猛烈力道一定可以讓對方不省人事。

他或她就會立刻倒地不起，要是她運氣不錯，可能會在對方身上找到手銬鑰匙，

凱莉會為自己解開手銬，衝上階梯，跑向最近的馬路。不過，要是他們身上沒有手銬的鑰匙，那麼手槍就可以派上用場。槍枝是關鍵，他們每次下來的時候一定會隨身帶槍。

凱莉會拿著槍，等到對方醒來，然後，將槍口對準他或她，逼使對方吩咐另一半將手銬鑰匙交出來，要是不從的話就死定了。

要是他們不相信她會用槍，那麼她就會朝對方的膝蓋開火。她曾經和彼得伯伯在森林裡開過兩次槍。她知道該怎麼使用左輪手槍。拉開保險栓，檢查膛室，扣扳機。如此一來，他們的另一半一定會把鑰匙給她。不過，要是他們有所質疑的話，那麼她會開出談判條件：等到她平安回到母親身邊之後，她會宣稱不記得自己被囚禁的地點，她的失憶期限是一整天，所以可以給他們二十四小時的時間逃出美國。

凱莉對這計畫很滿意，循序漸進，佈局合理，實在看不出哪裡有破綻。最困難的是第一個部分，但只要一秒就結束了。她自言自語：凱莉，妳可以的，一定可以做得到。不過，她躲在睡袋裡，卻因為恐懼而顫抖不已。

不能說是顫抖，抽搐更接近現在的狀態，但他們家擁有勇敢的基因。她想到她媽媽勇敢做完了所有的化療，還有外婆，雖然外公和紐約市立大學的某個學生一起私奔，但她這些年來一直在捍衛自己住在學人宿舍的權利。她又想到了曾祖母依莉娜，個性堅毅的小女孩，當初威脅逼迫全家人上了某輛驢車，隨著撤退的紅軍一路東行，最後到達了某一鐵路線的起點，將他們載到了某個建有奇怪圓頂建築、名為塔什干的城市。他們在那裡待了四年，一直是身無分文的棄民，不過，當他們在一九四五年秋天回到那座白俄羅斯的猶太小村莊之後，卻發現當初留在那裡的每一個人，果然，都被德軍給殺死了。要不是因為她曾祖母的勇氣，也不會有今天的她。

現在她需要的就是這個，小小依莉娜、她媽媽、她外婆擁有的勇氣與決心。所有的家族女性，回首過往，一脈相承。她再次盯著那支扳手，沉重，足足有十八公分長。可能是以前有人修鍋爐的時候把它擱在那裡，應該是工人，而不是住戶。他們看起來不像是會修鍋爐的人。這樣的扳手當然無法敲碎鎖鏈，但敲破人的腦袋應該是綽綽有餘。

她很快就會知道答案了。

30

星期六清晨六點十一分

瑞秋一直緊盯兒童失蹤案的安珀警戒系統、警方發布的消息、重大新聞，而且還透過鏡像監控、注意鄧列維家用電腦的動態。

凌晨時分，詩人羅伯特・羅威爾筆下的〈臭鼬時段〉，夜色如許深沉，好疲倦。

不能睡，不能睡，千萬不能睡著……

她只敢稍微闔眼一下。

空虛。

陽光。

鳥鳴。

靠。

今天是星期幾？

每一個小時都像是一年那麼漫長，而每一天就像是十年之久，她深陷這場惡夢之中，還得熬過多久的無盡千年？

又是一個新的早晨。腹部的那種感覺又出現了，五臟六腑在翻攪的驚恐不安。只有等到小孩遇險的時候，才會體驗到恐懼。最可怕的並不是死亡，最恐怖的是自己的小孩出了事，有了孩子，會讓你立刻長大成人。對意義的渴望、找尋世間意義的無能為力，兩者之間所發生的本體論之錯配，稱之為荒謬；而對於失蹤孩童的父母來說，再怎麼豪奢，也無力負擔這種荒謬。

她坐在客廳小桌前，貓咪艾利在她身邊喵喵叫，她已經好幾天沒餵他了。

她幫他裝滿了飼料，自己喝光了冷掉的咖啡之後，走到戶外平台區。她穿上外套，沿著潮汐池小徑走向亞本澤勒的住家。

朝陽從大西洋岸灣、座落島嶼東面的成群豪宅之間冉冉升起。她的iPhone響了，未知號碼來電，她的胃一陣抽痛，現在是怎樣？

「喂？」

彼得大吼：「快來幫忙！趕快！」

「給我兩分鐘。」

「快點跑過來！我需要幫手！」

她在潮汐池小徑狂奔，轉入北方大道。跑向那條海濱供役地，衝上亞本澤勒後院階梯的時候，心臟狂跳不止。

後門是敞開的，真讓人擔憂。

她進入廚房。

餐桌上有一袋貌似毒品的東西，還有彼得的點四五手槍。搞什麼啊？彼得是毒蟲？她的思緒突然紛亂。

能相信他嗎？他會不會也是這整起計畫的一部分？

瑞秋一直覺得她對彼得認識甚深，但到底有誰能夠讓人放心信任？他超疼凱莉，但回首過往，他有那些被逮捕的紀錄，而且，自從他退役之後，這些年都在幹什麼？

她搖頭。拜託，這是彼得啊，她已經因為恐慌而胡思亂想。「鎖鏈」與塔咪無關，也與彼得沒有關係。

可是，毒品？這很嚴重，她必須——

「瑞秋！快下來！記得戴上面罩！」

她戴好之後，趕緊下樓衝向地下室。

彼得抱著艾蜜莉亞，被毛巾裹住的她不斷抽搐顫抖，地板上全是灑出的穀片。

「怎麼了？」

「我給她吃『棉花糖米酥』穀片，我以為沒問題！我沒有看那些小字，現在才發現可能內含花生殘屑。」

「我的天啊！」

彼得驚慌萬分，「腎上腺素注射筆明天早上才會送到。」

艾蜜莉亞雙唇腫脹，肌膚死白。嘴角還冒出了口沫，呼吸節奏變得短淺急促。

瑞秋把手背放在艾蜜莉亞的額頭上面。

發燒了。

她掀開艾蜜莉亞的襯衫。

全身起疹。

瑞秋打開艾蜜莉亞的嘴巴，朝裡面張望，沒有阻塞。舌頭未出現腫脹，目前還沒有。

「艾蜜莉亞，妳有沒有呼吸困難？」瑞秋問道，「妳能呼吸嗎？」

艾蜜莉亞點點頭。

「妳要是出現這種症狀的時候，妳媽媽都怎麼辦？」

「找醫生。」

她全身冒汗，呼吸變得越來越急促。

彼得說道：「我們得帶她去醫院。」

瑞秋轉頭看著他。靠，他在想什麼？醫院？當然不能把她送到醫院。要是這麼做的話就曝光了，凱莉必死無疑。

「不行。」

彼得回道：「她出現了過敏症狀。」

「我看得出來。」

「她必須去看醫生，我們沒有腎上腺素注射筆。」

「不能找醫生，」瑞秋堅持，「我來照顧她。」

她抓住了小女孩，彼得終於明白她心意已決。「確定嗎？」

「對，就這樣了。」

可怕的決定，但這是「鎖鏈」強逼她所做出的決定。

如果沒有辦法出現奇蹟、逐漸好轉，那麼，小女孩馬上就要死在她懷裡了。

「我在這裡陪她，你趕快去弄腎上腺素注射筆！」

「要去哪裡弄？」

「去搶藥局啊！我不知道，快去！」

彼得衝上樓，聲音從廚房傳來。「我把點四五手槍留給妳。」

「好，快去！」

她聽到後門發出砰響。

她抱住艾蜜莉亞。

艾蜜莉亞說道：「醫生……」

瑞秋回她：「一定，親愛的。」

不會有醫生，也不會進醫院。現在只能靠他們救她，萬一不成，也不會有其他救兵。

然後，他們必須放棄這棟屋宅，重起爐灶。警察會發現某個被鏈條扣綁在柱子上的死亡小女孩，臉上佈滿口沫與嘔吐物，周邊放滿了娃娃玩具與各種遊戲，他們一定會覺得這是前所未見、兇邪至極的犯罪現場。

艾蜜莉亞臉色蒼白，眼神空茫，而且開始咳嗽。

到醫院，可以救她一命。

紐伯里波特消防隊的緊急救護小組，可以救她一命。

但瑞秋不能打電話給醫護人員或醫院，這種方法會害死凱莉。如果艾蜜莉亞或凱莉之中必須有人一死，那就必須是艾蜜莉亞。

瑞秋哭了出來。

「盡量慢慢呼吸，」她告訴艾蜜莉亞，「現在要深呼吸，慢慢來，放輕鬆，我們來做深呼吸。」

她在撫觸艾蜜莉亞的脈搏，越來越微弱。艾蜜莉亞臉色發青，皮膚腫脹，彷彿像是剛泡過澡一樣，而且開始翻白眼。

艾蜜莉亞發出哀號：「我要找把拔……」

「馬上就有人來幫我們了，真的。」

瑞秋把小女孩抱在懷裡，前後輕搖，她快死了，艾蜜莉亞快死了，而她卻無計可施。

也許抗組織胺藥可以派上用場？樓上的藥櫃可能有這東西。

她拿了手機，開始在Google輸入「花生過敏與抗組織胺藥」這兩個關鍵字。第一篇跳出的文章就直接告訴她，千萬不要給過敏小孩任何的抗組織胺藥，因為它們並沒有治療過敏性休克的成分，而且可能會造成病況惡化。

「拜託，彼得，」瑞秋大叫，「拜託！」

艾蜜莉亞的全身變得熱燙，軟綿無力，開始口吐白沫。

「媽媽……」她又開始哀號。

「不會有事的，」瑞秋撒謊，「沒問題。」

她把這小女孩摟得好緊好緊。

時間一分一秒過去了，艾蜜莉亞並沒有好轉，反而越來越糟糕。

屋內好安靜。

她聽到了海鷗、海浪，還有嗒嗒嗒……

啊？

她坐在床墊上，豎耳傾聽。

又聽到了嗒嗒嗒。

那是什麼聲音？

「艾蓮？」

有人在敲前門。

樓上有人。

是名女子。

她把艾蜜莉亞放在床墊上，悄悄從地下室上樓，潛入玄關。

嗒嗒嗒，然後又是一陣嗒嗒嗒，「艾蓮？妳是不是在裡面？」

瑞秋趕緊躺平在玄關地板上面。

艾蜜莉亞的微弱聲音從敞開的地下室門飄了上來，「媽咪……」

「艾蓮？你們是不是在家啊？」

瑞秋爬過玄關，進入廚房。

毒品包不見了，但彼得留下了那把點四五手槍。

瑞秋把它從餐桌上拿下來，又悄悄溜回了玄關。這女人超蠢，就算艾蓮在家，也不希望聽到妳在早上六點半敲她家大門。

「啊啊啊……」艾蜜莉亞呻吟不止。

瑞秋嚇得心臟都要飛出來了，她急跑下樓，差點滑倒摔斷脖子。她衝到艾蜜莉亞身邊，以食指壓住小女孩的雙唇。

「艾蓮妳是不是在裡面啊？」前門的那個人聲好嚴厲，「我明明看到妳在裡面晃來晃去！」

艾蜜莉亞的呻吟越來越大聲，瑞秋別無選擇，只能伸手掩住小女孩的嘴巴。艾蜜莉亞沒辦法用鼻子正常呼吸，開始伸手亂揮、想要掙脫束縛，但她太虛弱了，任何抵抗都只是徒勞無功。

「噓……」瑞秋低聲說道，「放輕鬆，沒事，真的沒事。」

瑞秋緊緊抱住她。

樓上沒了聲音。

十秒鐘過去了。

十五秒。

二十秒。

三十秒。

上頭的人又在講話：「我想是沒人在家。」

瑞秋聽到那女子走下門廊階梯，過了一會兒之後，是沉重大門關上的聲響。瑞秋不再強摀艾蜜莉亞的嘴，小女孩開始拚命吸氣。

瑞秋衝到一樓的窗戶前面，那個好管閒事的傢伙是位老太太，威靈頓雨靴搭配紫色雨衣。瑞秋驚呼一聲：「啊……」

她疲累至極，整個人癱坐在地板上，靜靜等待警察現身。

她發現並沒有警察過來，又回到樓下查看艾蜜莉亞。

小女孩現在看起來好多了，或者，這只是她一廂情願的期待？

她打電話給彼得，但他沒接聽電話。

過了兩分鐘之後，她又撥了一次，還是沒回應。

他在哪裡？媽的他到底在幹什麼？

是因為那些毒品嗎？他是不是嗑藥嗑到茫？她知道他去年經常前往伍斯特的退伍軍人事務部診所，但她一直沒有探問他到底出了什麼問題。彼得從來就不會分享心事，她也不想逼問。

他在哪裡？

是不是拋下她們了？

艾蜜莉亞側躺，一直在咳嗽。

瑞秋為她蓋好睡袋，雙臂摟住她，就像是母親的姿態一樣，她不斷撫摸小女孩的額頭，輕輕哄搖她。

「寶貝，不會有問題的，」她柔聲說道，「親愛的，我向妳保證，再過兩個小時就沒事了。」

瑞秋抱著她，不斷對她說話，她覺得自己是全世界最醜惡的騙子。接下來的那五分鐘如慢動作一般緩緩流逝。無論如何，她早已下定決心，無論如何，最後也能選擇讓她一死，就算——

叩。

叩。

瑞秋又悄悄爬上樓梯。

叩。

叩。

叩。

她躡手躡腳走到一樓臥室的窗戶前面向外張望。

是紐伯里波特的景觀。

剛才在找艾蓮的那個老太太報警了。

「喂？」那警察又敲門。

瑞秋屏住呼吸，要是艾蜜莉亞大叫救命的話，這警察一定會聽到，而且立刻破門而入。

「有人在嗎？」

他仔細端詳信箱與窗戶，瑞秋嚇得瑟縮在窗簾後面。要是他真的起疑而破門，該如何是好？

如果瑞秋對他開槍，也無法解決問題，反而會引來更多警察過來查案，這起綁架案就宣告失敗，凱莉必死無疑。不過，要是現在被他發現艾蜜莉亞的話，她會立刻被逮捕，凱莉一樣沒命。

警察又向後退了幾步，檢查屋子的側面，要是他看到那扇窗戶剛封上木板——

瑞秋飛奔下樓。

艾蜜莉亞咯咯不止，令人心驚的可怕聲響。

搞不好她心臟病發了。瑞秋衝上樓，把點四五手槍塞在牛仔褲口袋裡。她必須要攔阻那名警察，要是遊戲就此玩完，凱莉也就沒命了，就這麼簡單。

瑞秋從後門門廊迅速離開，沿著那條沙質供役地走到屋子前方。

她站在街上喊人，「嗨！」

那警察轉頭看著她。她認得他，她曾經在伊普斯維奇的冰淇淋店看過他兩次，還有一次，他開了馬提交通罰單，因為他們的停車位置太靠近蔬果市場的消防栓。他大概是二十五、六歲左右，好像是叫作肯尼。

她開口問道：「你來這裡，是不是因為我打的那通電話？」

「是妳報的警嗎？」

「艾蓮・亞本澤勒人在佛羅里達，請我留意她家的狀況。我剛剛看到有些小孩在這裡逗留。我叫他們趕快走，不然我就要叫警察，然後，嗯……」

「他們沒有離開嗎？」

「沒有。但顯然是因為你來了，他們就閃人了。抱歉，我是不是做錯了什麼？我的意思是，他們擅闖私人土地，這一點的確違法吧？」

「那些小孩長什麼樣子？」

「哦，別吧，不需要小題大作，他們應該是十歲左右。聽我說，真的很抱歉，當我提到要報警的時候，只是想要嚇唬他們，而他們就用那種年紀臭小孩才有的目光盯著我看，所以我說『我要按下按鍵嘍』，我就真的按下去報警了。」

肯尼露出微笑，「小姐，妳做得很對。我不知道我們是否能證明十歲小孩擅闖私人土地的嚴重犯行，不過，有時妳現在不阻止這些小孩子的話，他們以後就會闖空門。如果妳知道在夏季過後、這些空蕩蕩的老舊別墅被破門而入的比例有多高，妳一定會嚇一大跳。」

「真的嗎？」

「哦，是啊。當然，小孩子犯下竊案的狀況非常少見，大部分只是為了好玩吸毒或是不道德企圖。」

「不道德企圖。」

肯尼的雙頰緋紅，開口說道：「性。」

「哦。」

他們開始大眼瞪小眼。

肯尼說道：「好，我去檢查一下前後門是否上鎖。」

瑞秋不能讓他到後院，後門會露出馬腳。

她不知道地下室的艾蜜莉亞是否還活著，她不知道今日的瑞秋想到這件事的時候怎麼能如此冷漠、毫不在意。昨日的瑞秋一定會心碎，但昨日的瑞秋已死，完全消失無蹤。

她拔掉毛衣鬆脫的紅色線頭，突然感覺到貼住屁股的那把點四五手槍。他的槍放在槍套裡，她可以尾隨他進入屋內，舉槍，斃了他，然後把艾蜜莉亞帶走，藏到另一間安全的處所。

瑞秋開口：「我好像在伊普斯威奇的『白色農場』冰淇淋店看過你哦？」

他回道：「對，我去過幾次。」

「我超愛奶油口味，你呢？」

「覆盆子。」

「我從來沒試過。」

「很好吃。」

「你知道有種口味我一直沒試過，但很想嚐嚐看——『無法無天』，每一種口味都應有盡有。」

「對，我知道，感覺怪怪的。」

「也許，要是你沒事的話，我不知道……」她露出甜笑。

肯尼是反應比較慢的人，但就連他也看得出來瑞秋在放電。老實說，小孩闖入院子裡的故事可能全是瞎編的，目的只是為了要營造這次的小小邂逅。

「要是妳有電話號碼，我可以——」

「有啊，」瑞秋說道，「這禮拜不方便，但要是你下禮拜不忙的話，也許可以一起喝一杯啊什麼的。你也知道，這種天氣太冷了，不適合吃冰淇淋。」她露出大有斬獲的歡喜微笑。

肯尼也回笑，對，她顯然是對他有意思，他原本還以為今天是個沒搞頭的爛週末。

她開口問道：「你有紙筆嗎？」她注意到他並沒有隨身帶這些東西，「回去你車子那邊？」

她陪他走到警車旁，還刻意假裝不小心碰了他手臂兩三次。

她把自己的電話號碼給了他，謝謝他特地過來一趟。

瑞秋說道：「我去檢查門鎖。反正我本來就得要進去餵魚。」

肯尼說道：「我可以陪妳。」

她搖搖頭，「不用啦。我沒問題。我很勇敢[7]……所以波士頓動物園阻止我終生不得入內。」

肯尼沒聽過這種梗，但還是哈哈大笑。

他進入警車，她又展露笑顏，在他開走的時候揮手道別。

等到確定看不到她之後，她又衝入後門、穿過廚房，跑進地下室，一邊跑一邊戴滑雪面罩。

「撐下去！親愛的，撐下去！」

艾蜜莉亞全身起疹冒汗，但真是不可思議，還活著。

一息尚存。

「啊天哪，小可愛，撐住，給我撐住就是了。」

艾蜜莉亞開始一直流口水，呼吸也變得越來越短淺。瑞秋把她從睡袋拉出來，小女孩全身發燙，翻白眼，吐納變得越來越慢，最後，完全沒有了。

「艾蜜莉亞？」

她沒呼吸了，啊天哪！心肺復甦術！妳怎麼會——

瑞秋記得要怎麼操作，開始對她做口對口人工呼吸。

她深吸一口氣，吐給艾蜜莉亞。

一、二、三。

她改變姿勢，推壓她的心臟。

一、二、三。

「求求妳！」瑞秋大吼，現在她看著手機，準備按下九一一。

只要打一通電話，緊急救護人員會立刻趕過來，艾蜜莉亞就有救了。

救了艾蜜莉亞，卻害死自己的女兒。

她緊捏著iPhone，她覺得螢幕玻璃都快要碎了。

艾蜜莉亞的臉龐。

凱莉的臉龐。

不行，她做不出這種事。她恢復鎮靜又冷酷的態度，把手機擱在一旁。

❼有獅子心。

31

星期六早上七點二十七分

地下室台階最上方的那道門開了。

「今天早晨的早餐及時送到了。」那男人開口，走下了階梯，帶了柳橙汁、吐司，還有一碗麥片。凱莉在找他的槍，還在，塞在他褲子的前面口袋，她的彼得伯伯曾經告訴過她，在真實生活當中，不會有人那樣擺放武器。

他開口問道：「睡醒了沒？」

凱莉在睡袋裡坐起身子，「嗯。」

「太好了。妳喜歡柑橘醬嗎？我很愛。以前從來沒吃過，幾年前去了倫敦才第一次嚐鮮，把它抹在吐司上當早餐。」

「對，我很喜歡，我媽媽偶爾會買。」

「吐司切成三角形，緬因州的草飼牛油，當然，還有家樂氏可可力、柳橙汁，這些東西應該可以讓妳肚子撐很久。」

他把餐盤放在地上。

她刻意把《白鯨記》放在地上，打開書頁，反貼在地，再五分之二就全部看完了。她知道這一定會引來他注意，覺得這小女孩了不起。

「我的天，妳真的在看這本，而且已經看了超過一半——」

趁他彎腰的時候，凱莉拿起扳手朝他腦袋狠狠敲下去。其實這比想像中的簡單多了，因為他戴著滑雪面罩，要是能夠稍微發揮一下想像力，就可以假裝襲擊的東西根本不是人。那男人發出哀號，她又敲了一下。

他整個人往前仆倒，砰一聲，慘跌在床墊邊緣。

她不知道自己到底打中他腦袋的哪一個部位，但看來計畫很成功，他已經陷入昏迷。

她知道自己現在必須與時間賽跑。

她得要把他整個人翻過來，從他的口袋裡找出手銬鑰匙，為自己解鎖，趕緊衝上階梯。上面可能有狗，搞不好那女人也守在那裡什麼的，但她有槍，她會準備開火。要是沒有人的話，她就會以極速奔向圍牆。如果她是在新罕布夏州，那麼應該會遇到沼澤濕地，只要一直朝東行，就可以到達九十五號州際公路或一號公路，不然就是海邊。這一次，就算他們對她大吼大叫，她也絕對不會停下腳步。

這男人塊頭高大，但她還是想辦法推弄他的汗濕胸膛、氣味如洋蔥的腋窩，終於讓他正面朝上。

她從他腰間取出手槍，然後開始搜他的口袋，找尋鑰匙。

沒有錢包，沒有身分文件，什麼都沒有，而且根本沒有鑰匙。

為了確認無誤，她又搜了一遍。他穿的是老土的棕色休閒褲，口袋很深，但裡面空空如也。

褲子沒有後袋，但他的襯衫前面有口袋，的確是藏手銬鑰匙的完美位置。

「耶！」她心想準沒錯，但仔細一看，裡面也沒有鑰匙。「我靠！」

當然，這男人也沒有小包或是腰包，就是沒有那種東西。凱莉心想，現在要執行第二個計畫，她看了一下手槍，彈膛有六發子彈。她心想：好，我就等他醒來。

一分鐘過去了。

兩分鐘。

哦天哪，凱莉心想自己是不是殺死了他？她只是拿扳手敲他的頭而已，電影裡的這種情節都不會死人啊，她真的沒有要殺他的意思——

那男人開始蠕動。

「哦不會吧，哎呀我的頭，」他露出慘笑，「正好就是我的腦袋，哇，妳敲得真準。」

他又哀號了好一會兒，然後坐直身子，盯著他。她的手裡有槍，子彈上膛的手槍。

他問道：「妳拿什麼東西打我？」

他把雙手伸入面罩，搓揉雙眼，哀嘆連連。

凱莉回道：「我在地板上找到了一支扳手。」

「什麼扳手？」

凱莉舉高緊握扳手的左手。

「哦，哎呀，我們怎麼沒注意？」

「在鍋爐下面。」

「不可能！我已經都檢查過了。」

「你必須要在某個特定的時間點、從特定角度才能看得到。我依稀記得霍華德．卡特找到圖坦卡門陵墓的時候，講過這一段話，必須要仔細凝視，而不是隨便看看。」

那男人點點頭，「我喜歡。凱莉，妳非常聰明，好，根據妳的計畫，接下來要怎麼辦？」

「我已經搜過了，你身上沒有手銬的鑰匙，但她一定有。我會逼你叫她送鑰匙下來。」

「要是我不從呢？」

「我就會開槍射你。」

「妳覺得妳有這能耐嗎？」

「對，我沒問題，我的彼得伯伯帶我去練習射擊好幾次，我知道要怎麼開槍。」

「不過，這不一樣吧？朝靶紙射擊是一回事，可是對人開槍？」

「我會先朝你的腿部開槍，讓你知道我不是在開玩笑。」

「然後呢？」

「她會給我手銬的鑰匙，我立刻就走。」

「她為什麼會放妳走？」

「因為她要是不聽我的話，我就會殺了你，」凱莉繼續說道，「不過，我知道你們不是故意做出這件事，所以我會開條件給你們兩個人。等到我離開這裡之後，我會告訴我媽媽我什麼都想不起來，過了二十四小時之後，我才會告訴警察這地方在哪裡。所以你們會有足足一天的時間飛到你們想飛的地方。也不是任何地方，嗯，你們挑的地方不能有那個——」

「引渡協定？」

「對。」

那男人搖頭，貌甚哀傷。「抱歉，凱莉，妳花了許多心血，但妳卻錯估形勢。海瑟其實不在乎我，妳要對我開槍，她一定是隨妳便，妳愛對我開幾槍都不成問題。」

「她怎麼可能不在乎你！趕快叫她！快告訴她把鑰匙拿下來！」

「不是這樣，」他嘆氣，「多年來她都是這種態度，我也不知道她是否曾經真心在乎我。賈瑞德是她第一段婚姻所生的小孩，我覺得我只是算某種臨時替代品，黏著她、害她甩不掉的替代品。我很愛她，但我覺得我們之間的情感關係並不對等。」

這男人在昏亂狀態下不小心透露的兩個名字，凱莉趕緊記在心中：海瑟與賈瑞德——這條線索之後也許可以派上用場，但當務之急是趕緊逃出去。

「先生，我才不管那麼多，反正我就是要出去！我可不是在嚇唬你而已。」

「我不覺得妳在唬人。妳是意志堅定的年輕人，妳應該要開槍。」

「我一定會。」

「那就動手吧。」

她站起來，把左輪手槍對準那男人的膝蓋，扣下扳機，就像是以前彼得伯伯教導她的那種方式。

擊錘落在火帽，喀嚓，然後就安靜無聲了。她又扣了一次扳機，膛室轉動，擊錘回到原位，再次落在另一個火帽，一段更長的靜默。她連續扣了四次扳機，槍內的六發子彈全都用光了。

「怎麼會這樣？」

那男人把手伸過去，取走她手中的槍。喀啦一聲，他打開那把左輪手槍，讓她看到裡面到底裝了什麼，六個閃亮的黃銅色空彈殼。

32

星期六早上七點三十五分

樓上的廚房有聲響。

那警察又回來了嗎？

瑞秋拿起槍，對準地下室階梯的上方。

「是誰？」

她舉槍瞄準。

屏住呼吸。

彼得衝下樓。

「我拿到腎上腺素注射筆了！已經寄到了自助取件櫃！」

「感謝老天！」

彼得為艾蜜莉亞打針，瑞秋往後退。幾乎是立刻見效，宛若神蹟顯現，艾蜜莉亞大口吸氣了兩次之後，開始咳嗽。

彼得給她水，她喝了之後，氣喘吁吁。

彼得握住她的手腕，「脈搏恢復正常，呼吸狀況良好。」

瑞秋點頭，上樓，在亞本澤勒家的酒櫃裡找酒，為自己倒了杯威士忌。

她喝光之後，又把酒杯倒滿。

過了二十分鐘之後，彼得也跟著上樓，站在她身旁。她開口問道：「她現在狀況怎樣？」

「好多了，」彼得回道，「已經開始退燒。」

「她狀況一度很糟，還停止呼吸。」

「都是我的錯，我沒有檢查穀片成分。」

「彼得，要是沒有注射針，我就會選擇讓她死。」

彼得搖頭，但他知道她一定會這麼做，而且他也很可能會做出同樣的決定。

瑞秋低聲說道：「我也和他們一樣了。」

他們凝望彼此好一會兒，眼神訴說了相同的心境：羞愧、疲倦，還有恐懼。

瑞秋說道：「你不在這裡的時候，有人跑到大門口找艾蓮．亞本澤勒。她後來離開了，但報了警。」

「警察來過這裡？」

「對。」

「我們是不是有危險了？」

「我想是沒有。我和那個警察打情罵俏了好一會兒，他八成以為我是什麼發花痴的歐巴桑，亂打電話報警，只是為了要和警察約會。」

「妳又不老。」彼得面露微笑，想要緩和氣氛。

瑞秋心想：彼得，我可能快死了，還有多少日子可以老下去？

「所以艾蜜莉亞還好吧？」

「正在逐漸好轉。」

「我下去看她。」

又過了半小時之後，艾蜜莉亞的呼吸與膚色才恢復正常。如果那麼一丁點花生殘屑就會把她害成這樣，那麼一整坨花生鐵定會讓她沒命。

艾蜜莉亞問她：「妳為什麼要一直戴著那種面具啊？」

瑞秋回道：「因為呢，等到我們把妳送回媽媽身邊的時候，我們不希望妳可以把我們的長相描述給她聽。」

「媽咪不知道妳長什麼樣子哦？」

「不知道。」

艾蜜莉亞語氣斬釘截鐵，「妳應該要加她的臉書啦，那麼她就會認識妳了。」

「搞不好我之後會加她。妳要不要喝盒裝果汁？」

「蘋果汁嗎？」

「對。」

「我討厭蘋果汁，大家都知道我最討厭蘋果汁了。」

艾蜜莉亞哀哀叫，丟了蘋果汁，又把剛才在玩的樂高馬兒甩到一旁，立刻摔裂成五、六片，她大吼大叫：「我討厭這裡！我討厭妳！」

瑞秋說道：「親愛的，妳必須要降低音量。」他們已經做了很好的隔音措施，不過……

「為什麼？」

「因為要是妳不乖的話，我就得拿膠帶封住妳的嘴，讓妳保持安靜。」

艾蜜莉亞嚇了一大跳，她望著瑞秋：「那這樣我要怎麼呼吸？」

「得靠鼻子呼吸。」

「妳真的會對我做出那種事？」

「對。」

「妳好壞。」

瑞秋點頭。這小女孩說得沒錯，她很壞。她早就有讓她死在這裡的打算，還有比這更歹毒的心腸嗎？

瑞秋從包包裡取出一支王八機，「要不要和妳媽媽講話？」

「要！」

她撥打海倫．鄧列維的號碼。

「喂？」那女人的聲音疲憊無力又恐懼。

「要不要和艾蜜莉亞講話？」

「好，拜託妳了。」

她把手機調為擴音模式，然後把它交給了小女孩。

海倫問道：「親愛的，妳在嗎？」

「媽咪我什麼時候可以回家？」

「很快就可以回來了，親愛的，真的。」

「我不喜歡這裡，好黑好可怕。把拔什麼時候來接我？我不開心，真的很無聊。」

「親愛的，馬上，他很快就會去接妳了。」

「我是不是缺了很多課啊？」

「應該是吧，我不確定。」

「我討厭這條綁手的鏈條，討厭！」

「我知道。」

「現在跟妳媽媽說再見。」瑞秋伸手拿手機。

艾蜜莉亞說道：「我得掛電話了。」

「掰掰，親愛的！我愛妳！」

瑞秋拿了手機，邊爬樓梯邊講話：「妳也看得出來，她十分安好，但這只是目前而已。妳必須趕快進行那兩大步驟。」

她關了地下室的門，進入廚房。

海倫說道：「我想我們今晚可以匯錢。」

「現在就匯款！然後開始找目標。如有必要，我們會殺了艾蜜莉亞。我要我女兒回家，靠妳實在很礙事！」瑞秋說完之後，掛了電話，拿掉後蓋、取出了SIM卡，不斷猛踩手機，讓它碎裂成兩半。彼得早已在廚房準備了收集所有垃圾的塑膠袋，她把那一堆殘骸扔進裡頭。

她站在那裡，因為怒火與挫敗而全身顫抖。

陽光從百葉窗透了進來，可以看到一排排的水平橫線灰塵細粒在空中飄浮。她聽到百公尺之外海水擊岸的破浪聲響，還有樓下小女孩為自己哼唱的歌聲。

她深呼吸，不斷深呼吸。生活就是無目的或意義的許多當下、不斷交疊而成的瀑布。在所有的哲學家當中，只有叔本華得到箇中三昧。

她對彼得大吼：「我要回家了。」確定四下無人之後，她從後院溜出去，進入沙丘。她好想哭，但她現在已經流盡了所有的淚水。她成了鐵石，直布羅陀巨岩。然後，那個念頭又浮現心中——昨日的瑞秋已死，許久之前，馬克白夫人已經上身，讓她再也無淚。現在的她，已經成了另外一個人。

33

星期六早上七點四十一分

那男人在好幾分鐘之後，終於平復情緒。

凱莉一臉不可置信，盯著他不放。

她的第一個計畫失敗，第二個也是。

她並沒有第三個計畫。

凱莉終於開口：「我不明白，你為什麼不在槍裡裝子彈？」

「妳覺得我會拿裝了子彈的槍對準小孩？我？我這一生所學的專業都是……哦我的頭……而且發生那起事件之後更不可能……就是我們抓妳的時候出的意外。啊呀，還在抽痛，妳打了我兩次？真有妳的。好，妳乖，把扳手給我。」

凱莉把扳手給了他，他把它放在早餐托盤上面。

「我必須說，凱莉妳真的厲害，妳足智多謀，意志堅強，而且很勇敢。要是在其他狀況下，我一定會幫妳忙。」

「那就讓我——」

「但我不想讓妳誤會我是濫好人，也別以為我是隨便說說。我的態度可是十分認真。這裡已經快要結束了，我們也承受了許多煎熬。所以，恐怕我得出手給妳一點教訓，讓妳不會再犯。」

「不會的，我也沒有其他辦法了。」

「妳現在才說出這種話，已經太遲了。」

他傾身向前，狠狠甩了她一巴掌，鏈條突然繃緊，這股力道逼得她旋身，摔倒在水泥地面。

腦中嗡嗡作響。

眼前出現許多白點。

一陣黑。

她失去了時間感。

又是白點。

痛楚。

鮮血從她的鼻孔與嘴巴冒了出來。

她在哪裡？

某個充滿霉味的地方。

閣樓？

地下室？

在——

啊，對哦。

她失去意識多久了？

一分鐘？兩分鐘？還是一整天？

她睜開眼睛，那男人已經不見了，帶走了扳手與手槍，早餐餐盤還擱在那裡。

她的臉在刺痛，頭昏腦脹。

她坐起身子，她不敢站起來，因為知道自己會再次倒地。

她現在視線也無法好好對焦，地下室另一頭的牆壁一片模糊，成了長狀的污髒色塊。

鼻血不斷落在睡袋上面。

滴滴答答。

閃亮的尼龍布表面，出現了一泓鮮紅色的血池，形狀宛若南美洲。

她把手指浸入穀片碗裡的牛奶裡，還是冰的，所以她昏迷了不過只有幾分鐘而已。

她哭了，現在的她好孤絕恐懼。被全世界拋棄，她現在不知如何是好，完全看不到任何希望，一籌莫展。

34

星期六下午四點

瑞秋開車到新罕布夏州的購物中心，買了急救箱、洋娃娃、DVD、公主帳篷與玩具。完全是出於罪惡感，事件發生之後的百分百罪惡感。艾蜜莉亞現在好多了，和彼得玩了蛇梯棋，而且還吃了火腿三明治。

他們弄好了帳篷，又把《冰雪奇緣》的DVD放入手提放映機。他們盯著艾蜜莉亞看電影，就這麼過了一個小時之後，瑞秋的手機傳來wickr的訊息提醒聲響，她上樓查看訊息。

發訊者是帳號234838З3hudykdy2。

言簡意賅：「鄧列維已經付了贖金。」

「贖金付了，接下來要做什麼，妳自己知道。」

瑞秋拿了某支充好電的王八機，打電話給鄧列維太太。

海倫開口：「喂？」

「贖金已經付了，接下來該怎麼做，你們也很清楚。」

海倫回她：「我們怎麼做得出那種事？太離譜了，不可能。」

然後，是一陣短暫的爭執，她才剛說出「不行」，麥可·鄧列維已經搶下了手機。

「好，現在是這樣——」他一開口就被瑞秋打斷。

「叫你老婆回來聽電話，不然你女兒就死定了。」

「我要知道是誰——」

瑞秋大吼：「王八蛋！現在就叫你老婆回來聽電話，我已經拿槍對著艾蜜莉亞的頭了！」

海倫立刻就接起電話，「抱歉——」

「妳這個愚蠢的賤女人，不乖乖聽話一定會遺憾終生。該做的事趕快完成，不然妳就再也看不到艾蜜莉亞了。等到妳列出清單之後，寄給wickr帳號2348383hudykdy2，等待他們最後的核可。」瑞秋火冒三丈說完之後，掛了電話。

她拿出SIM卡，把它與手機一起踩爛，將碎裂手機丟進垃圾袋。

過了幾分鐘之後，她利用彼得的電腦，以鏡像監控鄧列維的家中電腦，果然，看到他們在臉書與IG的網海裡四處尋撈，對，在這種時代，就是要靠這種方式鎖定目標。

彼得上樓。

「有沒有新消息？」

「他們付了贖金。」

「他們付得起，重點是第二部分……」

「對……我們的小女孩呢？」

「沒問題，依然在看迪士尼電影。我答應她等一下要陪她玩『外科手術』。」

瑞秋一臉茫然，點點頭。

彼得說道：「好，小瑞，妳可以回家了，我守在這裡沒問題。」

瑞秋很堅持，「不要，今晚我陪艾蜜莉亞。」

他溫柔說道：「她請我今晚留下來陪她，不希望妳待在這裡。」

「怎麼會這樣？」

「她怕妳。」

「哦。」

「還是讓我待在這吧。倒地就睡我早就習慣了，拿睡袋打地鋪當然不成問題。」

瑞秋點頭，「那我想就這樣吧。」

「嗯。」

他們互望彼此，不發一語。瑞秋正在觀察他，她知道有哪裡不對勁，但說不上來到底是什麼，與那個可能裝了毒品的袋子有關？

「彼得，你真的沒問題嗎？」

「我沒事。」

她說道：「彼得，我真的只能靠你了。」

「相信我，我真的沒問題。」

彼得很清楚，她已經知道了一切。現在，加熱海洛因的時刻又到了，他需要它，他的身體渴望難耐。他本來想要趁這次事件強迫自己戒斷，但沒那麼簡單，它之所以會被大家稱之為解藥，自然有其成因。

終於，瑞秋站起來。「記得打電話給我。」

「我會的。」

她對他輕輕揮手道別，姿態哀傷。

瑞秋走到外頭，海水拍襲沙丘，從極地而來的刺骨寒風朝她撲來。斜雨急落，一陣閃電照在安岬邊岸的「三野岩區」。

瑞秋回家，從冰箱裡拿了一罐山姆．亞當斯。啤酒不夠猛，所以她又為自己倒了半杯的伏特加，佐以通寧水。她想到了第一通的未知號碼來電，電話裡的那個人聲，還有死者數目遠大於生者的那一段話。這是她在大一時會對朋友說的那種話，那是某種年輕人自以為是的思考深度。「鎖鏈」的主使者似乎想要裝得更老成，偽裝成五十多歲的睿智人士，但她懷疑他們的年紀其實可能跟她差不多，甚至更年輕。

妳本來以為要歷經一生滄桑之後、才會變得如此暴虐，不過，妳錯了。而妳自己呢？瑞秋？綁架犯、凌虐小孩的壞人、沒用的媽媽。最可怕的是，妳知道自己內心深處的念頭，如有必要，一定會讓艾蜜莉亞死去。就法律面以及生活面來說，妳有這種意圖，都是道德哲學的嚴重問題。

妳飛速墜落，暈眩不已；妳身在牢籠，急墜直入地獄。而狀況卻每況愈下，只會越來越糟糕。先是癌症，然後是離婚，接下來是女兒被綁架，然後，自己也成了惡魔。

35

星期天凌晨兩點十七分

麥可與海倫這對夫妻的一切反應，完全都在瑞秋的預期之中。星期六早上還處於遲疑不前與驚慌的狀態，而到了星期六下午，已經完全進入狀況。

他們不斷過濾名單，現在只剩下一個人，名叫亨利．霍格、坐在輪椅上的小孩，他父親是某間油業公司剛上任的副總，所以他付十五萬美金根本連眉頭也不需要皺一下。他住在羅德島的東普洛維登斯，亨利的繼母會在週六晚上負責照顧他，因為亨利的父親必須參加波士頓扶輪社的晚宴。亨利有個玩伴，住在他們家三個街區之外的地方，亨利的繼母會在晚上九點鐘去找他，然後，獨自推著輪椅、穿越東普洛維登斯的街頭，帶他回家。

鄧列維夫婦將會在半路攔阻，讓亨利永遠回不了家。

應用軟體wicker的234838hudykdy2帳號已經核可了這個目標與計畫。

凱莉什麼都不知情，但過了午夜之後，那名女子——「海瑟」——打開了地下室大門，叫她起床。

瑞秋也一樣，星期天凌晨兩點十七分，她手機響了，才知道這件事。

當時的她窩在沙發上，半睡半醒，整個人變得軟爛不已。她睡不著，吃不下，也懶得去洗澡。

她的頭一直在搏痛，左乳發疼。

她的旁邊放著打開的《易經》，翻到的那一頁是「解」卦——釋放。她的手指停頓在那一行字的旁邊：「田獲三狐，得黃矢，貞吉。」黃色的箭是否暗示了她女兒將平安歸來？

那通電話讓她從昏懶狀態中驚醒，她立刻拿起手機，儼然把它當成了救生衣。

未知號碼來電。

瑞秋開口：「喂？」

「瑞秋，我有好消息要告訴妳。」來電者是挾持凱莉的女子。

「哦？」

「再過一個小時，我們就會放了凱莉。她會拿到一支王八機，然後會打電話給妳。」

瑞秋的淚水奪眶而出，「哦天啊，真的嗎？」

「對，她很好，這一趟辛苦走來，她毫髮無聲。不過妳要記得，妳和她都還處於極度危險的狀態。妳一定要繼續扣留自己的人質，等到『鎖鏈』說沒問題之後才能放人。要是妳膽敢背叛他們，妳就沒命了。妳要記得威廉斯家族的下場。他們可能會命令我殺死妳與凱莉，為了保護我兒子，我一定會出手。要是我不這麼做的話，他們會吩咐先前的『鎖鏈』成員殺了我、殺了妳，還有我們的子女。他們說到做到，真的是邪惡至極。」

瑞秋回道：「我知道。」

「當我的兒子平安返家的時候，我真的很想要立刻放了凱莉，我只希望一切就此結束，但我知道我要是這麼做的話，她和妳、我與我兒子，都會陷入危險。」

「我保證我絕對不會害到大家。我的凱莉在哪裡？」

「我們會給她戴上眼罩，把她載到四十五分鐘車程之外的地方，讓她在某個休息站下車。我們會給她一支手機，她會把自己的位置告訴妳。」

「謝謝。」

「瑞秋，妳沒有搞砸，謝謝妳。我們真的很倒霉，但一切都結束了。拜託，請讓一切平安落幕，拜託，千萬不要讓妳負責的那些人毀了一切。再見，瑞秋。」

瑞秋打電話給待在亞本澤勒家的彼得，把這消息告訴了他，彼得欣喜若狂。瑞秋回他：「彼得，我真的不敢相信，希望這是真的。」

「我也衷心盼望，我一直在祈禱。」

「我也是。」

「艾蜜莉亞還好嗎？」

「她在公主帳篷裡睡覺。」

「我最好趕快掛電話了。」

「一有消息就告訴我。」

一小時過去了。

一小時又十五分鐘。

一小時又二十分鐘。

一小時又二十五分鐘。

「是不是出事了——」

瑞秋的iPhone響了，未知號碼來電。

「喂？」

凱莉大喊：「媽咪！」

「凱莉，妳在哪裡？」

「我不知道。他們告訴我一分鐘之後才能拿掉眼罩。現在他們已經不見了，我在某條馬路旁邊，不知道這是什麼地方，一片漆黑。」

「有看到什麼嗎？」

「再過去一點有條比較大的路。」

「那就走過去。啊，凱莉，妳真的已經被放出來了嗎？」

「對，媽咪，趕快來接我！」

「親愛的，妳在哪裡？告訴我位置，我立刻過去。」

「我好像看到了『唐先生甜甜圈』的標誌。對，有一家『唐先生甜甜圈』，這裡是加油站休息區，我看出來了！」

「有開嗎？」

「嗯，應該有。」

「快過去那裡，詢問他們確切地點。不要掛電話，穿越馬路時要小心，反正不要斷線就對了。」

「不行，我得要掛電話了，他們沒有把手機充飽，現在電池只剩下一格。到了加油站之後，我再打電話給妳。」

「不！凱莉！千萬不要掛電話！拜託！」

電話斷了。

「不要！」

接下來是令人緊繃的一陣沉寂，五分鐘之後，手機再次響起。

「好，媽咪，我在九十五號州際公路附近的一〇一號公路，某間『太陽石油公司』加油站附近的『唐先生甜甜圈』裡面。」

「哪一座城鎮？」

「媽，我不知道，我不想再問了，在大半夜這種時候出現在這裡，而且還不清楚自己的方位，也太奇怪了吧。」

「天，凱莉，拜託妳問一下就是了。」

「媽，妳聽我說，妳用一下Google，我在新罕布夏州，九十五號州際公路附近的一〇一號公路。」

瑞秋找了一下，「是不是在埃克塞特附近的『太陽石油公司』？」

「對，這裡有個『埃克塞特』的路標。」

「我會在二十分鐘之內趕過去！可以等我一下嗎？」

「媽，沒問題。」

「記得去要水喝。就算妳沒錢，他們還是會給妳水。」

「不用，他們有給我錢。我等一下會去買甜甜圈和可樂。我有向他們要我的手機，但他們說他們沒有拿。」

「我們已經找到妳手機了。」瑞秋此時已經奔向自己的座車。

「可以幫我帶來嗎？」

「等一下再說，我已經在車上了。」

凱莉問道：「妳是怎麼跟史都華說的？」

「我說妳生病了，然後跟妳爸說妳去紐約了。啊我的天，凱莉，真的是妳嗎？真的要回到我身邊了嗎？」

「媽咪，真的是我。我好餓，我要去買個甜甜圈，搞不好會吃兩個。媽，我要去買甜甜圈，先掛電話了。」

「不要掛電話！我立刻就趕過去！」瑞秋大喊，但凱莉已經又掛了電話。

只要車行幾分鐘，就可以上九十五號州際公路，瑞秋將車速飆到了時速一百三十公里，幾乎是這輛老富豪小轎車的極限了。

根據Google地圖顯示，轉入一〇一支路後，就會立刻看到「太陽石油公司」加油站。

凱莉一個人坐在靠窗座位，棕色頭髮、雀斑臉、小小的銀色髮帶，真的是她！

「凱莉！」瑞秋大叫，同時把自己的車停好，打開車門，衝入加油站。

兩人緊緊相擁，淚已潰堤。

凱莉在哭，瑞秋也是。

真的。

千真萬確。

她的小女孩又回來了。

沒有什麼黃色的箭，但凱莉的確回到了她的身邊。

感謝上帝。

感謝上帝。

感謝祢。

「媽咪，我以為我再也看不到妳了。」凱莉不敢置信，她不知道天地是否夠大？能夠容納她此刻的暢懷與喜悅？

「我知道我一定能再見到妳！我知道我一定能把妳救回來。」瑞秋抱住女兒，好緊好緊，果然是她女兒的氣味。她的小女兒在顫抖，全身發冷，想必也餓壞了，而且一定是怕得要死。

淚水泉湧而出。

如釋重負以及歡喜的奔騰河流。

某種失衡失序的詭異喜悅。

「餓不餓？」

「不餓，我吃了甜甜圈，而且他們一直有給我吃東西。」

「他們給你吃什麼？妳有沒有被下藥昏迷？」

「一般食物，穀片，全麥餅乾。」

「來，我們先離開這裡。我帶妳回家，妳的彼得伯伯在等我們。」

「彼得伯伯？」

「對，他幫了我大忙。」

「妳沒有告訴爸爸？」

「沒有。」

「因為塔咪？」

瑞秋點點頭。

「他們告訴我，要是我說出去的話，大家都會有危險。」

「他們也是這麼跟我說的。來，我帶妳回家。」

凱莉說道：「我現在得去上廁所。」

「我和妳一起去。」

「媽，不需要，我沒問題的。」

「我再也不會讓妳離開我的視線。」

「媽，我絕對不會讓妳陪我進廁所的，給我一分鐘就好。」

瑞秋陪她走到了太陽石油／唐先生的廁所外頭，站在門口守候。這是男女通用的廁所，單人使用的小空間，所以不可能會發生有人從窗戶把凱莉拖出去之類的事，但瑞秋一想到會看不到女兒，即便只有數十秒，依然緊張萬分。

中年女收銀員正好與她四目相接。

對方問道：「妳女兒嗎？」

「對。」

「我正打算報警呢，我以為她離家出走。」

瑞秋微笑，傳簡訊給彼得，凱莉安好。

「等到她們進入青春期之後，一定要盯得緊緊的。這年紀很難搞，我過來人了，因為我有四個女兒。」

瑞秋回她：「我只有這麼一個寶貝女兒。」

那女人點頭，「絕對不能讓她們脫離妳的視線範圍。」

「千真萬確。」

凱莉從廁所出來，瑞秋又抱了她一次。

她們手牽手，離開了加油站。

上了車之後，凱莉說道：「我一到家就要好好洗個熱水澡。」

「當然，妳愛怎麼樣都可以。」

「我覺得自己好骯髒。」

「妳沒事吧？他們有沒有碰妳？傷害妳？」

「沒有……有吧。那男人昨天打我。今天是星期幾？」

「應該是星期天凌晨。」

「我想要逃跑，被他甩了一巴掌。」凱莉說出這段話的時候，完全看不出任何情緒。

「天，他打妳？」

「對。荒謬的是，壞人不是他，真正的壞人是那個女的，好可怕。」凱莉說完之後又哭了出來。

瑞秋把她抱得好緊。

凱莉說道：「好，我們走吧。我想要見我的貓咪和彼得伯伯。」

瑞秋發動引擎，開燈，驅車南行。

「媽咪，還有另外一件事。」

「什麼？」瑞秋已經有了最壞的心理準備。

「我不太確定，但我覺得他們殺死了某個警察。我們曾經被州警攔下來，他們好像對他開了槍。」

瑞秋點點頭，沒多想就脫口而出：「我記得是有新聞報導，星期四早上的時候有新罕布夏州的州警被槍殺。」

凱莉嚇得倒抽一口氣，「他死了嗎？」

瑞秋撒謊：「我不確定。」

凱莉說道：「我們得去報警。」

「不行，太危險了，他們會殺死所有的人，」瑞秋回道，「他們會追殺我們，妳、我、彼得，還有妳爸爸，無人倖免。凱莉，我們不能講出來，也不能採取任何行動。」

「所以我們該怎麼辦？」

「我們什麼都不做，什麼都不說，保持沉默，把這一切拋諸腦後。」

「不能這樣！」

「凱莉，很抱歉，但勢必如此。」

十分鐘之後，她們回到了梅島，彼得早已準備等著迎接她們。凱莉才一下車，他就衝過去抱她，還把她舉起來、不斷繞圈。

他從來不曾在見到某人之後產生如此強烈的釋然感。

「親愛的，妳平安無事！」他帶著凱莉進入屋內。

貓咪艾利跳到沙發上，挨在凱莉身邊，她立刻把貓兒抱起來、給了他一個吻。

瑞秋低聲問彼得：「那個……」

彼得回道：「在睡覺。五分鐘之內我就會回去，我只是想要見妳們一面。」

「彼得伯伯……」凱莉撒嬌，伸出雙臂討抱抱。

瑞秋坐在她身邊，彼得坐在另一邊，艾利則窩在她的大腿上。瑞秋心想：奇蹟，這就是奇蹟了。小孩有機會返家，但大多數都就此人間蒸發，尤其是女孩。

凱莉問他：「你知道出了什麼事嗎？」

「嗯，我一直在幫妳媽。」

「大家一起抱抱。」凱莉很堅持，淚水奪眶而出。

彼得伸出雙臂，抱住了她們兩人。

「真不敢相信，」凱莉說道，「我以為我會被關在那裡一輩子。」

他們坐在一起，互相依偎了好一會兒，然後，凱莉抬起頭，對著他們傻笑。「我餓了。」

瑞秋回她：「妳想吃什麼，我馬上準備。」

「披薩。」

「我現在就弄給妳吃。」

瑞秋想要起身去廚房，但凱莉不肯放開她。

「妳還好嗎？凱莉？」彼得問道，「他們有沒有傷害妳？」

「那男人打我，因為我扁了他，還想要逃跑，真的好痛。」

「靠！」彼得的雙拳都硬了。

瑞秋說道：「妳一定嚇壞了。」

凱莉娓娓道來，彼得與瑞秋專心聆聽。

她把一切都說了出來。

他們讓她盡情發洩，要是她想說，那麼他們就讓她講個過癮。凱莉不是那種會把話悶在心裡的人，瑞秋對於這一點十分感恩。她撫摸女兒的頭髮，微笑稱許她的勇敢行為。

她開始準備披薩，彼得也在此時回到亞本澤勒的住家，查看艾蜜莉亞的狀況。

凱莉上樓，查看自己的臥室。

「媽，我可以傳訊給史都華和其他朋友了嗎？沒關係吧？」

「好，不過妳得說自己得了腸胃型流感，可以嗎？」

「嗯，沒問題，那我要怎麼跟爸爸說？」

「靠，這就麻煩了。妳必須告訴妳爸妳去了紐約……」瑞秋把自己與前夫、塔咪的會面過程，以及與凱莉外婆的那段通話全講了出來。

「我要我的手機！」

瑞秋拿了手機給她。

「我沒辦法幫妳代發簡訊，因為我不知道妳的密碼。」

「超容易的啊，二一九四。」

「那是什麼？」

「哈利・史泰爾斯[8]的生日嘛！天，我有一百萬封訊息。」

「妳必須要告訴大家妳生病了。」

「好，可是我禮拜一想要去上學。明天是星期幾？」

「星期一。」

「我想要去學校。」

「我覺得這樣不太好，妳應該要先去看醫生檢查一下。」

「我很好。我想要去學校和大家見面！」

---

[8] Harry Edward Styles，英國歌手、演員。

「確定嗎？」

「我不想再關在屋子裡了。」

「好，那就不能再搭校車了，我真不知道我以前在想什麼。」

凱莉問道：「對了，我的兔寶寶呢？『棉花糖』跑去哪了？」

「等一下我就把『棉花糖』帶回來。」

「他沒有不見吧？」

「沒有。」

凱莉傳訊給朋友，然後她們一起躺在床上，觀賞她最喜歡的網路短片：包括「啊哈」樂團的《接納我》音樂錄影帶、「蒙提・派森」的死魚打臉舞、饒舌男團「布洛克漢普頓」的六支音樂錄影帶、電影《鴨羹》中葛魯喬對鏡猜疑的片段。

凱莉洗澡，央求瑞秋給她一點獨處的時間，半個小時之後，瑞秋回頭查看女兒，發現她已經在酣睡。瑞秋癱倒在沙發上，嚎啕大哭。

彼得在早晨六點回來，為火爐多添了兩根柴木。瑞秋問道：「那裡都還好吧？」

「艾蜜莉亞還在睡。」

彼得煮了一壺咖啡，兩人坐在火爐旁。

一切似乎都恢復原貌。漁船開往了梅里馬克，波士頓古典音樂電台在播放伯恩斯坦的音樂，包在塑膠袋裡的《波士頓環球報》也已經擱在前院。

「真不敢相信她回來了，」瑞秋說道，「我有好幾次以為自己再也永遠看不到她了。」

他們盯著木炭顏色轉白，漸漸化成了灰。瑞秋的手機響了，是未知號碼來電，她接了電話，開啟擴音模式。

又是透過變聲器講話的那個人，是「鎖鏈」在直接對她嗆聲：「我知道妳在想什麼。當大家的摯愛回到身邊的時候，每個人都有一樣的念頭，放了人質，一切就此終結。不過，妳也看得出來，沒有人能對抗傳統。瑞秋，妳知道什麼是傳統嗎？」

「你這話是什麼意思？」

「傳統就是某一種生活議題，早在許久之前就已經具體落實的生活議題，我們這套特殊的傳統亦是如此。要是妳膽敢惡搞『鎖鏈』，它一定會追殺妳和妳的家人。逃去國外吧，沙烏地阿拉伯或日本都可以，改名換姓，弄個新的身分，但我們一定找得到妳。」

「明白了。」

「真的明白了嗎？最好是這樣，因為現在還不算結束。等到妳訓練的那批人完成了任務，還有他們訓練的下一批人完成任務，一切才能劃下句點。這幾年來，『鎖鏈』並沒有出現叛徒，但這種事依然可能會發生。還是有人覺得自己可以打敗這個體制，他們沒這種能耐。根本沒有人辦得到，當然也輪不到妳。」

「就像是威廉斯家族一樣。」

「他們也是企圖反抗的失敗者，目前還沒有人成功過。」

「我一定說到做到。」

「妳最好要記得自己講過的話。今天早上，我們已經匯了一萬美元到妳的銀行戶頭——也就是鄧列維夫婦支付贖金的十分之一，而且是從他們匯入的比特幣帳戶直接轉過去。我不知道妳要怎麼向當局解釋那筆錢的來源。就算妳想辦法逃過了我們的追殺，目前是根本沒有人成功，我們也會釋出所有的線索，妳一定會去坐牢。一切證據都會把妳描繪成某起錯綜複雜綁架連鎖案件的幕後天才。妳是聰明人，一定抓得到重點。是不是？」

「是，我知道。」

「很好，」那聲音說道，「我們應該不會再有對話的機會了。瑞秋，能和妳一起共事很愉快。」

「這種話我說不出口。」

「其實妳的結局本來可能會很慘烈，相當慘烈。」

電話結束之後，瑞秋全身顫抖，彼得再次抱住她。她蒼白瘦弱，心跳速度飛快，宛若一隻被藏在鞋盒裡休養的負傷鳥兒，期待有一天能夠再次振翅高飛。

36

星期四下午四點鐘

凱莉終於下樓，一手拿著平板電腦，另一手拿著手機，而艾利則站在她的肩頭。

凱莉努力裝出開心的語氣，「我的臉書、IG，還有推特的通知，總共有一百五十幾封。」

瑞秋微笑。她恐慌不已，本想要杜絕所有的社群媒體，但現在看來是不可能的了。凱莉也對她母親笑了一下，瑞秋心想，她們兩人都在彼此面前戴上了假面具。「妳人緣真好。」

「我和史都華聊了一下，大家似乎都相信了我生病的說法。我也傳訊給外婆了，她很好，我還寫了電郵給爸爸。」

「抱歉，都是我害妳得做出這種事。」

凱莉點點頭，但並沒有說出「沒關係」這樣的話，因為逼女兒對自己的親友講謊話，真的很不妥當。

「有沒有注意妳的措辭？」

「有。」

「要是妳在社群媒體上說了些什麼，全世界都看得到。」

「媽，我知道。不能告訴任何人，對嗎？」

「沒錯……我的寶貝，妳還好嗎？」瑞秋輕撫凱莉的臉龐。

「其實很不好，」凱莉說道，「我待在那裡的時候，怕得要死。有時候我覺得我會——我不知道——消失？妳知道有些人覺得要是別人離開了同一個空間，彷彿就是再也不存在了。」

「唯我論？」

「我在那個地下室的時候，就是覺得自己會發生那樣的事。我在想，我的存在感慢慢消失，因為沒有人想到我。」

瑞秋緊緊抱住她，「我一直在想妳！每一分每一秒都是！」

「有時候，我覺得搞不好他們認為自己被別人發現了行蹤，於是直接把我丟在那裡，然後，我的食物與飲水會慢慢耗光，我就沒命了。」

「我絕對不容許發生這種事，」瑞秋說道，「絕對不會，無論如何，我一定會找到妳。」

凱莉點頭，但瑞秋看得出來，其實女兒並不相信她的許諾。他們要怎麼找到她？不可能的，她會被困在地下室一輩子。

凱莉走到紗門前面，眺望潮汐池。

「妳知道涼鞋這個字其實是擬聲字，擬聲尿尿？❾」瑞秋講爛梗笑話，想要扭轉心情。

凱莉面向她母親，「媽？」

「嗯？」

「他們曾經告訴過我，除非妳讓『鎖鏈』繼續運行下去，他們才能放了我。」

瑞秋盯著地板。

「媽？」

「他們到底是怎麼說的？」

瑞秋拚命嚥口水。對於這一點，她沒辦法撒謊——這只會讓一切越來越噁心。她回道：「沒錯。」

凱莉好驚恐，「所以，等等，妳是不是……真的……？」

「抱歉，我、我，都是被逼的。」

「妳綁架了別人？」

「我是被逼的。」

「妳還扣留著人質嗎？」

「對，除非『鎖鏈』順利運作下去，不然我不能放人。」

「啊，天哪！」凱莉眼睛瞪得好大，「在哪裡？」

「我們找到……我在潮汐池的另一邊找到一間空屋，有地下室的空屋。」

「所以現在人質在那裡？」

「彼得待在那邊。」

「是男孩還是女孩？」

「妳知道的越少越好。」

❾ 擬聲字最後一個音節發音類似尿尿。

「我就是要知道！」

「女孩。」瑞秋的話一出口，立刻感受到羞恥的狂流朝她襲來。

那是一條棕如糞色的巨河。

「難道妳就不能放了她嗎？」

瑞秋忍住嘔吐反射與逃跑的衝動，逼自己一定要面對現實。她盯著凱莉的雙眼，搖頭。

凱莉問道：「難──難道他們就不能給我們新身分之類的保護措施嗎？」

「沒那麼簡單。我們，我，其實真的擄了人，他們會把我送去坐牢。而且妳也不安全。當他們告訴我，這條『鎖鏈』永遠不可能會斷裂的時候，我相信他們說的是真的。無論我們躲到什麼地方，一定會被他們找出來，我不能冒險。」

「我可不可以見那女孩？我可以和她講話嗎？」

瑞秋一想到會害凱莉越陷越深，不禁全身顫慄。「不行，妳回去學校上課。我們來處理這件事，我和彼得會搞定。」

「她叫什麼名字？」

「妳還是別問了。」

「所以『棉花糖』是給了她？」

「對。」

瑞秋想要擁抱凱莉，但卻被女兒一把推開。

凱莉大吼：「不要碰我！」

「我可以把『棉花糖』拿回來，我——」

「那不是重點！跟『棉花糖』無關，而是妳的舉動。妳怎麼會去綁架別人？媽媽，妳怎麼能做出那種事？」

「我不知道，我不得不這麼做。」

「妳有沒有傷害人質？」

「沒有，真的沒有。」瑞秋又在那條謊言與羞愧的河流之中浮浮沉沉。

「媽，妳怎麼能做出那種事？」

「我不知道。」

凱莉向後退了一步，又退一步，撞到了紗門。

瑞秋望著自己髒兮兮的指甲，意外瞄到了自己在玻璃裡的映影。她像是枯瘦瘋狂的先知，將某個腦袋突然清醒的教徒帶回信眾之中。不，不是這樣，比這個還可怕。她是邪魔，將自己的女兒拖回冥府。她是良善狄蜜特[10]的相反極端，她逼凱莉說謊，害她成為犯罪的共謀。她們之間的裂痕會擴大為鴻溝，一切再也回不去了。

她望著凱莉的婆娑淚眼，充滿被背叛的痛。

「妳必須這麼做才能把我贖回來？」

「對。」

---

[10] 希臘神話中掌管農業、豐收和母性之愛的女神。

「妳和彼得伯伯聯手？」

「對。」

凱莉開了門，一陣冷風從潮汐池灌了進來。

凱莉問道：「我們可不可以到外面去？」

「外頭很冷。」

「我們可以裹被子。我不想待在屋內，我要到外面去。」

她們待在戶外的平台區。

瑞秋試探問道：「可不可以抱抱妳？」

「嗯。」

瑞秋坐在阿迪朗達克木椅裡面，凱莉坐在母親的腿上，裹著毯子，瑞秋居家袍的長腰帶宛若臍帶一樣，纏縛著兩人。兩人沒說話，只是靜靜坐在那裡。

天光逐漸褪淡，梅里馬克山谷也出現了紅黃相間的一排燈火。黑夜慢慢籠罩，等到星星出現的時候，這對母女已經被暗夜所吞沒，這將是一個可怕至極的漫漫黑夜。

37

星期天晚上十點四十五分

她的直覺是對的。「鎖鏈」出了狀況。嗯，應該說她的直覺部分正確。然而問題不是瑞秋・克連恩，也不是海倫・鄧列維，而是山繆斯・霍格。她運用官方查案的標準惡意軟體，以鏡像監控他們的手機，看到了山繆斯的郵件。山繆斯聯絡他的叔叔，名叫湯瑪斯・安德森・霍格的傢伙，他住在康乃狄克州的史塔姆佛德，詢問他是否能在明天早上十點在史塔姆佛德的星巴克見面。

問題大條了，因為湯瑪斯・安德森・霍格是退休的高級將官。

山繆斯要出賣他們。

而且不是找警察，找的是他媽的美國軍方。

她再次研究瑞秋的資料。一開始並不起眼、但目前的表現卻出奇稱職的棋子。她的一切行為都精準到位。快速付了贖金，加碼的贖金也一樣付得很快，而且成功執行綁架任務。

她能力不錯，表現優異。她的大伯有出手幫忙，這也是個有趣的傢伙。從海軍陸戰隊榮退，但在二〇一二年九月的巴斯營地事件中遭人非議。沒有退休金，只有退伍軍人的基本福利。曾經在二〇一六年麻州的伍斯特遭到逮捕，原因是持有一公克的褐色焦油海洛因，後來檢方撤銷起訴。罪犯檔案照的他憔悴陰鬱，是個早衰的中年男子。

她的前夫是不是也出了力？

她開始在Google搜尋瑞秋的前夫，馬提．歐尼爾。

帥哥，老實說，長得超級帥。奇怪以前怎麼從來沒見過他，波士頓條件尚可的單身漢數目明少得可憐。哈佛畢業的律師，正在與某個無聊的金髮妹交往。伍斯特出生，住在波士頓。是一流的邦納與威特考夫律師事務所的合夥人。對，他繼承了家族腦袋的優良基因。

好，就讓我們看看他們要如何集眾人之力，面對這小小的曲球。

她登入wickr，發訊給瑞秋。「山繆斯意圖背叛，正準備要出賣我們。他已經發電郵給他的美軍退休高級將官叔叔，打算明天早上十點在康乃狄克州的史塔姆佛德星巴克見面。當然，我們不能坐視不管。鄧列維夫婦搞砸了，他們挑選的目標並不可靠。瑞秋，他們搞砸了，就等於是妳搞砸了。殺死妳的人質，另外挑選目標，不然就是阻止這場會面，提醒鄧列維與霍格這兩家人，他們是『鎖鏈』的一分子。要是妳不去執行以上的要求，反衝效應就會追殺妳與妳的家人。我們知道妳住在哪裡，就算妳逃到天涯海角，我們也一定會把妳找出來。」

38

星期天晚上十點五十九分

幽黑的大西洋，幽黑的天空，黯淡染塵的星幕。當wickr軟體發出通知聲響的時候，瑞秋正坐在平台區抽菸，是帳號2348383hudykdy2傳來的訊息。

她看完，仔細消化之後，整個人陷入驚慌，她強作鎮定，拿了一支王八機，打電話給待在亞本澤勒住家的彼得，將訊息唸給他聽。

他開口問道：「這不是該由鄧列維他們家負責嗎？」

「『鎖鏈』的那群王八蛋聯絡的是我。彼得，這是他們先前所說的反衝效應。要是霍格那一家人搞砸的話，也就表示鄧列維夫妻出包，我就得殺死艾蜜莉亞，重新挑選新目標，不然他們就會把帳算在我頭上。」

「妳等我，我馬上過去。」彼得說道，「艾蜜莉亞正在睡覺。」

瑞秋打電話給海倫・鄧列維，但電話只是一直響，最後直接轉語音信箱。她再次撥打，依然無人回應。她等了一分鐘之後，第三次撥打過去，但這愚蠢賤人如果不是死了，那就是關了手機。

他們的電腦也關機。現在完全無法從他們的電子設備追蹤到任何的蛛絲馬跡。他們出了什麼狀況？到底在搞什麼啊？

她登入wickr軟體，傳訊給234838３hudykdy2帳號。「鄧列維夫婦沒接電話。」

對方秒回：「瑞秋，那不是我們的問題，是妳的問題。」

過了一分鐘之後，彼得出現了。

「鄧列維夫妻怎麼說？」

「沒接電話。這兩個蠢蛋居然關機。」

「所以我們接下來該怎麼辦？」

「我絕對不會殺了艾蜜莉亞，然後再重新尋找目標。」

「當然不可以。」

彼得盼望瑞秋不會注意到他眼神迷茫，他在十五分鐘前才剛剛注射了一管。他原本以為今晚就結束了，而且他的身體渴望鴉片劑的撫慰。最後他屈服了，在亞本澤勒家的廚房裡為自己打了一針。

瑞秋呼喚他，「彼得？」

彼得一臉茫然，「我現在完全想不出辦法。」

「我們今晚就過去鄧列維家裡，提醒他們要吩咐他們底下的那個人守規矩。」

「打電話給他們就好。」

「我打了！他們不接電話，你有沒有聽我說啊？」

彼得覺得奇怪，「居然有人在女兒被綁架的時候手機不開機？」

瑞秋回道：「也許他們已經死了，也許是被反衝效應所殺死，接下來恐怕就要輪到我們了。」

「所以他們可能現在過來追殺我們。」

「我們把凱莉帶到亞本澤勒家吧，只有我們兩個知道那地方。」

他痛苦嘆氣，「我來準備東西。」

瑞秋進了凱莉的房間，她還沒睡，盯著自己的平板電腦。「親愛的，抱歉，但妳今晚待在這裡不安全，因為『鎖鏈』出了狀況。」

凱莉嚇壞了，「什麼？他們要來找我們？」

「沒有，還沒有。我得先搞定一些事情。我先把妳帶到亞本澤勒家，那裡很安全，除了我和彼得之外，沒有人知道那個地方。」

「他們要回來抓我？是不是？」

「沒有，不是這樣，妳很安全，別擔心。這只是預防措施。妳的彼得伯伯和我會處理一切。來吧，趕快打包。」

瑞秋開車載凱莉前往亞本澤勒的住家，到達之後，從後門溜了進去，彼得正在廚房裡等候，手裡拿著自己的點四五手槍與瑞秋的霰彈槍。

凱莉看到那些武器，嚇得猛吞口水，還是給了彼得一個擁抱。

凱莉問道：「那個小女孩在這裡嗎？」

瑞秋點點頭。

「她在哪裡？」

彼得回道：「地下室，正在睡覺。」

「她應該是不會醒來，但如果妳要下去的話，記得戴上這個。」瑞秋說完之後，把某個黑色滑雪面罩交給了她。

凱莉嚇得愣住了，「所以，她就認不出我的臉。」

「我希望妳不要繼續牽連下去了，但要是艾蜜莉亞開始哭的話，妳恐怕還是得下去哄她，」瑞秋說道，「我們不能讓她吵鬧。」

彼得說道：「但她應該會睡到早上，我先前讓她玩跳繩玩了一個小時。」

凱莉問她母親：「你們現在要去哪裡？」

「彼得和我要去處理緊急狀況。」

「什麼樣的緊急狀況？」

「寶貝，不會有事的，沒有那麼糟糕，但我們得過去一趟，妳必須留在這裡陪艾蜜莉亞。」

「你們必須要告訴我到底出了什麼事！」

瑞秋點頭，她的確有權知道真相。「『鎖鏈』下游的某個家庭想要去報警。我們得阻止他們，要是他們真的通報警方，恐怕大家都會有危險。」

「所以你們要去哪裡？」

「普洛維登斯。」

「你們要過去那裡，叫他們付贖金，重複你們做過的那些事？」

「對。」

「萬一……萬一你們沒辦法回來呢？」

「要是我們到早上還沒有回來，打電話給妳爸爸，請他過來接妳。待在這間房子裡，不要回家。等到他到達這裡之後，把一切告訴他。在此之前，絕對不要開手機。」

凱莉神情肅穆點點頭，「早上幾點呢？」

彼得回道：「我看看，要是妳在十一點還是沒有我們的消息，那就表示我們已經身陷危境。」

凱莉問話的時候，雙唇顫抖。「意思是死了嗎？」

「未必，只是有狀況罷了。」瑞秋雖然這麼說，但她覺得「死亡」是可能性最高的結局。

凱莉抱住她的母親與彼得。「我不會有事，」她說道，「我會看著她。」

現在，她女兒也成了綁架案的共犯。瑞秋心覺憤怒又羞愧。但她不能因為這些情緒而陷溺過久，現在的分分秒秒都極其珍貴。她抹乾臉頰上的淚水，開口說道：「那就開始行動吧，我來開車。」

39

星期天晚上十一點二十七分

左邊是沼澤，右邊是濕地，車頭燈照亮了一切。空氣中瀰漫著槍油、汗水、恐懼的綜合氣味。沒有人開口，瑞秋開車，彼得的坐姿就是拿霰彈槍在示警的態勢。

麻州，貝佛利。

老舊的木屋，栗子樹，偶爾會看到公寓建築，靜謐，只有電視與防盜器發出的藍光。郊區的違常之夜，這樣很好，人行道上的雞婆民眾就不會那麼多了。

波賽頓街。

鄧列維家中無光。

「繼續繞，」彼得說道，「不要在這停車。」

最後，瑞秋停在隔壁那條街。

靜謐的城鎮，完全看不到人。現在只有一個問題：為什麼他媽的海倫．鄧列維不接電話？

瑞秋腦中浮現他們全家人被綁在椅子上、慘遭割喉的畫面。

「我們可以從他們家旁邊那一叢野林跳過去，」彼得說道，「然後從後門進入屋內。」

瑞秋問道：「要怎麼進去？」

彼得拿起他的扭力扳手與開鎖工具，又補了一句：「如果我們真的要這麼搞的話。」

瑞秋回他：「對，我們已經騎虎難下了。」

騎虎難下算是客氣的說法了，現在的她已經進入了百分百的馬克白夫人模式。為了彼得，為了她自己，為了鄧列維一家人——這是她家人性命的存亡關鍵。

「要是有警報系統的話，我有電磁脈衝設備可以進行干擾。等到我們進去之後，開始使用手槍。」說完之後，他把置物箱裡的點三八手槍交給了她。

手槍，野林公園，鄧列維家宅的北面圍牆。

彼得好不容易才翻過去，瑞秋瞪他，他是怎麼了？這不禁讓她再次懷疑他有事瞞著她，不然就是有傷隱忍不說，但她現在需要他發揮百分百的戰力。

她語氣嚴厲，「彼得，你還好吧？」

「對！我沒問題，妳呢？」

一片漆黑之中，她火冒三丈看著他。

他說道：「我們該行動了吧？」

「當然。」

鄧列維家的後院。

玩具、戶外家具、邊鞦韆。

後門，就是廚房入口。

瑞秋開口：「來吧。」

手電筒開了，電磁脈衝設備也是。

彼得開始撥弄門鎖，他的右手微微顫抖。

「你行嗎？」

他回道：「沒問題。以前處理過這種鎖。只要讓我專心對付它，過沒多久就可以破解了，相信我。」

三分鐘，四分鐘。

「確定嗎？」

門鎖終於開了。

彼得轉動把手，沒有安全栓鍊，沒有觸發警報器。

瑞秋問道：「可以進去了嗎？」

「對。」

他們戴上滑雪面罩，進入後方的廚房。瑞秋開了手電筒，四處探照屋內。

沒有死屍，沒有謀殺。

瑞秋悄聲問道：「你知道接下來該怎麼走？」

「知道，」彼得回她，「跟我來。」

她隨著彼得上樓。

地板鋪了地毯，牆上掛滿照片，階梯頂端有大時鐘，還有一面鏡子，當她一看到鏡像裡那個拿槍的人，立刻被嚇到了。

彼得以氣聲說話：「第一間臥室在左邊。」

他們開了臥室房門，進去了，汗臭，酒氣，有個女人在床上打呼。他們拿手電筒探照角落，沒有其他人。彼得躡手躡腳走到床邊，跪在那女人的身旁，伸手摀住她的嘴，她開始叫喊，但卻被彼得的手壓得死死的。

瑞秋繼續檢查這間主臥，彼得則繼續以他的大手制住對方。

瑞秋開口：「沒人。」

「妳是不是海倫．鄧列維？」彼得問道，「是的話，給我點點頭就是了。」

她點頭。

「妳老公在哪裡？」彼得問道，「給我一句話就夠了，說出房間的名稱，悄聲告訴我，要是妳敢嚷嚷就死定了。」

海倫聲音沙啞，「地下室。」

瑞秋問道：「我一直在打電話找妳，妳認得我的聲音嗎？」

「是妳抓走了艾蜜莉亞……」海倫開始掉淚。

瑞秋問道：「小孩呢？亨利．霍格？」

「地下室。」

「和妳丈夫在一起？」

「我們輪流——」

瑞秋面向彼得，「把她先生帶來這裡，我負責看守這一個。」

她打開臥室的燈，拿著點三八手槍對準海倫，彼得則下樓查看。

「妳的手機怎麼了？」瑞秋激動難平，「為什麼沒開？一般人遇到這種狀況，一定會把它放在枕頭旁邊，妳是怎麼了？」

海倫問道：「我、我不知道，手機不是放在梳妝台嗎？」她的臉色憔悴又恐懼，雙眼紅腫，目光茫然，至少，這算是一點證明吧。

瑞秋望向梳妝台，手機沒電了。「妳忘了充電！」

「我、我不知道。」

「妳女兒現在還是人質，妳居然睡得著？靠，妳腦袋有洞嗎？」

「我、我只是——」她才剛開口，臥室門開了。

麥可・鄧列維舉高雙手，走了進來。他和臉書上的照片一點都不像，看起來更蒼老、更痴肥。他明明應該是那種有錢的聰明人啊？但看起來就像是那種理應去接小孩放學、卻因為忘記而遲到的蠢蛋爸爸。難怪這對白痴搞砸了。他們這種能耐到底能夠綁架誰啊？瑞秋心想，搞不好他們連這個都是騙人的。

她詢問彼得：「小孩在地下室嗎？」

「對。」彼得說完之後，還吐出了某種類似尖哨的聲響，底下的狀況似乎不妙。

「就是你們挾持了艾蜜莉亞？」麥可的口音還聽得出有一點英國腔。

「我們在看管她。」

海倫十分焦急，「她還好嗎？」

「她沒事，我們一直把她照顧得好好的。」

「你們為什麼要來這裡？」麥可說道，「妳交代的一切我們都照辦了。」

瑞秋回道：「不，你們搞砸了。我們想要聯絡你們，可是你們手機沒電，電腦也關機。」

海倫現在看她的神情變得很詭異。

瑞秋心想，要是她現在說出「我想我知道妳是誰」之類的話，那麼我一定會立刻開槍殺了她。

「是不是因為霍格夫妻？」海倫問道，「他們一定是惹了麻煩。」

彼得說道：「其實是因為他們的後續行動有問題。」

海倫問道：「天哪！他們要做什麼？」

瑞秋回她：「山繆斯有個叔叔曾經是美軍的高級將領，我們都沒注意到這一點。而他約了他叔叔明天在史塔姆佛德見面。」

海倫嚇壞了，「這、這是什麼意思？」

瑞秋厲聲說道：「就理論上來說，你必須殺了亨利，再次尋找新的對象，不然就是我們殺死艾蜜莉亞，換我們找新的目標，就是這麼簡單。我絕對不允許『鎖鏈』靠近我或是我的家人，聽懂了沒有？」

麥可開口：「一定還有其他的方——」

「沒錯，我們走九十五號州際公路，向霍格先生親自解釋清楚。」

彼得問她：「我們？」

「我們一起去，」瑞秋很堅持，「我們不能相信這些傻蛋。」

她面向鄧列維太太，「妳留在這裡看小孩。妳老公跟我們一起去，我們開你的車，是不是寶馬？」

麥可回道：「對。」

瑞秋說道：「應該速度夠快了。媽的趕快給我穿鞋，哦，把『噓噓先生』給我，我們需要『噓噓先生』。」

麥可不得其解，「『噓噓先生』？」

「艾蜜莉亞的熊寶寶，她一直喊著要它。」

海倫把『噓噓先生』交過去。

瑞秋說道：「要是妳趁我們外出的時候打電話報警、提醒霍格一家人、或是做出其他的蠢事，艾蜜莉亞就死定了。他們會殺了她，然後又會來找妳與托比算帳，明白嗎？」

海倫點頭。

他們到了外頭，準備搭乘麥可的寶馬汽車。黑色的豪華頂級轎車，給渣打銀行高薪階層的那種專屬配備，豪奢舒適又快速。

瑞秋進入駕駛座。

彼得與麥可坐在後座。

她發動引擎，車子發出怒吼，準備上路。

她穿越貝佛利市中心，又上了九十五號州際公路。

她透過後照鏡觀察那兩個人，彼得有點恍惚，麥可則是嚇得挫賽，她可以搞定這兩個傢伙，她一定沒問題。

她開口下令：「繫好安全帶。」

40

星期天午夜十二點

她併入了車流。

公路在哼唱，公路在吟歌，公路在發光。

柴油與汽油。

水與光。

鈉燈與霓虹。

半夜時分的九十五號州際公路。美國的脊髓，疊合了各方生命線、命運，以及互不相關的故事。

公路在漂遊，公路在作夢，公路在自我檢視。

在這個清冷之夜，所有的命運之線都交織在一起。

一路南行，沿途的城鎮與出口倏忽而過，阻斷了其他的可能，其他的路徑，皮伯迪、紐頓、諾伍德。

Google地圖正在創造自己的黃道帶。

波塔基。

普洛維登斯。

布朗大學出口，洛夫克拉夫特[11]的家鄉，通往東普洛維登斯的舊公車路線。豪宅，更豪華的宅邸。

楓葉大道，布洛夫街，納拉甘希特大道。

麥可開口：「就在這裡。」

「是嗎？」

「對。」

這間房子好大，仿造都鐸時代的醜拙建物，二〇〇〇年初期的偽豪宅，這條街到處都是類似的房型。

他們開過去，停在更遠一點的位置。

她詢問彼得：「前門還是後門？」

「很難說，」彼得低聲說道，「我們不知道這裡有沒有養狗或警報系統之類的東西。」

瑞秋做出決定，「那就後門。」

他們三人離開那輛寶馬汽車，走過那條街區，到達霍格家的後院，從某面金屬圍牆翻爬入內。並沒有狗兒衝上來把他們咬得皮開肉綻，沒有泛光燈迫近，也沒有發出躁動之夜的霰彈槍轟鳴。

---

[11] Howard Phillips Lovecraft, 1890-1937，美國恐怖、科幻與奇幻小說作家。

後門看起來很堅實，不過房子側面似乎還有個類似玄關的入口。唯一的障礙是玻璃另一頭的門閂，彼得打開干擾警報器的電磁脈衝設備，打破玻璃。

他們等待屋內的反應，可能會有人尖叫，或是開燈。

沒有。

彼得把手伸過破窗，開了門閂。

他們進入玄關，裡面是狹小的木造空間，擺滿了外套與鞋子。

他們打開手電筒。

從玄關到了廚房，又到了用餐區。

牆上掛滿照片的用餐區。

瑞秋的手電筒照到了某張全家福，兩個小男生，男人與妻子。高大的黑髮男子，嬌弱的美女妻子，看來個性善良。那兩個小孩的年紀差不多，十一、二歲，其中一個坐輪椅。鄧列維夫婦為什麼要綁架坐輪椅的那一個小孩？為什麼這對妳來說如此艱難？

到底是什麼樣的人會綁架肢障孩童？

話又說回來，什麼樣的人會綁架因花生出現過敏性休克反應、甚至造成喪命的小孩？

什麼樣的人會綁架小孩？

他們進入遊戲室，裡面有標準尺寸的撞球台、飛鏢板、任天堂的Wii遊戲機。至少，霍格家是有錢人。

「我覺得你最好拿著這個。」彼得心不在焉，交給了麥可一把九毫米手槍。

瑞秋盯著他，嚇了一大跳，為什麼要給——

麥可立刻轉身，將九毫米手槍的槍口對準瑞秋的頭。

「妳這個賤女人，妳的報應來了。馬上給我放了艾蜜莉亞，不然我就——」

「你要怎樣？」瑞秋嗆他，「你以為我們會笨到給你子彈已經上膛的槍？」

麥可盯著那把槍，「我——」

瑞秋搶下他手中的那把手槍，還給彼得，他似乎終於明瞭自己犯的錯。

瑞秋把點三八手槍的槍管抵住麥可的臉頰。

「我看你還是搞不清楚狀況嗎？就算我們把艾蜜莉亞還給你，也無法就此結束。『鎖鏈』必須持續下去，這就是它的運行之道。他們會殺了你、艾蜜莉亞、你的妻子，還有托比。他們會殺光你們一家人，另起爐灶，也會殺了我和我的家人，」

麥可搖頭，「但是我——」

瑞秋拿著那把點三八手槍在麥可面前揮舞，他臉色抽搐，踉蹌後退，撞到了魚缸。她趕緊抓住他外套的衣領，以免他摔倒。

她把他拉到面前，「聽懂了嗎？」

麥可嗚咽回道：「嗯。」

她態度強硬，把槍抵住他的下巴。「到底聽懂了沒有？」

他一臉哀憐，囁嚅說道：「知道了。」他真的被逼哭了。

她脫掉他的滑雪面罩，把槍放在一旁，她盯著他，凝神看了好一會兒。

她說道：「閉上你的眼睛。」

他閉上雙眼，她脫掉他的滑雪面罩，把他的頭壓下去，讓兩人的額頭互碰在一起。

「麥可，你看不出來嗎？我在救你，」她的語氣極其溫柔，「我在救你和你的家人。」

他點頭。

他現在明白了。額頭貼著額頭，受害者與共犯，共犯與受害者。

她低聲說道：「不會有問題的。」

他開口問道：「確定嗎？」

「對，」她回道，「我保證。」

她戴回滑雪面罩，又把麥可的面罩交還給他。

她眼冒怒火瞪著彼得，咬牙切齒。「靠，你到底是怎麼回事？振作一點！」

有隻狗兒從側門冒出來，巨大的黃褐色德國狼狗，牠一看到他們就僵住不動。「嘿，小乖……」彼得呼喚牠，狗兒乖乖過來，聞了聞彼得的手，似乎很喜歡那裡的氣味。

他拍了拍狗兒的頭，牠又聞了瑞秋與麥可，最後進了廚房。

屋子前方的客廳傳出電視聲響。

他們循著聲音、穿過了某道走廊，兩旁掛有更多的全家福照片。

客廳裡有個一九三公分的男子，躺在沙發椅裡面打盹，眼前的電視頻道定在福斯新聞台。明明是有著戽斗下巴的強壯男人，卻像是格列佛一樣，遭逢一連串事件的打擊而變得委靡頹喪。

他原本在看聖經，書本滑落到一旁的地面，他的大腿上還放了一把槍。

瑞秋對彼得點頭示意。

彼得小心翼翼拿起那把槍、放入自己的外套口袋。瑞秋低聲問道：「那是山繆斯．霍格嗎？」

麥可點頭。

瑞秋拿起聖經。

他正在看《申命記》。

她心想，現在，也該是讓他改宗的時候了。

41

星期天深夜四點十七分

空蕩蕩的海灘，漠然的天空，冰冷的黑色洋面不斷起浪。

瑞秋從亞本澤勒的後門階梯拾級而上。

從外頭看來，這座屋宅宛若已經遭人荒棄。

她進了廚房。

站在地下室階梯的最上方。

「凱莉？」

底下有人在講話。

聲響朝她直撲而來，天，這是怎麼回事？

她拿出九毫米手槍，高舉胸前，走下樓梯。

凱莉與艾蜜莉亞都待在帳篷裡。

她們正在玩「外科手術」。凱莉並沒有戴滑雪面具，兩人在吃洋芋片，艾蜜莉亞笑得好開心。

這是瑞秋第一次聽到她的笑聲。

她坐在地下室的台階，把手槍放在旁邊。

凱莉居然沒有聽從她的指示，害她想要對女兒發火，但她做不到，凱莉照顧這個小女孩的方式是人之常情。

凱莉的同理心比她更豐沛，凱莉比她更勇敢。

瑞秋又回到了廚房。

她覺得自己好可惡好噁心，如果她是個更稱職的母親，也不會搞到這種地步。

剎那間，她突然想到要是把那九毫米手槍的槍管塞入自己的嘴裡，不知道是什麼感覺？冰冷的碳鋼貼住舌面，似乎是天生契合。這念頭讓她嚇了一大跳，趕緊把手槍推到一旁。

她低聲祈問黑夜：「這一切要到什麼時候才能結束？」

暗夜卻隱而不語。

42

星期一下午六點鐘

山繆斯・霍格重新被教育得十分成功，現在他已經明白一切。他立刻擬定計畫，而且也馬上付諸行動。顯然他在綁架孩童這領域很有慧根，他開車前往康乃狄克州的恩菲德，在某個橄欖球場外頭等待名叫蓋瑞比・夏普的十四歲男孩，他的位置是防守絆鋒。

瑞秋不是很懂美式足球，但她知道防守絆鋒的身材都很魁梧。她覺得很擔心，但是這個目標已經得到wickr軟體帳號234838 3hudykdy2的核可。他們審核這些目標的時候到底有多認真？萬一出包的話，他們會在乎嗎？他們是不是偶爾期盼有人出錯？這是否就是惡魔的心理？

她望著潮汐水尺上方的時鐘。

現在是六點零一分。

凱莉待在客廳裡寫作業。她佯裝一切如常，坐在那裡做數學習題，但嘴裡不時發出咿咿呀呀的聲響。瑞秋想要坐在凱莉身邊，但卻被拒絕。她透過玻璃觀看女兒，今天在學校一切無恙，這是瑞秋的說法。她的臉色好糟糕，假稱自己生了病，也絕對不會引發大家的懷疑。

彼得在亞本澤勒的住家陪伴艾蜜莉亞，現在她待在自己的公主帳篷裡，自己玩『外科手術』。艾蜜莉亞討厭瑞秋，這是她告訴彼得的話。「我不想看到那個小姐，我討厭她。」

瑞秋完全不怪這小女孩。

她待在戶外平台區，看著自己的手機，還有放在身旁的王八機。

七點十五分了。

要是又搞砸的話，能相信鄧列維夫婦嗎？他們會殺死亨利．霍格？一切重新開始？

要是他們辦不到的話，她就必須在亞本澤勒家裡殺死小艾蜜莉亞？必須在帳篷裡殺死那個驚恐哀愁的可愛小女孩？那把點三八手槍放在她的居家袍口袋裡，屆時必須由她動手。如果交給彼得的話，她就不用煩心了。她知道彼得對人開過槍，很可能也殺過人。在阿富汗的時候，他曾經有好幾次駁火經驗，而在伊拉克更是多得無法計數。

但這都是她把他捲進來，所以一定是她動手，她別無選擇。

她可以請彼得在廚房等她，然後自己穿著襪子、走入地下室階梯。艾蜜莉亞不會聽到她從地下室水泥地板的另一頭走過來，趁艾蜜莉亞在玩耍的時候、對著後腦勺開槍，她完全無知無覺，從存有到消失就是這麼簡單。

殺死小孩——人類犯下惡行之極致。

但總比凱莉被這個虛無世界吞沒好多了。

瑞秋哭了出來，滿溢痛苦與怒火的滾滾淚潮。他們發現這種狀況是不是會露出微笑？強迫正直的人犯下惡行？每一個降臨世間的人都被迫違背自己最堅定的信仰、最重要的生活原則，這不是很荒唐嗎？

她等到七點二十五分，才打電話給鄧列維夫婦。

「怎樣？」

「我們剛才打給山繆斯．霍格，綁架成功，那小孩幾乎沒有招惹任何麻煩，反正他抓到人了。」

「很好。」

「艾蜜莉亞呢？」

「艾蜜莉亞很好，又在玩『外科手術』，平安無事。」

瑞秋掛了電話。

走進自己的臥室，坐在床邊。

她把點三八手槍放在梳妝台上面，讓擊錘輕輕落下，把保險栓撥回原位，打開彈膛，取出子彈，把它們放在梳妝台的抽屜裡，深呼吸。

過了一個小時之後，瑞秋手機發出通知聲響，wickr程式的帳號2348383hudykdy2傳送訊息，她可以釋放艾蜜莉亞．鄧列維了。

瑞秋拿了某支王八機通知海倫．鄧列維。

「喂？」

「我們在接下來的半小時之內，就會放走艾蜜莉亞，等一下會再以電話通知進一步的指令。」瑞秋說完之後，立刻掛了電話。

她到了亞本澤勒家，戴上滑雪面罩，然後，她與彼得為艾蜜莉亞鬆開鏈條、把她從地下室帶了出來。他們全程戴著手套，而且瑞秋還換上了完全沒有指印的全新牛仔褲與毛衣。確定四下無人之後，他們拿毛巾蓋住艾蜜莉亞的頭，帶引她進入彼得貨卡的後座。

他們把她載到羅利公園，帶她下車。然後，他們告訴她，必須數到六十之後才能把毛巾拿下來，如果她乖乖在這裡玩鞦韆玩半個小時，她母親就會來接她。他們還把已經去除指紋的「噓噓先生」給了她，外送一隻她特別喜愛的章魚玩具。

他們把自己的道奇停在公園對街，彼得以望遠鏡監控艾蜜莉亞，而瑞秋則負責聯絡鄧列維夫婦。她提醒他們有關「鎖鏈」與反衝效應的事，還有要是提早釋放人質或是大嘴巴會引發的可怕後果。其實那個透過變聲器的人已經警告過他們了，他們向她保證，一定會遵守規矩。

瑞秋報出他們女兒的位置之後，立刻掛了電話。

他們在道奇公羊貨車裡靜靜等待。

二〇一七年的美國，放任某個小女孩在夜色漸深的時刻獨自盪鞦韆，這是多麼可怕的場景啊？

五分鐘過去了。

艾蜜莉亞開始覺得無聊。

她下了鞦韆，走到一A公路邊緣，時速八十公里的車子在一旁咆哮。

彼得怒吼：「靠！」

瑞秋的心臟都快要飛出來了。

現在公園裡還有其他人，兩個身著兜帽衣的青少年。彼得說道：「她會害死自己。」

瑞秋回道：「我來處理。」她又戴上了滑雪面罩，下了車，奔向站在馬路旁的艾蜜莉亞。

「艾蜜莉亞，這條路很危險，我告訴過妳要在盪鞦韆旁邊等妳爸媽！他們五分鐘之內就會過來了。」

艾蜜莉亞回道：「我不想玩鞦韆了。」

「艾蜜莉亞，要是妳不肯玩鞦韆的話，那我就要讓妳爸爸媽媽知道妳不想看到他們，他們就不會過來了！」

艾蜜莉亞突然好害怕，「妳真的會說那種話嗎？」

「當然會！」瑞秋說道，「現在給我回去玩鞦韆！」

「妳是大壞人！我討厭妳！」

艾蜜莉亞轉身，又走回遊樂區。

瑞秋趕緊衝到對面，以免被那兩名青少年看到她戴著滑雪面罩，甚至開始懷疑事有蹊蹺。等到她確定他們並沒有朝她的方向張望之後，她才回到車內。

艾蜜莉亞很安分，乖乖坐在鞦韆上，而那兩名青少年則鑽入了玩具屋，顯然是準備要抽大麻。

時間一分一秒緩緩流逝。

終於，鄧列維夫婦停好了車子，衝向女兒，緊緊抱住她，哭個不停。

大功告成。

現在他們已經不再是焦點，只希望「鎖鏈」接下來的成員不要出包，又害他們被反衝力道所傷。

他們開車回家，確定凱莉平安無事，然後直接前往亞本澤勒家中，清除所有他們遺留的痕跡。他們把地下室清理乾淨，拆除地下室窗戶的木板，把床墊搬回樓上，擦去所有的指紋。他們把後門的鎖孔修好，鎖上，盡可能恢復原貌。到了春天，亞本澤勒夫婦回來的時候，一定會發覺有異狀，但那畢竟是許久以後的事了。

他們把垃圾載到洛威爾的某處垃圾場。回到家的時候，已經很晚了，但凱莉依然還醒著。

「結束了，」瑞秋說道，「那個小女孩已經回到了她父母身邊。」

凱莉問道：「真的結束了嗎？」

瑞秋的聲音已經放下了所有的猶疑，盯著凱莉的棕色大眼。

「是的。」

凱莉的眼淚奪眶而出，瑞秋緊緊摟住了她。

她們點了披薩當晚餐，然後，瑞秋躺在凱莉身邊，等她入睡。確定凱莉酣眠之後，瑞秋傳訊給她的腫瘤科醫生，一大早她會打電話過去。她希望自己還能活下去，要是因為癌症而病死的話，這樣的結局也未免太令人扼腕了。她下樓，看到彼得穿著運動服、在外頭劈木柴，現在已經有十二疊的柴火，每疊的高度都將近有兩公尺。瑞秋心想，度過這個冬天，就算再加上殭屍大隊發動滅絕人類大戰一兩回，也絕對不成問題。他抱了一捆木柴進入屋內，又在壁爐裡點了火。

瑞秋給了他一罐山姆．亞當斯啤酒，他開了啤酒，與她一起坐在沙發上。剛才看到彼得劈柴，撩動了她的某種心緒，某種令人茫然的原始情愫。

她一直跟彼得不熟，沒辦法產生天雷勾動地火的情愫。他一直在飄泊，伊拉克、勒瓊營海軍陸戰隊基地、沖繩、阿富汗，或者純粹就是在四處旅行。他與馬提截然不同，高瘦，憂鬱，悶悶的，不愛吭氣。馬提的帥是那種只要一近身就會察覺的帥，但彼得的帥卻必須要細細品味。他們長得不像，行為風格也大相逕庭。彼得內向，馬提外放。馬提是派對裡的靈魂人物，而彼得則是那種會躲在角落盯著書櫃，不時查看手錶、不知能否悄悄溜走的那種人。

彼得一口氣喝完啤酒，又拿了一罐。她為他點了根萬寶路，那是馬提準備律師考試時的戰備品。「而且我們還有這個。」她又變出了一瓶波摩十二年威士忌，倒了兩杯兩指的酒。

他回道：「很好。」他喜歡這種感覺，微醺。他已經忘了那樣的感受，它與那種強猛超過鴉片劑的快感截然不同。海洛因是一種可以保護自己、與整個世界隔絕的毛毯，全世界最美好的毛毯，可以消除痛楚、讓你沉浸在幸福秋日世界的毛毯。

微醺感可以讓人超脫自我，或者，對他來說的確是如此。不過，他卻覺得這種感覺太飄渺了。

他清了清喉嚨：「我去檢查所有的門。」他突然起身，從包包裡拿出九毫米手槍，巡視房屋周邊，鎖上了所有的門。

任務完成，他別無選擇，只能又坐回沙發。他下定決心，要把真相告訴瑞秋，那兩個重大秘密。他語帶遲疑，還是開了口：「我有些事得要讓妳知道。」

「哦？」

「有關海軍陸戰隊的事。我……我是榮退沒錯，但其實狀況很危急，我沾惹到巴斯營地事件，這一招是為了要避免軍法審判。」

「你在說什麼啊？」

他講話的語氣像機器人一樣，「二〇一二年九月十四號。」

「在伊拉克？」

「是在阿富汗，巴斯營地。塔利班穿上美國陸軍制服作為偽裝，從我們的圍牆滲透進來、對我們的飛機與帳篷拚命掃射。我是二十二號機棚的執勤工程官。不過，我並沒有在執勤，反而窩在帳篷裡嗑藥，只是大麻而已，但依然是缺勤，我只派了一個資深中士在場留守。」

瑞秋點點頭。

「等我到達那裡的時候，場面完全失控。曳光彈與火箭推進榴彈全出籠了，一片狼藉，英國皇家空軍的哨兵對海軍陸戰隊開槍，而海軍陸戰隊則對陸軍開火。當時正好有私人傭兵在場，阻止了一場大屠殺。我萬萬沒想到塔利班部隊居然能夠深入基地到這種程度。那天晚上英國哈利王子也在那裡，貴賓區距離槍戰點只有兩百公尺而已。可想而知，這是一場可怕災難，而我必須負一大部分責任。」

瑞秋抗議回他：「彼得，夠了，都是六年前的往事了。」

「瑞秋，妳不懂，有海軍陸戰隊的弟兄死亡，而我脫不了關係。他們以第十五條規定對我做出行政懲處，但要不是因為他們擔心曝光，早就進入軍事法庭了。兩年後，我自己辭職，距離做滿二十年還差六年，所以沒有真正的退休金或福利，我真的是王八蛋。」

她靠過去，溫柔親吻他的雙唇。

然後，她說道：「沒事了。」

這一吻讓他心蕩神馳。

「妳好漂亮。」這是他心中的話，但是卻開不了口。她十分疲憊，纖瘦嬌弱，但依然美麗逼人。她不是問題，問題在於他無法說出那種感覺，他雙頰緋紅，立刻別開了目光。

他蹙眉，她把他的某根眉毛向後撥開。

她又吻他，這次更深情，她渴望許久了，一直擔心這個舉動會帶來反效果。

並沒有。

他雙唇柔軟，但是吻勢兇猛，他的味道混合了咖啡、香菸、威士忌，還有其他美好氣息。

彼得激情回吻，但過了一分鐘之後，他卻陷入猶豫。

「怎麼了？」

他柔聲回道：「我不知道自己行不行。」

「什麼意思？難道你覺得我——」

「不是那樣，真的不是，妳美麗性感極了。」

「我知道我瘦得跟皮包骨一樣，我——」

「不，妳很美，妳誤會了。」

「那不然是怎樣？」

「我很久……沒有……」這不算是謊言。他想到了第二個大秘密——海洛因——不知道自己等一下是否有能力行房。

「我相信你一定會更加勇猛。」瑞秋說完之後，把他帶入臥房。

她脫掉自己的衣服，躺在床上。

彼得心想，她一定不知道自己超級性感，棕色長髮，好長，好長的雙腿。

「來嘛，」她故意搞笑，「你口袋裡的那個是手槍？還是你……哦，原來是手槍。」

彼得把那把九毫米手槍放在床邊桌上面，脫去了T恤。

等到他脫掉運動褲的時候，他有些訝異，原來一切都十分正常。

瑞秋說道：「好，好，很好啊。」

彼得大笑。他心想，總算鬆了一口氣，他上了床，挨在她身邊。

這是一場純粹的劫後餘生歡愛。

瘋狂，緊繃，不顧一切的飢渴。

二十分鐘之後，她高潮到來，他也是。

數個月的乾旱之後，出現了壯觀的綠洲。

彼得開口：「所以這表示……」

瑞秋也認了彼此的關係，「對。」

她拿了香菸與威士忌，「而且，嗯，怪怪的，」她繼續說道，「甚至可以說變態吧。天，你們是兄弟耶，誰會做出這樣的事？」

「妳記得不要招惹我爸就是了，我想他的心臟應該承受不住。」

「你好噁。」

彼得起身，開始翻她的唱片，大部分都是摩城音樂與爵士，而她的CD全是麥克斯·里奇爾、約翰·約翰森，以及菲力普·葛拉斯。

「天，瑞秋，妳知道有種東西叫作搖滾嗎？」

他開始播放山姆・庫克的《狂夜節奏》，等到他回到床上的時候，他雙臂的那些針孔被她看得一清二楚。

不意外，她老早就懷疑有這種事。她撫摸那一排排的針痕，然後，溫柔吻他。

她開口說道：「如果你想要住在這裡，絕對不能碰毒。」

「好。」

「不行，彼得，我是認真的。你把不該給艾蜜莉亞的食物弄給她吃，還把槍給了麥可・鄧列維，你不能再碰那種鬼東西了。」

彼得感受到她灼灼目光的力量。

他覺得好羞愧。

「抱歉，真的十分抱歉。妳說得沒錯。這樣對妳和凱莉才公平，現在這已經不只是我的事了，我會戒毒。」

「彼得，一定要答應我。」

「我說到做到。」

「化療狀況不一樣，但我也歷經過痛苦煎熬，我會陪你一起度過難關。」

「謝謝妳，小瑞。」

「在東普洛維登斯的時候怎麼了？我是說在山謬斯・霍格的家裡，你是不是正好很茫？」

「不，並不是，但……」

「怎樣？」

「那時快退得差不多了。我把手槍交給麥可．鄧列維的時候，根本沒用大腦，抱歉，他大可以殺了我們。」

「但是他沒有。」

「嗯。」

她趴在他的胸前，凝視他的雙眼。

「彼得，要不是因為有你，我根本沒辦法走到這一步，我是說真的。」她吻了他的唇。

「親愛的，是妳，是妳救了妳的家人，」彼得很堅持，「是妳完成了一切，妳無所不能。」

「哈！這些年來，我覺得自己像是個大廢物。當女服務生，還有從事那些低階工作，就是為了要讓馬提取得律師資格。其實我應該是更早之前就成了廢物。你知道嗎，當初我在訓練馬提準備法學院入學考試，我的模擬考成績是一百七，而他是一百五十九。我明明有潛力，彼得，是我自己搞砸了一切。」

彼得反駁她，「瑞秋，妳翻轉了一切，妳的表現令人驚嘆。」

她搖搖頭，凱莉能夠回到他們的身邊是奇蹟，既然是奇蹟，就不能讚頌自己。

瑞秋把手放在他的胸膛，感受他的心跳。冷靜，徐緩，從容不迫。他身上一共有三個刺青：銜尾蛇、海軍陸戰隊的標誌，還有羅馬數字五。

「五代表什麼意思？」

「五次的海外戰役。」

「銜尾蛇呢？」

「這是為了要提醒自己，太陽底下沒有新鮮事，處境再怎麼艱難，還是活得下去。」

她嘆了一口氣，再次吻他。「但願這一刻能夠天長地久。」

彼得的語氣幸福洋溢，「一定會的。」

瑞秋心想：不，不可能。

第二部

迷宮裡的惡魔

43

一九八〇年代末期，紐約上州克里特某一髒兮兮的嬉皮公社。那是某個初秋早晨，天色昏暗，下著毛毛雨。這個公社的主體建築是一堆老舊農舍，自一九七四年夏天之後就安全堪慮。不過，後來的成員顯然對於畜牧與農業並不在行，就連基本的修繕也無能為力。

過去這十五年來，公社的名稱已經換了好幾次，「星點之子」、「歐洲之子」、「愛之子」等等。不過，名稱並不重要。那個特別秋日早晨事件，讓它躍上《紐約每日新聞》，而搶眼頭條標題的那幾個字，其實就只不過是「上州毒品性愛邪教大屠殺」。

然而，此時此刻一片祥和。

有個大約兩歲、名叫「月光」的小男孩，正在外頭與自己的雙胞胎妹妹「蘑菇」一起玩耍，一旁還有許多年紀不等的幼兒與小朋友、小雞與狗兒。他們在穀倉後的泥巴地玩樂，完全沒有大人在場監看，這些小孩雖然全身濕透，弄得髒兮兮，但似乎開心得不得了。

穀倉裡有大約十幾名成年人，圍成了圈圈，靠著「橘色防撞桶」和「清光」LSD在一起嗨。在七〇年代末，這裡會出現三十或四十人的盛況，但這種另類生活的實驗早就已經是陳年往事。八〇年代的情境大不相同，這公社正在慢慢凋零。

而今日的一連串事件，將是它的驚悚終章。

某輛旅行車停在農場邊緣，有個老人與年輕人下了車。他們互看了一眼之後，戴上滑雪面罩，兩人都重裝上陣，帶著醜陋的粗短點三八左輪手槍，也就是俗稱「週六夜特備品」的廉價武器。

兩人進入穀倉，詢問那些茫茫然的年輕人，艾莉西亞到底在哪裡？

似乎沒有人知道艾莉西亞在哪，其實，根本沒有人知道艾莉西亞是誰。

老人開口：「我們找一下農舍。」

他們離開穀倉，經過了某輛生鏽的曳引機，進入老舊的大農舍。

這地方混亂不堪。到處都有床單、衣物、玩具與遊戲。他們拿出武器，開始清查一樓與二樓的房間。

他們抬頭望向樓梯，盯著三樓的方向，有卡帶音樂的聲響。

年輕人聽出來了，那是滾石合唱團的《順手牽羊》，艾莉西亞最愛的專輯之一。

他們開始爬樓梯，音樂聲變得越來越嘈雜，他們追進了某間大型主臥室，專輯正好剛播完〈嗎啡姊妹〉，準備要放〈枯萎之花〉。

他們找到了艾莉西亞，年輕的金髮女子，全身赤裸，身旁還有另外一名女子與紅髮紅鬍鬚男子。三人一起躺在某張大型的老式四柱床上面，艾莉西亞與那個鬍鬚男嗑藥嗑得茫茫然，而另外一名女子顯然是在熟睡。

老人跪在艾莉西亞身邊，猛拍她的臉頰，想要喚醒她的意識。「小孩在哪裡？」但她完全沒有回應。

年輕人也在搖她，問她相同的問題，但她依舊一臉木然。

最後，他放棄了。

那老人抓起枕頭，交給年輕人。

年輕人盯著它，搖頭。

「這是為了以防萬一，」老人說道，「律師們一定會把兩個小孩還給她。」

年輕人又思索了一會兒，點頭，一開始的時候還心不甘情不願，但怒火逐漸爆發，果然拿枕頭悶住艾莉西亞。她開始掙扎，拚命抓那年輕人的手，雙腿亂踢。

鬍鬚男靠過來，想知道發生了什麼事。

他開口喝斥：「喂！你在幹什麼？」

老人掏出手槍，朝鬍鬚男的腦袋開火，立刻斃了他。

年輕人丟掉枕頭，拿出了自己的點三八手槍。

艾莉西亞急喘不止，「湯姆？」

老人也對著她的頭開槍。

雖然現場一片混亂，但另一名年輕女子卻沒有醒來，也許，是在假裝睡覺吧，反正老人還是對她開了槍。

羽毛亂飛，床褥浸滿了血。

看來像是浴室的門開了，另一名年輕男子拿著一捲衛生紙，走了進來。

他厲聲問道：「這是怎麼回事？」

老人小心翼翼舉槍，對準這個困惑年輕人的軀幹開火。正中心臟，應該是已經讓他斷了氣，但老人還是走過去，又對年輕人的腦袋補了一槍。

年輕人啐道：「天，真是亂七八糟。」

老人交代他：「我守住這裡，你去找小孩。」

十分鐘之後，年輕人在穀倉後面的泥地找到了「月光」與「蘑菇」，把他們帶進旅行車。

老人拿出布伊刀，割斷艾莉西亞左手的四根指頭——她剛才拚命抓那個年輕人，上頭已經有了他的DNA。

他找到了一罐汽油桶，開始亂澆，搞得農舍裡到處都是汽油。然後他以手帕抹去汽油桶的指紋，走到廚房，為自己倒了一杯水，喝完之後，又抹去玻璃杯的指紋。

他走出紗門，以腳撐住了門，然後又點燃一盒火柴，丟向廚房地板。

一抹血紅色的火焰迅速劃過地板。

老人也和湯姆一樣，回到了車內。

他們離開了那個公社，開車的是老頭，而湯姆與小孩們坐在後頭。

當他們行經農場的那條聯外狹窄小路的時候，並沒有遇到其他車輛——這是眾人之福。

湯姆透過後照鏡，盯著被熊熊烈火吞噬的農舍。

他們開了四十分鐘之後，看到了某個貯水池。老頭子停車，下車，以手帕清理了那兩把手槍與布伊刀。

他把刀子放入裝有艾莉西亞手指頭的紙袋，還戳出了一個洞。然後，他把那紙袋與兩把手槍全扔入如鏡的水中，它們瞬間下沉。

池塘裡的三團漣漪曾經出現了短暫的交會，宛若三大螺旋紋匯融為一，找到了通往洪荒時代歐洲墓穴的入口。

所有的水旋消逝無蹤，那一泓黑水又恢復了原來的樣貌。

「好，」老頭開口，「我們走吧。」

44

暴風雪，寒冽。她的腳邊是在樹梢被凍僵而落地的鳥兒。冰雪刺傷了她的臉，但是她幾乎沒有感覺，她身在此處卻心神飄渺，她正在觀看某部告解電影中的自己。

她只不過想要從自家信箱的位置回到屋內，但是在歐波彎特路的層層白透雪霧之中，她早已什麼都看不清了。

她不想要轉錯彎，誤入沼澤。她身穿室內拖鞋與居家袍，小心翼翼慢慢走。

為什麼她衣服穿得這麼少？為什麼準備不足？為什麼這麼衝？

沼澤正等待她填補空缺，妳欠這個虛無世界一條命，因為妳救回了妳的女兒。

水鴨驚飛，有入侵者潛伏在潮汐池的邊緣。

狂風將白雪吹掃到她的面前，到底她懷有什麼執念，必須要在這種天氣出門？

白茫之中，出現某個動物的陰暗形體。是一個男人，外套帽兜有弧度，儼然長有頭角。

他越靠越近。

不會吧，真的是個人。他身穿黑色長外套，一頭紅髮，深色眼眸，還帶著槍，槍口對著她的胸膛，他開口說道：「我在找凱莉．歐尼爾。」

瑞秋結結巴巴，「她不在家，她、她去紐約了。」

那男人問道：「妳是瑞秋．歐尼爾？」

「對。」

那男人舉起了槍……

她嚇醒了。

床上沒看到彼得，屋內好安靜，她以前也作過這樣的惡夢。內容千奇百怪，但主題都一樣。它的意涵呼之欲出，不需要是天才，也能夠解夢。妳開始負債，一輩子負債，妳虧欠別人。一旦成為「鎖鏈」的成員，就永遠無法解脫。如果想要掙脫束縛，反衝力道就會找上門。

這就像是她的癌症一樣。

終其一生，都會潛伏在隱蔽之處，直到生命結束的那一天。

癌症。

對。

她盯著枕頭，那裡有數十根褐黑色的頭髮——哦，太棒了——現在還多了好幾根白髮。

在那個關鍵週四早晨，她去找了自己的腫瘤科醫生，里德醫生立刻安排她去做磁振造影檢查，而結果讓里德醫生十分焦心，建議她當天下午就動手術治療。

麻省總醫院的同一間奶油色病房。

同一位和善的德州麻醉師。

同一位嚴肅的匈牙利外科醫生。

就連播放的也是同樣的蕭士塔高維奇的音樂。

麻醉師說道：「親愛的，一切都會否極泰來，我現在要從十開始倒數了。」

瑞秋心想：拜託，都這年代了，還有誰會說「否極泰來」？

「十、九、八……」

手術據說是很成功，她「只需要一輪輔助化療」就夠了，里德醫生說出這種話當然是很容易，因為接受治療的人又不是她，她不需要眼睜睜看著那些毒物進入自己的血管。

但話說回來，接下來的四個月當中、每兩週一次的治療，還在瑞秋能夠承受的範圍之內。她的寶貝女兒又回到了她的身邊，無論是任何消息，聽起來都沒有那麼可怕了。

她把枕頭上的落髮清理乾淨，也將剛才的惡夢拋諸腦後。她聽見凱莉在樓上洗澡的聲響，她以前會邊洗澡邊唱歌，但現在再也聽不到了。

瑞秋拉開百葉窗，拿起彼得為她放在床邊的咖啡杯。看來早晨天氣不錯，居然無雪，讓她好意外，因為夢境感覺如此真實，臥室面東，潮汐池一覽無遺。她喝了一小口咖啡，推開玻璃們，走到了戶外平台區。空氣清冽，潮灘到處都是涉水的鳥兒。

她看到哈福坎普老醫生從家門口出來、走過沙丘。他向她揮揮手，她也回禮打招呼。他隨後消失在海邊的濃密梅木叢後方，梅島之所以得此名，就是因為島上的這些樹木，紐約梅島亦然。現在海邊梅木的果實已經熟成，他們去年秋天摘了梅子，做了果醬，拿去小農市集販賣。她與凱莉分工合作，女兒還在自製標籤上寫下了「葡萄園果醬企業」的名稱。當初危險的維京海盜搞不好曾經南征遠到梅島，這一點讓凱莉十分雀躍。那是蝸居在安全之地、可以渴慕危險的過往時光。

瑞秋回到屋內，綁好居家袍的腰帶，進入客廳，她開口問道：「親愛的，早餐想要吃什麼？」

凱莉在樓上回話：「幫我弄吐司，謝謝。」

她走入廚房，拿了兩片麵包、放入烤麵包機裡面。

「感恩節快樂。」有人在她背後開口。

「靠！」她拿著麵包刀，立刻轉身過去。

史都華搞笑，雙手放在頭頂上面。

瑞秋說道：「史都華，抱歉，我不知道你在我們家。」

史都華假裝嚇得半死，「歐尼爾太太，妳現在可以把刀子放下來了吧。」

「抱歉我剛才講了那個字，千萬不要告訴你媽媽啊。」

「沒關係。我以前也聽過妳，嗯，遇到其他狀況的時候，突然冒出那個字，應該也是有一兩次了。」

「要不要吃點吐司？」

「謝謝，不用了，我只是打算在凱莉離開之前先向她道別。」

瑞秋點點頭，他們今年要去波士頓過感恩節。

彼得剛跑步回來，氣喘吁吁，但十分開心。

感恩節距離週二化療日只相隔了兩天，所以馬提打破規矩，邀請他們留宿。

很好，一切都好。

瑞秋還是為史都華弄了吐司，將剩下的麵包放在架子上。

彼得慢跑回來，氣喘吁吁，但看起來神清氣爽。

過去這兩個禮拜，他跑步跑得很勤，身體也越來越強壯。伍斯特的退伍軍人事務部為他安排了美沙酮治療計畫，可以讓身體逐漸減輕對鴉片劑的依賴。截至目前為止，成效還不錯，而且他必須要持之以恆，因為她的家人是第一優先，彼得很清楚這一點。

彼得吻了她的雙唇。

她開口問道：「跑得開心嗎？」

他盯著她。他看得出來，立刻低聲問道：「作惡夢了？」

她點點頭，「一樣的夢。」

「妳應該要找人談一談。」

「你也知道我沒辦法。」

他們透過扭曲目光凝視世界而產生的惡夢，其實全是真的，這一點絕對不能讓任何人知道。

彼得為自己弄了杯咖啡，與瑞秋一起坐在客廳小桌前。

他一直沒有正式央求要搬進來，反正就算是住下來了。他先前已經回去伍斯特一趟，把想要帶的東西全運了過來，也不是很多，屋內一切如常。

在他們三人之中，彼得可能是狀況最好的一個。

要是他有惡夢的話，一定都深藏在心中，而美沙酮也讓他能夠遠離自己最難堪的渴望。

在他們三人之中，顯然凱莉是最慘的一個。

凱莉在亞本澤勒家宅的那一晚，曾經下去陪伴艾蜜莉亞。小女孩醒來，凱莉安撫她，告訴她絕對不會有事的。但這不是重點，重點是她進入了地下室，她成了囚禁艾蜜莉亞的組織共犯，所以凱莉是受害人，也成了加害者，就像大家一樣，同時具有被害者與共犯的雙重身分。這就是「鎖鏈」加諸在眾人身上的痛苦，它讓你飽受折磨，也讓你成為折磨別人的共犯。

凱莉四歲以後就不會尿床了，現在她每天早上的床鋪都是濕的。

當她作夢的時候，夢境都一模一樣：被丟到地窖，孤苦無援而慢慢死去。

梅島的一切都變了。凱莉再也不會一個人走路上學或買東西，絕對不會獨自行動。

以前他們很少鎖門，現在一定是隨時上鎖。彼得強化大門安全，而且更換了所有的鎖。他移除了瑞秋所有電子設備裡的惡意軟體，還請好友史坦過來支援，以專業手法檢查屋內是否有竊聽設備，凱莉的鞋子裡面安裝了硬幣大小的衛星訊號追蹤器，凱莉現在無論去哪裡，他們都會隨時監控，尤其是她與她爸爸待在波士頓市區的時候。

凱莉知道不能把這件事告訴她爸爸。爸爸、史都華、學校心輔老師、外婆，都不可以，絕對不能讓任何人知道。不過，馬提不是白痴，他感覺得出來事情不太對勁。也許是和哪個男孩有關？他不會去逼問，他也有自己的問題。塔咪突然搬回加州，要照顧最近出意外的母親。而這種東西岸之間的長距離戀愛，塔咪興趣缺缺。她隨便寫了幾封電郵，就這麼甩了馬提。

彼得不覺得有什麼好意外的。馬提讓她揮別破產，恢復了她的信用，解決了她所有的法律問題，然後，她說非常感謝你，我去西岸嘍。彼得心想，她展現了高超的社交技巧、操弄我們大家。他曾經見識過塔咪這樣的女子，其實，他以前就娶過和塔咪幾乎一模一樣的女子，而且他也認識許多男版的塔咪。

凱莉終於下樓，但睡衣已經換成了T恤加運動褲。

瑞秋知道那是什麼意思，她的睡衣在洗衣籃裡面。

凱莉開口：「哦，嗨，史都華。」

她的面容看來好憂傷，希望感恩節的到來能夠帶給她不一樣的心情。瑞秋假裝在研究自己的哲學書籍，其實卻偷偷在注意女兒的一舉一動，史都華講得興高采烈，但凱莉的回應卻很模糊，言不由衷。

終於，史都華向凱莉道別，他們三人一起吃早餐，換好衣服。

到了一點鐘，彼得已經把大家載到了馬提位於長木區的新家，距離芬威球場超近。很好的社區，住戶都是律師、醫生，以及會計師，白色尖木圍欄，精心養護的草坪。彼得在停車的時候對瑞秋說道：「不管馬提給妳多少贍養費，記得要多拿一點。」

馬提根本懶得煮東西，一切都是從美食外賣應用程式買來的餐點，其實這樣也好。屋內幾乎沒有什麼家具，而且也沒有後續替補的女友，這一點倒是讓瑞秋有些意外，馬提一向是那種隨時都有備胎計畫的人。

他們聊到了塔咪突然離開的卑劣行徑，還有馬提的工作狀況。塔咪用傳訊的方式告知他要分手，而且躲在加州就此斷聯，這讓他十分惱怒，但馬提不是那種會因為情傷而低落的人。他開始講客戶的笑話，某次宣讀遺囑的歡樂過程，然後又說了一些更猛的律師笑話。

他沒有多問凱莉學業的事，他早就知道女兒在學校成績一落千丈，他覺得現在還是不要提起這話題比較好。

凱莉態度疏離，瑞秋太疲憊了，根本無法講話，而彼得倒是一度接腔，提到自己想要在近岸水道泛舟，還分析了鱈魚角運河與切薩皮科灣的難度。

瑞秋的母親從佛羅里達州打電話過來，馬提堅持一定要和她講話。當馬提詢問她有關《漢米爾頓》音樂劇的時候，好幾度令人心驚膽跳，但所幸茱蒂絲還記得要圓謊的事。

後來，茱蒂絲偷偷告訴瑞秋，她希望可以圖個清靜，好好過節，不要再與那可怕的歐尼爾家族有任何瓜葛，瑞秋也聽懂了，立刻祝她感恩節愉快，掛了電話。

凱莉問道：「彼得伯伯，去年感恩節的時候你在做什麼？」

「我正在新加坡旅行，沒什麼特別的活動，也沒吃到火雞。」

瑞秋很好奇，「上次你在家好好度過感恩節是什麼時候的事了?和家人一起嗎？」

彼得想了一會兒，「多年前了。我記得的最後一次感恩節是在沖繩的巴特勒基地。軍中餐廳為我們準備了火雞馬鈴薯泥，非常美味。」

瑞秋靜靜聆聽，露出微笑，還偷偷在餐桌下方握住凱莉的手，然後玩弄盤中的食物，假裝在吃東西。她望著凱莉，女兒聽她爸爸講笑話時會開懷大笑，但似乎隨時都快要哭出來；她又看著彼得：一直在沉思，很安靜，但還是努力配合聊天；她望向馬提：英俊開朗又風趣，塔咪是白痴，馬提是值得把握的對象。

她開口說得去上洗手間，暫時離開了餐桌。

經過走廊的時候，她瞄到自己在鏡子裡的映影。

她又變得憔悴。

正逐漸成為消融在背景之中的隱形人。她進入浴室，開始抽拔她最愛的那件紅毛衣的線頭。

她坐在馬桶上，雙手摀住頭思考。

手機傳出通知聲響，加密軟體wickr出現了新的訊息。只有一個人會透過這個程式傳訊給她，未知號碼來電，「鎖鏈」。

她打開那封簡訊。

「瑞秋・歐尼爾，今年妳必須要心懷感恩。我們把妳的女兒還給了妳，我們也把妳的人生歸還給妳。要對我們的仁慈抱持感激之心，一定要記得，一旦進入『鎖鏈』，那就是永遠無法脫身。妳不是第一個，也不會是最後一個。我們一直在監看與監聽，隨時會回來找妳。」

瑞秋放下手機，好想尖叫，還是忍了下來。

她的淚水奪眶而出。這一切永遠不會停止，永遠不會。

她跌坐在地板上，過了好幾秒之後才恢復呼吸。

她嚎啕大哭，最後洗了臉，沖馬桶，深呼吸，又回到餐桌前。

每個人都在盯著她，每個人都知道她剛才大哭一場，其中有兩個人已經猜到了原因。

45

麻州波士頓，富魯特街五十五號。

她告訴大家不要來。她希望他們能夠過來，但總是說不需要。當然，彼得需要載她，但凱莉或馬提不需要在場。

他們在外頭的家屬室等候。

家屬室很好，裡面的電視定頻在有線電視新聞網，還有一大疊《國家地理雜誌》，連一九六〇年代的都可以找得到。而且，可以看到波士頓灣，憲法號巡防艦一覽無遺。

她很慶幸他們並沒有待在病房裡面，當護士接近植入式注射座、或是她的顫抖開始發作以及吐得天旋地轉的時候，他們並不會看到她痛苦喘息的模樣，

化療是你邀請入內的小死神，這都是為了要堵住在外頭門廊等候的那位大死神。

等到羞辱與痛苦結束之後，他們會把坐在輪椅上的她推回恢復室。大家會對她微笑，凱莉與彼得會擁抱她，馬提則是滔滔不絕。

夫復何求。妳有家人，朋友，支持。

而且里德醫生對於她的治療結果感到很滿意，預後良好，漸入佳境。

但可怕的秘密真相是她很不好。

她越來越孱弱。

健康每況愈下。

她知道讓她形銷骨立的不是癌症，是C開頭的那個字。

但不是癌症。

是它。

「鎖鏈」。

46

某戶人家剛搬入馬里蘭州貝賽斯達的某棟住宅。真是漫長的一日，不過搬家工人都已經離開，所有的箱子都已經進入屋內。

他們一家人站在新家外頭，拿出拍立得合影留念，住在陽光普照郊區的幸福家庭。活脫脫就是羅伯特．貝希特爾畫作《六一年龐帝克轎車》的九〇初期的版本，只不過這兩個小孩是同樣年紀，雙胞胎。先生是湯姆．費茲派翠克，個頭矮小，一頭黑色短髮，他身著白色襯衫搭配黑色窄版領帶。剛入門的妻子雪莉已經懷孕，留有一頭金色長髮，美麗棕色眼眸上方的五公分處還剪了瀏海。要是不細究的話，頗有幾分《神仙家庭》莎曼珊的味道。

那個「月光」小男孩現在名叫奧利佛，胖嘟嘟，一臉無辜的模樣，也許有那麼一點執拗至極的古怪氣質。而那個「蘑菇」小女孩，已經改名為瑪格麗特。她也有那種詭異的執拗性格，但她的那頭紅色捲髮與連續不斷的滑稽動作太搶眼，很難會讓人注意到那種特質。要是湯姆會去找醫生求治的話，那麼瑪格麗特很可能就必須要服用阿德拉[12]，但湯姆並不是那種喜歡去找醫生的人。關於這一點，他很老派，他父親就曾經說過：「又不是每種病都需要吃藥。」

在他們搬進去兩天之後，他們辦了一場喬遷派對，招待所有的鄰居。這條街上住的都是國會助理、國務院與財政部的公務員……

「嗯，我剛搬來，是聯邦調查局裡的菜鳥，在民權部門服務。」這是湯姆在派對裡的開場白，這是上級交代他要講的話。他是聯邦調查局裡的菜鳥沒錯，但他並不是在民權部門，而是在組織犯罪打擊小組，危險的工作。

那一夜，屋內同時舉辦了三場派對。第一場是男人們互相認識的派對，湯姆的表現還算可以，頂著美國大兵的髮型，襯衫掛著口袋護套，冰箱裡塞滿了庫爾斯淡啤酒，這個人看起來似乎個性耿直又無趣。

還有女人的派對。雪莉很漂亮，似乎是頭腦簡單的人。她是典型的郊區媽媽，本來擁有自己的夢想，但為了要當老公的後盾就放棄了一切。雪莉本來想要效法祖父當個烘焙師傅。她最開心的記憶就是住在傑克森大道的時候，當全世界最早起的人、騎著腳踏車衝到麵包店，幫助她的爺爺烘烤出當天的第一批麵包。雪莉從來不呼大麻，平常也不會服用羅眠樂。她不是聰明人，完全不具任何威脅性。

視聽間舉行的是小孩派對。最有趣的派對就是在這裡了。小男生們正在研究那些唱片，大聲嚷嚷這些歌手遜斃了：約翰．丹佛、琳達．朗絲黛、吉伊絲．紐頓，還有卡本特兄妹。小女孩們則忙著分享家裡的八卦，泰德的爸爸是酒鬼，而且和他的秘書在亂搞。瑪莉的媽媽兩年前開車時撞死了某個騎單車的女人。潔寧的媽媽覺得這社區已經墮敗至極，因為有某戶印度人搬了進來。

派對熱鬧滾滾，早已過了小孩的上床時間，他們告訴奧利佛噴射機隊與巨人隊都很爛，但是巨人隊更爛，因為他們和華盛頓紅人隊屬於同一個分區。

⑫ Adderall，俗稱「聰明藥」，用以治療注意力不足過動症（ADHD）。

奧利佛說他其實根本不喜歡橄欖球。某個名叫札克利的小孩告訴奧利佛：「你的氣味就像是個死玻璃小孩。」札克利還告訴他：「你媽媽像妓女。」

奧利佛淡淡告訴那個小男孩，他媽媽早就死了，被人殺害之後還遭肢解焚屍。

札克利臉色蒼白。後來，瑪格麗特拿了半罐啤酒激他，賭他不敢喝，他咕嚕咕嚕喝光光，還說他以前早就喝過啤酒，一分鐘之後，他的臉變得更加蒼白。喝過啤酒也許不是在唬爛，但他一定沒喝過啤酒配上一湯匙的吐根糖漿⓭。

他開始狂吐，果然讓派對就此劃下句點。

⓭用於食物中毒的催吐劑。

47

她盯著電腦螢幕，空白頁，游標在不斷閃動。

霜寒的十二月早晨，距離漲潮還有一個小時，潮汐池聚滿了過冬的野鵝與棉鴨。

她深呼吸，開始打字。「第二課：簡介存在主義。存在主義者認為，我們的生活就是在企圖為毫無意義的存在添加意義。對於他們來說，這世界就是一條銜尾蛇：吃掉自己的蛇，重複模式，沒有進步，文明不過是懸盪在深淵之上的繩橋。」

她搖搖頭，語氣不對，她按下「全部刪除」，眼睜睜看著剛才辛苦的工作成果化為烏有。

凱莉身穿新買的紅色外套下樓，今天的她看起來很開心。不過，有其母必有其女，她也是強顏歡笑的高手。嘴角微微上揚的微笑，佯裝愉快的語調，但她的眼神所流露的卻是截然不同的版本。

她最近經常出現胃痙攣，醫生們查不出任何異狀，病因可能是與青春期有關的壓力。壓力造成她痛苦倍增，又害她夜夜惡夢，引發尿床。

她擺出勇敢神情，但瑞秋知道……

凱莉問道：「我們可以出發了嗎？」

「好啊，反正我也寫不出來。」瑞秋闔上了筆電。

彼得開口：「給我五分鐘洗一下澡，馬上就可以出發了。」

凱莉回他：「我們最好不要遲到。」

換瑞秋開口：「要是他說五分鐘，那就一定是五分鐘。」地球上充斥著無法令人信賴的男人——拋家棄子的父親、和年輕美眉私奔的老公——但彼得絕對不會令人失望。不過，她依然很堅持不能讓毒蟲與女兒共住同一個屋簷下，所以她一直緊盯彼得確實遵行美沙酮治療計畫。他的確很努力，而且進一步推升自己的「負責愛家」形象，他接下了保全工作，償付突然暴增的卡債。

五分鐘一到，他們全都坐在富豪汽車裡、前往市中心。他們把車停在星巴克，瑞秋手握熱茶，坐在靠窗座位，而凱莉和彼得則一起去買東西。

現在是繁忙的週六早晨，紐伯里波特擠滿了當地居民與觀光客。再過一小時，馬提就要帶他的新女友與大家見面，當然，想也知道他有新女友，他的備胎計畫總算是出現了。不過，他們相約的地點倒不是梅島，而是在比較安全、比較不會有問題的紐伯里波特星巴克。

凱莉才剛從瑞秋面前消失，她就立刻拿起手機，檢查凱莉鞋子裡的衛星訊號發射器軟體。對，她走到了高街，左轉，進入了塔納利市場。每一個父母的小孩都是命運的人質，但並非所有父母都有這種不時提醒他們的慘痛記憶。

她看到彼得從對面馬路走過來，手裡拿了一堆購物袋，她向他揮揮手，他進入咖啡店內，吻了一下她的臉頰。

「你買了什麼？」

「給凱莉的一些東西。」

「拜託你不要花太多錢，你已經——」

「噓……」彼得開口，「我人生的最大樂事之一就是送禮物給我的姪女。」

他們坐在那裡等馬提，一如往常，他又遲到了。

「終於出現了，」彼得敲了敲手錶，起身。「當然，這個新女友是美女。哦天啊，看起來比上次那個還年輕。」

馬提帶著燦爛微笑走過來，他身穿刷白牛仔褲、灰色尖領T恤，外搭亞曼尼真皮外套。他剛剪頭髮，而且還有不知去哪度假回來的曬痕。

這女子很嬌小，頂著一頭刺蝟金髮，個頭比馬提矮，但依然是超級大美女。嬌俏的朝天鼻、深藍色的眼眸、酒窩，看起來就跟高中剛畢業沒兩樣。

大家互相介紹完畢，手也握了，瑞秋懶得花費心神記住對方名字，因為她知道過了幾個禮拜之後，又會有下一個新女友出現。

凱莉過來，抱了一下她爸爸，又與這位新女友握手致意。

新女友覺得凱莉有暖心女孩的氣質，還大力稱讚她的紅色羊毛外套好時尚，逗得凱莉十分開心。

他們短暫交談了一會兒，瑞秋微笑，又慢慢變成了背景裡的隱形人。當整個人如此脆弱、唯一得到的養分是他們送入靜脈的毒物的時候，消匿於無形何其容易。

馬提說道：「該走了。」大家再次擁抱親吻，他們三人上了馬提的白色賓士車。

「我喜歡她，」那天晚上，彼得在用餐的時候說道，「她很適合馬提。」

「我先持保留態度，搞不好下禮拜又冒出一個更年輕的女伴。」瑞秋聽到自己說出這種話，不禁有些詫異。

吃完晚餐之後，他們透過衛星信號發射器查出凱莉的位置（她在馬提家裡），然後，他們以網路電話和她通話了一會兒。

彼得在稍晚時分進入浴室，為自己施打美沙酮。他為了要幫助自己熬過漫漫長夜，又開始把少許墨西哥褐色焦油海洛因混入美沙酮。

瑞秋對此毫不知情，而她最近如果想要入睡，一定得吃兩顆史蒂諾斯配兩指的威士忌。她坐在電腦前，想要繼續寫課綱，但依然腸枯思竭。她開始看網路影片，但就連艾拉．費茲潔拉演唱柯爾．波特的歌曲，也無法讓她心情好轉。

空白的電腦螢幕，游標閃個不停。

瑞秋餵了貓，決定來整理房子，有誰能夠待在髒亂的環境中工作？

她上樓，進入凱莉的房間，掀開被子。床單濕答答，床墊也遭殃。應該要在早上換洗才是。現在這已經是每晚的例行狀況，沒有人能夠安眠，大家都在作惡夢。凱莉帶了兩條海灘巾去她爸爸家，所以他應該不會發現異狀。

瑞秋坐在凱莉的床墊邊緣，雙手摀住了臉。腳邊的地板上有凱莉的魔力斯奇那筆記本。她拿起來，很想要打開，但還是拚命忍住，畢竟這是凱莉神聖私密的領域。

不要打開，不要打開，千萬不要——

她還是打開了筆記本，逐頁閱讀，有圖畫、手記、喜愛的歌曲與電影的清單、中意的小狗品種，還有其他一些有的沒的，但自從她被綁架之後，這一切就再也沒有更新過。之後出現了越來越多的激動塗鴉，有好幾頁都是全黑，還有一頁畫出了她當初被囚禁的地下室，以及綁架者的資料：「男的可能是老師，女的名叫海瑟，兒子叫賈瑞德。」還有她提前拿到的聖誕節禮物「終極胡迪尼魔術工具箱」的使用說明以及它的解開手銬逃脫小技巧。此外，筆記本裡還有許多塗滿黑色墨跡與螺旋的圖樣，凱莉用力甚深，連紙頁都被劃破了。而就在兩天前的最後首季內容是討論「無痛自殺」的網站，凱莉在紙頁的邊緣寫下了這幾個字：「吞藥？還是溺死？」

瑞秋倒抽一口氣，自言自語：「這一切永遠不會結束。」

她下樓，回到電腦前，傳簡訊問凱莉是否安好。過了半小時之後，凱莉回訊：很好，他們正在看《移動迷宮》。

瑞秋關上自己的筆電，凝望黑夜。

她對著夜色自言自語：「就決定這麼做了。」

雖然她的電腦已經徹底掃過毒，移除了所有的蠕蟲與惡意軟體，但她決定還是使用彼得的電腦。她查了一下反毒與反惡意軟體的程式，運作正常。她登入洋蔥路由器之後，進入Google，建立了一個假身分開啟電郵——「名叫阿莉亞德妮的女孩」——因為阿莉亞德妮這名字的其他版本全都被註冊光了。

她找到了Google的部落格平台，以這個新的假電郵登入，挑選最簡單的模組建立了一個部落格，她為它取名為：「鎖鏈」情報網。

網址很簡單：TheChainInformation.blogspot.com

有關這個部落格的簡介，她是這麼寫的：「這是為了想留下有關『鎖鏈』情報或資訊的每一個人所創立的部落格，下方評論欄設為公開，請務必小心，僅接受匿名評論。」

「鎖鏈」可能會追蹤到她嗎？她不覺得。他們只會找到一個她剛剛建立的假身分，就連Google也不知道她是誰。Google在問她：「現在要建立部落格了嗎？」

她打上「是」，按下傳送鍵。

48

今天又是搬家的日子，大約是一九九七年吧。這對雙胞胎現在有了一個小弟弟，名叫安東尼。這一次，他們要搬到一個名叫阿納海姆的地方。湯姆升官了，現在是主管，負責與毒品有關的業務，他說這將會是一個充滿壓力的工作，但他看起來似乎不怎麼擔心。

奧利佛與瑪格麗特逐漸長大，看起來就像是正常的小孩。瑪格麗特有雀斑，還有橘紅色的頭髮，就像是她祖父一樣，但也很像她媽媽在公社裡一起睡覺的那個男人。奧利佛胖嘟嘟，皮膚甚是蒼白，髮色比較偏紅。打從嬰兒時期，他的雙眸就有一種令人緊張不安的專注力，那種眼神迄今依然沒有改變。有人曾經這麼說過他：「當他盯著你的時候，就像是約翰．里頓⓮一樣。」他覺得講這種話的人不懷好意。

阿納海姆的街道，簡直就像是貝賽斯達的翻版。

小安東尼在街上和一堆新朋友玩耍，某人把音響拿到戶外，大聲播放麥可．傑克森的〈鏡中人〉。

奧利佛與瑪格麗特在二樓的窗戶往下張望，他們沒時間和同年紀的小孩攪和。

瑪格麗特是兩人之中比較會與人打交道的那一個，但她不想拋下自己的哥哥。

⓮ 約翰．約瑟夫．里頓，藝名Johnny Rotten，是一位英國的歌手、編曲人、音樂家。

雪莉在他們的臥室找到了人。

「你們果然在這啊。」她講完之後，點了根維珍妮細菸。

雙胞胎沒有回應。

「去外頭嘛，就像你們的弟弟一樣。」

雙胞胎動也不動。

奧利佛說道：「我不想去外面。」

「你們這個週末還想不想去迪士尼？」

奧利佛回道：「想。」

「那就像正常小孩一樣，給我滾到外面去玩耍！」

兩個小孩子下樓了，他們聽到雪莉在對自己低聲叨唸：「兩個超級大怪胎。」

在新家街道上的第一場遊戲不是很順利。

住在對街的某個小女孩，大姐頭珍妮佛．葛蘭特，霸凌瑪格麗特，而且還把她弄哭了。她說瑪格麗特長得醜，還嘲笑她連一首跳繩歌都不會唱。

奧利佛知道自己不能動手打女生，但他還是出手揍了人。珍妮佛跑回家裡，她的哥哥立刻出來，抓住奧利佛的喉嚨，直接把他拎在空中——不斷搖晃他，還緊掐著他的喉嚨不放。奧利佛無法呼吸，也無法大喊出聲。最後，那個大塊頭男孩把他扔在柏油路上頭，珍妮佛雙手交叉胸前，哈哈大笑，好幾個小孩也有樣學樣。就連小安東尼也不例外，但這種牆頭草的行為也不能怪他。

這種狀況通常是出現在校內，尤其是剛放學的時候，感覺很不真實，但千真萬確。而這也只有持續一會兒而已，小孩子們覺得無聊，立刻又開始玩其他遊戲。

雙胞胎回到家中，躲在車庫裡，等到爸爸返家時才出來。

湯姆回家的時候已經很晚了，現在他在聯邦調查局威爾夏大道的分處工作，通勤是一大惡夢。

吃晚餐的時候，這對雙胞胎並沒有提到當天的事件，而且今天安東尼與他的新朋友發生了好多小故事，他根本忘了。湯姆一直把新工作與潛在機會掛在嘴邊。雪莉提醒他，他有消息想要告訴小朋友不是嗎？湯姆大笑，問小孩想不想在週末去迪士尼，大家都說好。

週末到來，不過湯姆必須工作，他告訴他們不要擔心，再多等一個禮拜就好，下星期六一定會去的。

雙胞胎那晚待在臥室的時候，瑪格麗特對奧利佛說出了自己的預言：「我覺得這事一定沒完沒了。」

奧利佛同意妹妹的說法，「我想也是。」

瑪格麗特問道：「你的脖子還在痛嗎？」

奧利佛說沒有，但她看得出來他在說謊。

瑪格麗特上床，看的是《保姆俱樂部》，她看的那一集是瑪麗．安撕毀了那封讓她坐立難安的連鎖信，她的朋友告訴她，直接撕了就好，果然沒有出現任何災禍。

瑪麗．安撕毀了那封信，完全沒有災禍，這就是連鎖信的問題。

瑪格麗特突然靈機一動。

必須要先讓壞事發生才行。

隔週的那個禮拜四，珍妮佛．葛蘭特的兔子從棚屋逃走了。

第二天，珍妮佛在她的便當盒裡發現了一張字條：「把葡萄汁倒在妳自己身上，不然妳的兔子就死定了。」

珍妮佛照做，被老師叫到廁所去換衣服。

字條越來越多。

而且變本加厲。

珍妮佛站起來，啐罵了一聲「靠」，在這一堂課當中，她要求老師讓她去了五次廁所。

最可惡的一張字條是叫珍妮佛在早上六點的時候全裸站在她家外頭五秒鐘，只要她乖乖照做，她的兔子就會回來。

珍妮佛全裸站了十秒，後來，她那天在學校的置物櫃裡看到了字條，告訴她要去哪裡找兔子的死屍。

瑪格麗特與奧利佛把那張珍妮佛裸照的拍立得藏在五斗櫃下方，當然，之後一定有機會可以派上用場。

生活進入常軌。小安東尼在新學校適應得很好，也結交了許多新朋友，而這對雙胞胎似乎也慢慢穩定了下來。

雪莉孤單又無聊，她打電話向母親訴苦，母親卻告訴她要忍耐，許多人過的生活更加悲慘。雪莉就繼續依靠煩寧、伏特加通寧，以及自由古巴[15]做自我治療。

派駐洛杉磯兩個月，湯姆已經開始會喝得醉醺醺回家。某天他的車撞凹了，氣得半死，雪莉與他大吵一架，湯姆狠狠甩了她一巴掌，她像是巨重磚塊一樣轟然倒地。

小安東尼開始嚎啕大哭，但奧利佛與瑪格麗特卻態度漠然，冷眼旁觀。

⑮ 一種雞尾酒，由蘭姆酒、可樂加冰塊調製而成。

49

那位心理治療師的診所，在布魯克萊恩的某幢新建物裡面，過了訂製雨傘專賣店「三文青」就到了。

瑞秋坐在豪華接待廳，焦躁不安地翻閱英國版的《*Vogue*》雜誌。大雨狂擊窗戶，仿古時鐘的分針緩慢移動。她盯著莫內《鏡前》的巨幅複製畫，畫裡的女人看不到鏡裡的映影，瑞秋覺得這還滿符合自己的心境。他們正在播放的音樂是邁爾斯．戴維斯的晚期作品〈你被捕了〉，她覺得這也幾乎算是對自己處境的諷刺註腳。

瑞秋不知道凱莉會講什麼。她早已提醒凱莉不得提到「鎖鏈」或是她所遇到的狀況，但她盼望心理治療師能夠提出策略，幫助她女兒面對自殺念頭、尿床，以及焦慮等問題。

她與凱莉都知道這無濟於事，但還是得一試，不然她們還能怎麼辦？

五十分鐘之後，心理治療師走出來，對瑞秋輕輕點頭表示鼓勵。這位治療師似乎是二十五、六歲左右，瑞秋心想，這種年紀哪裡懂得人性或真正的人間事？

車行回梅島的路上，凱莉一直沒說話。

她們過了梅島大橋，走收費道路回家，瑞秋不想逼迫凱莉，但她卻什麼都不肯講。

瑞秋終於開口：「怎樣呢？」

「她問我是不是受到性侵，我說沒有，又問我是否在學校受到霸凌，我說沒有。然後問我是否有男友的煩惱，我說沒有。她說我顯露出曾經遭人施暴的跡象。」

「嗯，這一點沒說錯，他們的確打了妳。」

「對，但我不能告訴她吧？對嗎？我不能讓任何人知道。我只好坐在那裡，瞎編自己有前青春期的問題與壓力，開始擔心中學生活。我不能讓他們知道我之所以坐在那裡是因為有警員遇害或是他們把槍對準我的臉、威脅要殺掉我和我媽媽。我不能讓他們知道我必須坐在地板上向某個被我媽綁架的小女孩撒謊，而且，我也不能讓他們知道，要是我們敢提起隻字片語，那群人有可能會回頭找我們算帳。」凱莉說完之後，開始掉淚。

瑞秋伸手摸她，雨滴敲打在車頂，傾落在擋風玻璃。

「媽媽，我們是不是無路可逃？要是我們去報警，妳和彼得就得因為綁架而坐牢，他們還是會想要殺了我們，對嗎？」

她實在不知道該說什麼才好。

她們進入屋內，好冷，彼得正在修理火爐，他開口問道：「還好嗎？」

她搖頭，悄聲默示：「不要講這件事。」

沉靜無語的一頓晚餐。

凱莉在盤子裡來回撥弄食物，瑞秋吃不下，彼得好擔心這兩個人。

等到大家都離開之後，瑞秋登入部落格，留言欄有新的訊息，匿名者的留言，她立刻往下拉一探究竟。

簡單兩句話：「立刻刪除部落格，以免被他們看到。注意《波士頓環球報》的分類廣告。」

這樣的提醒一次就夠了，她登入部落格，按下了「刪除部落格」。

「確定要刪除此一部落格與所有內容嗎？」

「是。」她按下了傳送鍵。

50

星期三半夜三點鐘

瑞秋無法入睡。

她起床，穿上那件舒服的紅毛衣與居家袍，開始煮咖啡。她坐在黑漆漆的客廳裡，凝望潮汐池另一頭住宅區的點點燈火。

過了一會兒之後，她到外頭等待，又開始拔毛衣線頭。貓咪艾利也跟著出來巡遊，讓主人摸了幾下之後，鑽進沙地蘆葦叢、與負鼠開戰。

一陣示警的電流在體內飛竄，讓她的神經系統為之緊繃，直達她的後頸。這是一種亙古以來就存在的深層反應，人類是獵食者，也是被捕食的獵物。

她的心臟在持續狂跳，四肢出現魔力附身的顫抖。

今天很重要。

劇場的布簾掀開，第三幕即將登場。

水平線附近的朝陽朦朧難辨，空氣冷冽，但感覺並不刺寒。

沼澤的氣味。

鳥囀。

某輛單車的黃色燈光為歐波彎特路帶來了充沛活力。

保羅．克科派翠克這位小朋友正朝她家的方向而來。選擇送報到府的《波士頓環球報》訂戶越來越少，保羅越靠越近，她站在門廊提前向他揮手，以免嚇到他，但他還是愣了一下。

「天，歐尼爾女士，妳嚇死我了。」

他這次並沒有把《環球報》朝她家隨便一扔，而是在經過她面前時親自交到她的手上。

「祝妳有個美好的一天。」丟下這句話之後，他又騎著單車離去。

她在客廳小桌攤開報紙，打開了主燈。

她跳過頭條新聞，直接找分類廣告，雖然現在有了Craigslist與eBay等網站，但《波士頓環球報》每天依然有數十則小廣告。

她跳過訃聞、交友以及汽車買賣，終於在雜項類找到了她在尋索的廣告：

「買賣『鎖鏈』：電洽一六一七五五五五〇〇五。」

她叫醒彼得，把那個廣告拿給他看。

他搖搖頭，「我不知道。」

瑞秋堅持，「我們一定要打這通電話。」

「為什麼？」

「因為要是我們不展開行動的話，這永遠不會結束。凱莉快要被它給逼死了，而且它一直在監視我們，不肯放過我們，繼續危害其他家庭、其他的母親與小孩。」

「妳講話的那種口吻，彷彿把『鎖鏈』當成了活蹦亂跳的生靈。」

「的確是如此。它是每隔幾天就要求人類獻祭的惡魔。」

「我不知道，瑞秋，我看就算了吧。」

「問題是他們不會善罷甘休，我拿王八機打這支電話。」

「也許讓我開口比較好。萬一這是陷阱的話，至少他們應該是不認識我的聲音。」

「我等一下會偽裝，學我外婆的口音講話。」

彼得從衣櫥裡拿出裝滿王八機的袋子，他們隨手挑了一支。

兩人到了戶外平台區，以免吵醒凱莉。彼得看了一下時鐘，才早上六點半。「現在打電話會不會太早了一點？」

「我想要在凱莉起床之前打這通電話。」

彼得點頭。他覺得這樣不好，但這是瑞秋在主導，他只能順著她而已，她撥了電話。

對方立刻接起來，「喂？」

「我是要詢問報紙廣告的事。」瑞秋的腔調近似她外婆的波蘭口音。

對方反問：「怎樣？」

瑞秋說道：「我一直和某條鎖鏈糾葛不清，不知道你是否也有相同問題？或許我們可以互相幫忙一下。」

電話另一頭一陣沉默。

「妳是那個部落格的版主嗎？」對方詢問的聲調低沉，也稍微聽得出外國口音。

「對。」

又一陣長長的沉默。

「我不知道我能不能信任妳。妳也不能大意隨便信任我，絕對不要透露任何個人訊息，知道嗎？」

「好。」

「他們可能在監聽。其實，搞不好妳就是間諜，或者可能是我，明白嗎？」

「知道了。」

「妳真的知道狀況嗎？危險迫在眉睫。」

「我知道，我親眼見識過。」

又是一陣許久的沉默。

「既然妳自稱是阿莉亞德妮[16]，那妳可以叫我忒修斯，也許我們可以一起進入這座迷宮。」

「好。」

「阿莉亞德妮，我希望妳不是白痴，妳弄了部落格，又打了這通電話，都是很愚蠢的行為。」

「我不覺得自己是白痴，我只是想要讓這一切劃下句點。」

「妳口氣很大。妳憑什麼覺得自己有能耐阻斷這個龐然大物？」

她望著彼得，「因為我已經想通了一些事。」

「真的嗎？好，阿莉亞德妮，這是我給妳的指令。今天中午到洛根機場，隨便買一張從第一航廈起飛的國內線班機，通過安檢之後，在離境休息區等我。我有這支手機的電話，妳隨身攜帶，我可能會打給妳，也可能不會。不要相信任何人，尤其是我。妳要記得，建立迷宮的人不是為了躲藏，而是為了要守株待兔。」

對方掛了電話。

彼得問道：「所以呢？」

「我要去。」

「不可以相信任何人，就連他也一樣。」

她態度堅決，「這必須做個了斷，我要去。」

「不可以，妳不能去，這太瘋狂了。」

彼得擔憂的不只是這件事，他自己的問題也是部分原因。瑞秋並不知道他施打美沙酮的療效其實不如預期中的那麼良好。當你開始戒斷高純度的「金褐」毒品，高海拔的墨西哥海洛因，拜耳的美沙酮根本難以成為退伍軍人毒蟲的解藥，

完全不如戒癮諮詢師所想像的那般美好。

他惶惶不安，頭昏腦脹，完全無法靜心思考。他現在這種狀況，還得應付這項新計畫？何況瑞秋依然在做化療？

瘋狂之舉。

「彼得，不要指點我該怎麼做，大家總是告訴我要這樣要那樣，我已經受夠了！」

「妳生命會有危險，凱莉也是。」

⑯ Ariadne，古希臘神話克里特島國王米諾斯之女，幫助英雄忒修斯殺死怪物米諾陶洛斯走出迷宮。

「我知道！你以為我不曉得嗎？我想要挽救我們大家的性命！」瑞秋握住他的雙手，態度堅定，柔聲說道：「彼得，我們一定要去做。」

彼得望著她。

每隔兩個禮拜，瑞秋就得進入富魯特街五十五號的囚房。

她撐住了，一直在努力掙扎，她還活著。

「好吧，」他終於說道，「但我要跟妳一起去。」

51

瑞秋一向對洛根機場沒好感，大家總是焦慮不安。這是九一一事件的起點，長長的排隊人龍，氣氛不舒服，到處都看得到紅襪隊商品。

她與彼得買了達美航空前往克里夫蘭的機票。

他們過了安檢，靜靜等待，她戴著太陽眼鏡與洋基隊的球帽，把帽簷拉得低低的，彷彿真的能夠發揮偽裝效果一樣。

十二點到了，也過了。

彼得問她：「現在呢？」

瑞秋回他：「我不知道。」

「何不撥打報紙上的那個號碼？」

她等了五分鐘之後，才開始撥打。

另一頭出現的是自動語音訊息，「很抱歉，您撥打的電話是空號。」

十二點三十分，她的王八機終於響了。

「到『法律創意料理廚房』，點克蘇魯的黑麥芽啤酒與海鮮湯，妳一個人過來。」

「我身邊還有另一個人。他先前幫過我的忙，我們一起參與了這件事。」她再次模仿外婆的腔調，又一次拙劣的偽裝。

「嗯，好吧，那就點兩份克蘇魯的黑麥芽啤酒與海鮮湯。桌號七十三應該沒人坐，它在左手邊的包廂區。」

「然後呢？」

「等一下就知道了吧，是不是？」

他們進入餐廳，坐在七十三號桌，點了兩杯啤酒與海鮮湯。他們覺得現在有人在暗中監視他們，當然，這是一定的。

「你覺得是誰？」瑞秋望向餐廳的客戶與工作人員，這地方鬧哄哄，許多人瞄向她的方向，很難判斷究竟哪一個是他。

她拉低帽簷，彼得低聲說道：「這樣真的很糟糕，現在他們知道我們是誰，但我們依然不知道對方身分。」

瑞秋點頭。她的直覺是要相信這個人，但話說回來，她憑什麼這麼放心？彼得的恐慌態度，其實才是更保險的預設立場。

但她實在太擔心凱莉了，每一個選擇都很糟糕。行動，不好；不行動，也不好。

這就是棋界典型的強制被動。你跳傘的降落地點在地雷區，完全找不到出路，也許這就是「鎖鏈」測試大家的方法？他們派出某人當釣餌，引出那些潛在的叛變者。這裡的每一個人都可能是「鎖鏈」的特派員，現在他們必須——

某個腳步搖搖晃晃、戴著眼鏡的大塊頭男子，走到了包廂，站在他們旁邊。「你們冒了極大的風險，來到這裡，」他的口音有濃重的東歐腔，他伸出自己寒毛濃密的大手。「我是禿頭忒瑞斯，妳一定就是了不起的阿莉亞德妮。」

「對。」瑞秋也握住他的手問好。

他長得非常高，一百九十幾公分高，體格也壯碩，一百二十五到一百三十六公斤，年紀應該是五十出頭。其實他頭髮還是很濃密，又長又亂，參差的鬍鬚已經轉為花白。褪色的棕色牛仔褲、匡威球鞋、風衣，內搭燈芯絨外套與T恤，胸前的圖樣似乎是《禪與摩托車維修的藝術》的書封。他看起來不像是「鎖鏈」的幕後邪惡首腦，但這種事也很難說吧？他手裡似乎拿了一杯雙桶波本威士忌。

彼得主動伸手問好。那男人握了他的手，開口問道：「你和她一起來的？」

彼得點頭。那男人對他們露出某種脆弱、悲傷，又帶有幾分恐懼的笑容，然後喝光了剩下的波本威士忌。

「好，你們要是有帶槍帶刀或是毒物的話，也沒辦法過安檢，但這一招也只是緩兵之計，該來的還是會來，是吧？如果你們來自『鎖鏈』，那麼現在就一定知道我是誰，我死定了，」他繼續說道：「從另外一方面來看，要是我來自『鎖鏈』，我知道妳是誰，妳早就死定了。」

彼得開口：「你真的認識我們嗎？你覺得歷經『鎖鏈』煎熬的有多少人？想必有數百人。」

「沒錯，應該有數百人，搞不好有數千人，誰知道呢？我的重點是，你們有了我的照片，可以在資料庫進行比對，一等到我離開機場，就可以殺了我。只要把我加入『鎖鏈』目前管理者的『處決』名單，他們就會殺了我和我的女兒。任何人都可能遭逢這種不幸。要是動機夠強烈，不管是總統國王必然繼承人或是誰，都可以成為暗殺對象。」

他摘掉眼鏡，將它放在桌上。瑞秋覺得這人的目光銳利、睿智，而且憂傷，而且還帶有一種教授或神職人員的氣質。要是說有誰能讓人義無反顧投注完全的信任，相信這雙淡褐色的眼眸準沒錯。

瑞秋以自己真正的聲音開口：「我們必須要相信彼此。」

那男人問道：「為什麼？」

「因為我從你的表情看出你曾和我歷經同樣的煎熬。」

對方仔細端詳她，點點頭，又詢問彼得：「你呢？」

「我在最後出手幫忙，我是她的大伯。」

「看起來是個軍人。奇怪，他們居然允許你加入，還是你隱匿了過往？」

瑞秋開口解釋：「他已經退役了，而且我真的找不到別人。」

「『鎖鏈』是個鳥籠，專門尋找最脆弱的鳥兒。」那男人低聲說完之後，抓了個從一旁走過去的服務生，又點了杯雙桶波本威士忌。

他問道：「你們當中有哪一個處理過克利金或矩陣運算或迴歸分析？」

瑞秋問道：「克利金？」她不知道他到底在說什麼。

「那是一種高斯過程回歸，某種統計分析的工具，真的不知道？」彼得與瑞秋都搖頭。

他拍了拍桌號，「七十三號對你們來說可有任何意義？」

彼得立刻回道：「約翰．漢納，『新英格蘭愛國者』隊的進攻線鋒。」

瑞秋也說了答案：「蓋瑞．桑契斯剛加入洋基隊的時候曾經短暫穿過七十三號球衣。」

對方搖頭。

瑞秋反問：「那它對你來說又有什麼意義？」

「這是第二十一個質數。二十一這個數字含有七與三這兩個質數，美好的巧合。那邊的七十七號桌也沒有人坐，當然，這不是質數，但它是前八個質數的總和，也是銥元素的原子序數。他們後來終於證實這就是恐龍滅絕的元兇，在我小時候，這始終是我心中的一大疑團。銥的泥層存於白堊紀—古近紀的界線，七十七是恐龍的死數，這是終結的號碼。所有的書都應該在第七十七章收尾，但大家從來都不遵守就是了。不過，我們打算要動手執行某項計畫是吧？所以七十三號桌應該比較合適，你們說是不是？」

瑞秋與彼得一臉迷惑看著他。

他嘆了一口氣，「好。數學不是你們的強項，我看得出來。這不重要。案情比技術層次來得重要。你們多久了？」

「什麼多久了？」

「你們脫鉤多久了？」

「大約一個月。」

他臉上出現了截然不同的表情，陰森的笑容。「很好，」他繼續說道，「這正好符合我的期待。我已經脫鉤了三年半之久，線索已經都失效了，我需要找到身上還帶有他們氣味的人。」

「為什麼？」

波本來了，他一口氣喝光光。他起身，丟了五十元美鈔在桌上。「我覺得妳說得很對，我們應該要信任彼此，」他繼續說道：「他，我就不喜歡了。我無法判讀他的想法，但妳絕對不是騙子，我們走吧。」

彼得搖頭，「我覺得不妥，這裡很好。」

那男人伸出雙手，撫弄他的條狀長髮，綁成了馬尾。「好，大約在四十五分鐘之後，我會待在劍橋麻州大道的『愛爾蘭四省』酒吧，挑選後頭的某間私人包廂，我是那裡的常客，他們會讓我進去的。也許我們會在那裡相見，也許不會，這就由你們定奪了。」

瑞秋問道：「這裡有什麼問題？」

「我需要一點隱私才能講自己的事，為我們擬定計畫。」

「什麼計畫？」

「你們之所以來到這裡的動機。」

彼得反問：「是什麼？」

他說道：「當然是打破『鎖鏈』。」

52

他們又搬家了，這一次是要回東岸，這次比較接近家鄉：波士頓。他們在打包，決定什麼要留下來，什麼要捐出去，又有什麼東西需要丟棄。小安東尼與湯姆會想念洛杉磯，但這對雙胞胎與雪莉其實一直住不慣。

也許波士頓能夠給這一家人凝聚向心力的機會。湯姆的爸爸就住在附近，而且很疼孫子。反正，又是一個得要準備打包搬家的週末。

雪莉移動雙胞胎房間的五斗櫃。

她發現了珍妮佛沒穿衣服的那張拍立得照片。女孩站在自家外頭，而照片拍攝的地點顯然就是奧利佛臥室的床鋪。

她把照片拿給他看，厲聲要求解釋。奧利佛想不出任何理由。雪莉罵他小變態，還甩了他一巴掌。「現在就等你爸爸回來吧。」湯姆帶著紙箱從超市回來了，他在外頭耽擱了許久，回家途中進了酒吧。

奧利佛與瑪格麗特在樓上等待，他們聽到雪莉在與湯姆說話，還聽到湯姆大聲咒罵：「我靠！」

湯姆上樓，抓住奧利佛T恤的後頸領口，把他從上鋪拖下來，狠狠推到牆邊。

他大吼大叫：「你這個小變態。我看他們一定是在你的嬰兒食品裡加了LSD。天，搞不好你根本不是我的小孩！」

安東尼上來看好戲，瑪格麗特發現他站在門口賊笑，那是一種會讓安東尼斷送小命的笑容。

奧利佛回道：「只是開玩笑罷了。」

「我來告訴你什麼叫作笑話。」湯姆把奧利佛從地板上拎起來，拖進浴室，然後又把他推入淋浴間，開冷水。

冷水襲身，奧利佛痛苦大叫。

湯姆回道：「很好玩吧，是不是？」

湯姆開蓮蓬頭開了兩分鐘之久，最後，終於關水。

奧利佛開始放聲大哭。湯姆搖頭，伸手摟住安東尼，帶他回到樓下。

奧利佛癱坐在淋浴間的角落，低聲啜泣。瑪格麗特爬進去，窩在他身邊，握住他的手，奧利佛因為自己落淚，還有剛才發生的一切而羞慚無比。

「走開。」

但他不是故意講出這種話，瑪格麗特懂得他的心情。

他的低泣轉為嗚咽。白日悠長，夕陽落在橘色大道，映照出長灘機場降落飛機的剪影。

「沒關係，」瑪格麗特握住小哥哥的顫抖之手，「我們一定會讓他們得到報應。」

53

麻州劍橋的「愛爾蘭四省」酒吧後面的私人包廂。

瑞秋與彼得坐在那個大塊頭男人的對面。酒吧裡充滿了歡慶的氣氛，但這裡卻完全沒有受到感染。他們的桌前放了三杯一品脫的健力士啤酒，還有三杯雙份威士忌，頻頻窺探的女服務生應該會暫時放過他們。瑞秋脫掉棒球帽、把它放在啤酒杯旁邊，她望著彼得，他卻只是聳肩，他也不知現在該如何開場是好。

瑞秋看了一下手錶，現在是兩點十五分。凱莉今天要去史都華家裡玩，而他媽媽會接她放學。史都華的母親非常可靠，是位強悍女律師，而史都華的爸爸是退役軍人，如今在家工作，依然是麻州國民警衛隊的成員。除了馬提與金潔兒之外，瑞秋唯一能夠安心託付凱莉的也就只有他們了。不過，時間的步伐急快，瑞秋想要在天黑之前到家。她開口：「我們總得要有一個人先開始。」

那個腳步不穩、目光哀傷的大塊頭男子點點頭。「妳說得沒錯，是我找妳的。」他繼續說道：「最最重要的是：安全。不要寫部落格，不准發電郵，不要留下任何書面證據，我們見面的時候，一定要百分百確認沒有人在跟蹤妳。搭地鐵或公車隨機找站下車，就像是電影《霹靂神探》一樣，不斷重複這個動作，直到妳確認沒問題為止。」

瑞秋心不在焉，「嗯。」

那男人臉色一沉，「不行，我不要聽到『嗯』，這樣不夠堅決，妳必須要十分確定。能不能活命，這就是關鍵了。我們雖然約在機場，但妳來見我畢竟冒了很大的風險，而且，妳還來了這裡？妳怎麼知道我不會誘騙你們來這裡，殺死你們兩個之後從後面逃出去？」

彼得拍了拍自己的外套口袋，「我在機場時沒帶槍，但現在有了。」

「不，不是這樣！你們搞錯重點了！」

瑞秋客氣問道：「那重點是什麼？」

「重點是要保持警覺。過去這幾個禮拜安全嗎？嗯，我覺得很難講。有人闖入了數學系辦，搜刮了好幾間辦公室，不只是我的而已。不過，那可能是障眼法。雖然我一直很謹慎，但也可能不慎引發了風吹草動，早就引發了騷動，搞不好我早就成了被研究的對象，被鎖定的目標，我不知道。更重要的是，妳什麼都不知道，根本就不認識我。」

瑞秋點點頭。幾個禮拜之前，她一定會覺得這種話是瘋狂的恐慌症，但她現在卻不會這麼想了。

那男子嘆口長氣，從風衣口袋裡取出一本破爛筆記本。

「這是我記錄『鎖鏈』的第三本日誌，」他說道，「我的真名是艾瑞克．隆若特，我就在那裡工作。」他伸出大拇指，朝後面比了一下。

彼得問道：「廚房？」

「麻省理工學院，我是數學家。搬來這裡是我與我家人這一生最大的不幸。」

瑞秋問道：「發生了什麼事？」

艾瑞克喝了一大口健力士啤酒，「就從一開始說起吧。我在莫斯科出生，但我父母在我十三歲的時候搬來美國，我可說是在德州長大，在德州農工大學念書，拿到了數學博士，而且還在那裡遇到了我的妻子卡洛琳。她是畫家，她的美麗的油畫作品幾乎都是以宗教為主題。我在史丹佛做拓撲學博士後研究的時候有了女兒安娜，那段日子幸福快樂。」

瑞秋接口：「然後你們搬來這裡。」

「我們在二〇〇四年搬來劍橋，他們給了我研究副教授的終生職。誰會拒絕麻省理工學院所提供的這種職缺呢？日子一直過得不錯，直到二〇一〇年……」他突然哽咽，聲音沒了，趕緊喝了一口酒，撫平心情。「我妻子騎單車從紐頓的工作室騎車回家，被某輛休旅車當場撞死。」

瑞秋說道：「真遺憾。」他對她勉強淒然一笑，點點頭。

「很慘，我好想死，但我還有個女兒。我們還是熬過來了，反正就是那樣，以為自己辦不到，但其實可以。我們花了五年的時間，整整五年之久。狀況終於開始好轉，但就在這時候……」

彼得接口：「『鎖鏈』。」

「二〇一五年三月四日，安娜放學後走路回家，就在劍橋，光天化日之下，距離家裡只有四個街區而已。」

「他們是在學校的巴士站擄走我女兒。」

艾瑞克拿出皮夾，讓他們看照片，裡面的那個紅色捲髮女孩身穿牛仔褲與T恤，面容開朗。

「安娜十三歲，但就她的年紀來說，還是個非常害羞稚嫩的孩子，很脆弱。當他們告訴我讓她重獲自由的條件之後，我不敢置信，怎麼會有人想得出這種事？不過，我還是做了必須做的事。安娜被關在黑漆漆的地底下長達四天之久，後來終於獲釋。」

「天哪。」

艾瑞克搖頭，「她一直走不出那場磨難。開始出現暴怒與幻聽。過了一年之後，她在浴缸裡企圖割腕自盡，現在她住在佛蒙特州的某間精神病院。有時候我去看她，她根本不知道我是誰，明明是我自己的女兒啊。她有過幸福時光，也有過可怕時光，非常可怕的歲月。我漂亮聰明的安娜，穿著圍兜，被我們拿著湯匙餵食嬰兒食品的小安娜。『鎖鏈』毀了我與我女兒的一生，自此之後，我就一直在找方法消滅它。」

瑞秋問道：「有方法嗎？」

「也許有吧，」艾瑞克說道，「換妳說了，妳的遭遇呢？」

彼得搖頭，「不行，這不是在做交換。就像你說的一樣，我們根本不認識你——」

瑞秋還是說了：「他們擄走了我的女兒，我必須綁架別人的小女兒。自此之後，我惡夢不斷，我女兒的狀況真的非常，非常不好。」

艾瑞克觀察得仔細，「而妳還罹患了癌症。」

瑞秋笑了一下，不自覺摸了摸自己稀疏的頭髮。「你不會放過任何細節，是嗎？」

艾瑞克說道：「而且妳是紐約人。」

瑞秋微微點頭，「我可能只是洋基隊的球迷而已。」

「妳兩者都是，妳是個勇敢的洋基球迷，不在意這座城市裡每一個人對妳投射而來的憎惡目光。」

「如果只是憎惡目光，那我就該偷笑了。」瑞秋說完之後，勉強擠出微笑。

「我研究《鎖鏈》這個龐然大物，已經有一年多的時間。」他說完之後，將筆記本遞給了瑞秋與彼得，他們拉開鬆緊式綁帶，打開了筆記本。

裡面寫滿了日期、姓名、圖表、觀察心得、數據、推論、日誌、短文。全都是細長的黑色小字，而且他們還發現到，這些資料都是以暗號記錄下來。

「一開始的時候，什麼都查不出來。恐懼讓大家噤聲，但我研究得越來越透徹，但我在報紙的匿名分類廣告找到了一點資料，還挖出了一兩條模糊線索，算是一份並不完整的零散犯罪紀錄。我做了地理位置篩選分析、統計迴歸分析、馬可夫鏈模組、事件時序分析，我整理結果，歸納出一些結論，不多，但還是有幾個。」

瑞秋問道：「有什麼結論？」

「我認為『鎖鏈』興起的時間點應該是介於二〇一二與二〇一四年之間，迴歸分析的中位數結果是在二〇一三年。當然，他們想要讓大家誤以為這是某個從來不曾被打敗的古老團體，已經存在了數十年之久，甚至有數百年的歷史，但我認為這是謊言。」

瑞秋也同意，「擁有古老起源，讓它看起來更加牢不可破。」

「的確，但我覺得它的歷史沒那麼悠久。」艾瑞克又喝了一小口酒。

瑞秋回道：「我也覺得沒有。」

彼得問道：「你還找出了什麼結論？」

「顯然『鎖鏈』的創始者一定相當聰明，有大學學歷，天才等級，飽覽群書，很可能年紀和我相仿，應該是白人男性。」

瑞秋緩緩搖頭，「我覺得不是。」

「我已經做過研究，這樣的掠食者，雖然表面上是隨機挑選受害者，但通常會對同一種族的對象下手，他年紀和我差不多，也許更老一點。」

瑞秋又搖頭，但這次不發一語。

「『鎖鏈』是一套可以靠自我存續的機制，它的目的是為了要自衛，以及為創始者賺錢，」艾瑞克繼續說道，「我想設計『鎖鏈』的人是四、五十歲的白人男性，可能是在二〇一〇年初期研究出這套對策，因應二〇〇九與二〇一〇年時的經濟衰退與銀行業危機，而這種手法可能是拉丁美洲綁架人質換人質的改良版。」

瑞秋喝了一小口健力士，「創始日期可能是被你說中了，但年齡與性別就錯了。」

艾瑞克與彼得嚇了一跳，兩人都盯著她。

「她想要裝老成，裝聰明，但其實真正的身分並非如此。當她在和我談哲學的時候，只是在虛張聲勢，」瑞秋繼續說道，「那並不是她的專長。」

「妳為什麼覺得歹徒是女人？」

「我沒辦法給你確切理由，但我知道我的判斷正確無誤，與我講話的那個人是使用變聲器的女子。」

艾瑞克搖頭，又在筆記本裡寫下一些字句。

他問道：「他們是不是透過王八機和 wickr 軟體與妳聯絡。」

「對。」

他露出微笑，「『鎖鏈』保護自身安全的方式非常高招，用王八機打匿名電話，匿名的比特幣帳號存在幾個禮拜之後就會消失不見，而且匿名加密軟體 wickr 的帳號是定期更換，雇用殺手執行血腥任務。非常聰明，幾乎是萬無一失。」

「幾乎？」

「某些部分的確是無懈可擊。就我個人看來，如果要以追溯的方式尋找『鎖鏈』的一切連結關係、藉以挖出源頭，絕對是不可能的任務。當然，這是因為在挑選受害者的時候有虛擬亂數的成分，妳可以和我一樣自由挑選目標，這樣的模式不斷延續下去。我知道想要靠這條路徑查出事件原點，終將失敗，因為我已經試過了。」

彼得問道：「所以我們要怎麼找到他們？」

艾瑞克拿起筆記本，翻了一下。「就我的研究看來，幾乎是找不到方法，我——」

彼得打斷他，「你該不是要告訴我，這場會面只是在浪費時間吧？」

「當然不是。他們的方法固然很好，但只要對象是人，就有可能犯錯。沒有人從事間諜活動的時候可以完美無瑕，我認為不可能？」

「『鎖鏈』曾經犯下了什麼錯誤？」

「也許他們變得有些志得意滿，懶惰，我們等著瞧吧。妳與他們最後一次互動的狀況呢？講給我聽。」

瑞秋正打算開口，但彼得卻搖頭。「其他事就不要告訴他了。」

瑞秋說道：「我們必須要信任彼此。」

「不，瑞秋，我們不能相信他。」

他沒意識到自己犯了錯，但瑞秋與艾瑞克卻已經知道了，艾瑞克拿了筆記本，應該是寫下了「瑞秋」的名字。

她心想，事到如今，也騎虎難下了。「不到一個月前的事，也就是十一月的第一個禮拜。」

「他們打電話給妳？」

「沒錯。」

「他們用的是wickr軟體？」

「對，這一點為什麼這麼重要？」

「wickr與比特幣帳號擁有全球商用加密最高等級的保護，需要超級電腦投入大量時間才能破解。而且，我也確定至少他們為了安全起見，在一開始的時候會定期更換wickr軟體的帳號，不過，即便如此，我想我已經找出了他們溝通方式的破綻。」

「什麼破綻？」

私人包廂的門開了，某名女服務生探頭進來。「你們要點餐了嗎？」她的口音帶有蘇格蘭腔調。

艾瑞克態度冷淡，「還沒。」

等到她關上門之後，他穿上外套。「她新來的，」他說道，「我不喜歡新人，走吧。」

54

波士頓公園的某張長椅，從港灣而來的呼嘯冷風直撲他們而來。他們坐在羅伯特・古爾德・蕭與五十四步兵團紀念浮雕像的對面，四周沒什麼人，只有幾個慢跑者、大學生、推娃娃車的人。

瑞秋望著他，靜靜等待，艾瑞克覺得安全無虞之後，繼續說道：「大家都認為虛擬亂數加密功能的基本架構可以防止資料外洩，但我並不這麼認為。而且，只要他們保密措施出現疏懶，對我這種人來說就更容易了。」

「我不明白……」她望著彼得，他也同樣完全摸不著頭緒，而且他還有電腦軟體背景。

艾瑞克說道：「他們使用兩種方法與我們聯繫，我相信這兩種方式都可以被破解。」

「要怎麼破解？」

「王八機其實並不像大家所想像的那麼安全。就算他們每一通撥出的電話都是在防電磁的『法拉第籠』裡面，而且使用不同的王八機，就算大家都認為這種方法絕對是無法追蹤……」艾瑞克臉上掛滿了笑。

彼得問道：「但你認為有辦法破解？」

艾瑞克的笑容變得更燦爛。

「這就是我去年的主要研究領域。」

「方法是？」

「理論上，可以利用某個能安裝在智慧型手機的軟體測量電流強度與天線模式，在對方來電時進行即時分析。」

彼得大感佩服，「你已經弄出來了？」

「我依據這個概念，還在不斷修補程式。」

「現在你可以追蹤王八機的發話源頭？」

「不行，但是那支手機的基地台——最接近的無線塔台——應該是可以找得到。」

彼得緊追不放，「你弄出來了？對不對？」

瑞秋也跟著哀求，「快告訴我們吧。」

艾瑞克等某名慢跑者過去之後，才繼續說道：「我一直在研發某套獵殺軟體，可以找出某通手機來電撥打位置的最近基地台。現在已經進入完工階段，就算是在『法拉第籠』裡用王八機撥出的電話也不成問題。只要能夠找出基地台，就可以縮小範圍到手機訊號的頻段，得出一個從基地台到手機位置的大約向量，也就是說，只有兩三百公尺的距離而已。」

瑞秋不太懂這些術語，「所以到底是什麼意思？」

艾瑞克回道：「應該是有辦法能夠靠著這條線索，進入這座迷宮的核心。」

「那wickr軟體呢？」瑞秋問道，「他們主要是利用這個方式來溝通。」

「技術相差不遠。我的獵殺演算法沒有辦法破解訊息的加密技術或是找出發話者，但可以找出最靠近手機發送地的基地台。當然，要是他們在紐約市的時代廣場與妳聯絡，我們就沒戲唱了，但要是他們是從私人住所發話或發訊，那我們就有機會逮到他們。」

彼得問道：「那你為什麼還沒有動手？」

「因為我最後一次跟他們聯絡已經是兩年半前了，他們早就扔了當時與我通話的王八機，而且wickr軟體的帳號也已經變更，線索都失效了。不過，妳呢……」他望著瑞秋。

「我怎樣？」

「要是我沒猜錯他們的防密習慣，他們應該還是用同一個軟體帳號與妳聯絡。」

「沒錯，他們在感恩節的時候發訊給我。」

艾瑞克大呼：「太好了！」

瑞秋問道：「要怎麼進行？」

「妳必須要出言挑釁或威脅，不然就是想辦法讓他們擔心不已，這樣他們就會主動與妳聯絡。他們可能會傳訊給妳，更好的就是直接拿某支王八機打電話給妳。要是我們操作這個軟體時間夠久的話，應該可以用三角定位法估算出他們與妳聯絡時所使用的手機基地台。」

彼得抗議：「要是他們在時代廣場呢？或者在開車時使用手機？我們激怒了他們，卻根本沒機會找到他們的下落。我們反而讓自己成為標靶，引來他們追殺！」

艾瑞克說道：「這個計畫有其風險。」

彼得說道：「是我們，風險都在我們身上，你是零風險。」

瑞秋問道：「所以我到底要做什麼？」

彼得立刻阻止她，「不行！瑞秋！我沒有答應——」

瑞秋很堅持，「我要做什麼？」

「妳必須要與我們那位『未知號碼』來電者以wickr進行對話，更理想的狀況是直接利用手機，趁妳在與他們聯絡的時候，我立刻開啟即時追蹤功能。」

「你所說的對話是什麼意思？」

「妳盡量拉長對話的時間。wickr的追蹤效果不是很精確，我還在改善這套軟體。但手機呢？要是能夠有個兩三分鐘的對話，那就太好了。」

「然後呢？」

「我透過獵殺演算法追蹤他，要是運氣不錯，就可以找到這通來電的基地台。」

彼得問道：「室內電話也可以追蹤嗎？」

「如果他笨到使用室內電話打給我們的話，我可以在兩秒之內把他揪出來。」

「我得讓他們覺得我是個麻煩人物，」瑞秋說道，「才能拖得久，我會把他們的注意力放在我和我家人身上。」

「對，」艾瑞克也同意，「還有，我必須要承認，這個應用軟體還沒有辦法發揮全部的功能，目前在測試階段。追蹤某通可能來自美國任何一個角落的電話，需要大量的電腦運算。」

瑞秋問道：「何不放棄全美國這麼大的範圍，只要鎖定某個區域就好？」

「這樣的話就簡單多了，」艾瑞克回道，「可是我沒有辦法。他們可以在任何地方撥打電話，甚至是國外，我——」

「她來自波士頓，而且『鎖鏈』的主要運作範圍在新英格蘭。距離我家不遠，他們一直在嚴密監控，所以要是我惹上了麻煩就死定了。」

「妳怎麼知道『她』來自波士頓？」艾瑞克問她，「我沒有聽出波士頓口音。」

「她刻意隱藏口音。她使用變聲器的時候十分小心，但語調很難百分百擺脫腔調，是吧？我早就懷疑這一點了。有次她和我通話，我刻意使了一招套她。我們講到了波士頓警察，我以波士頓人才懂的俚語講出了『違規迴轉』，她哈哈大笑，因為她聽得懂那個梗。我是搬來之後才聽過那種說法，也許現在許多不住在波士頓的人也明白它的意思，但直覺告訴我，她是波士頓人。」

艾瑞克點點頭，「這個訊息很有用。要是我能夠重新設定軟體，把搜尋範圍鎖定在新英格蘭區，那就快多了，數量級更有效率，北美有五億人口，幾十億支電話，但新英格蘭的人口只有一千萬。」

瑞秋說道：「所以你的軟體執行效率會增快五十倍。」

艾瑞克回她：「可能吧。」

彼得說道：「想要使出這一招，應該還有不需要害我們招引關注的其他方法。」

「我是想不出來。你們還可以與他們直接聯絡，固然是有風險，但也不能說這方法是莽撞。我們使用軟體，等到我們找出他們的位置之後，可以用匿名的方式向警方報案。也許我們可以再等個一個月左右，他們就不會把自己遭到逮捕與我們的那通電話聯想在一起。」

彼得開口：「我真的覺得這計畫十分不妥。」

「時間寶貴。過沒多久之後，他們會更換他們的wickr帳號，我們就再也沒有直接聯絡他們的管道。而且，最近那起闖入系辦的事件，更害我耽擱了進度。」艾瑞克拿紙寫下了某個電話號碼，「這是我的新王八機號碼，我需要妳盡快做出決定。」

瑞秋抄下號碼，凝望著他，還有他背後的戰爭紀念浮雕，某一行文字讓她為之一凜：「蕭上校騎乘著自己的泡泡，等待歡喜玉碎的一刻。」

她心想，我們都騎乘著自己的泡泡，也都在等待歡喜玉碎的那一刻。

她主動伸手，他也握了一下回禮。然後，她從長椅起身，開口說道：「我們會仔細考慮。」

55

艾瑞克回到他的麻省理工學院辦公室，心情舒暢。

經過了這一段令他元氣耗盡的漫長資訊乾旱期，機會終於來了。這次很有希望，局勢大好，而且的確有斬獲，這些畜牲馬上就要得到報應。

他曾經想過買下《紐約時報》的某個廣告版面、對「鎖鏈」直接下戰書，立刻撥打他的王八機號碼，不然就要把他們的惡行公諸於世。但他們絕對不會對那個廣告做出任何回應，而且，他們遲早會發現是誰刊登了廣告，屆時他與女兒的性命都會岌岌可危。

要對抗「鎖鏈」，瑞秋會感到緊張也實屬正常，但最好是她出馬，而不是他。他的心中浮現了這個念頭，不禁讓他充滿了罪惡感。

是我們在對抗他們，我們每一個人，還有瑞秋。能夠認識她是天賜的大禮。她也很聰明，提供了深刻的觀察心得。他早就該鎖定波士頓。他的大多數評量數據都在新英格蘭。至於他在科羅拉多州與新墨西哥州發現的線索應該都屬於例外。

對，這真的是一大突破。

他踏著近乎輕快的腳步，進入他那輛破爛的雪佛蘭馬里布轎車，從麻省理工學院的教職員專屬停車位開了出來。

他並沒有注意到那個透過汽車擋風玻璃、盯著他一舉一動的緊張女人，也沒有發現到她一路跟隨他回到了紐頓。

要是他休息個幾天，或是去度假什麼的，也許可以平安無事，並不會成為那份處決名單的第一號人選。

但很不幸的是，艾瑞克現在緝兇心切，完全不知道自己的一舉一動，更重要的是包括了他的Google搜尋過程，全部都被監控記錄，交給了「鎖鏈」處理。

56

湯姆、雪莉、奧利佛、瑪格麗特，還有小安東尼搭乘加勒比海遊輪，慶祝湯姆升為資深特勤幹員。

湯姆與波士頓分部的組織犯罪部門得到了媒體的大量關注。源於普洛維登斯——曾在波士頓張牙舞爪的帕德里艾加黑道家族，如今卻被抓耙仔、竊聽器，以及臥底行動搞得一敗塗地。冬山幫已經瓦解，而首領白毛巴爾杰也開始逃亡。湯姆的確是局裡的寶貝金童。當然，他有脾氣的問題，但誰沒有呢？他工作認真，這趟旅行是他應得的犒賞。

湯姆為全家人在靠近戶外長廊的甲板層訂了間標準套房。也不知道為什麼，小安東尼有自己的床鋪，而年紀比較大的瑪格麗特與奧利佛反而被迫擠同一張床。

其實，瑪格麗特與奧利佛並不在意，安東尼一直想要在他們面前擺出小霸王的姿態，他們也裝作沒看到。

遊輪停靠拿騷⑰，在黃昏煙火表演之後離開了。這趟遊輪之旅已經接近尾聲，接下來他們要前往邁阿密登岸，真是一趟精采旅程。

半夜的時候，安東尼發現有人伸手抓住他的手臂，是瑪格麗特。

「噓……」她低聲說道，「甲板那裡有很酷的東西，我想要讓你看一下。」

安東尼睡眼惺忪，「是什麼？」

「大驚喜，天大的秘密，但真的很酷。」

「到底是什麼？」

「我看你還是繼續睡覺好了，大男生才可以看，奧利佛現在已經在那裡了。」

「是鯨魚嗎？」

「跟我來，我讓你好好見識一下。」

瑪格麗特把安東尼帶到船尾，奧利佛果然在那裡等著他們。

「就在那裡，」奧利佛指向那一片黑暗空間，「我把你抱起來，讓你看個仔細。」

「不要，我——」但已經太遲了。

瑪格麗特與奧利佛密謀了好幾個月。他們早已確定這是一艘舊式遊輪，並沒有監視攝影機設備。而且他們早已埋好伏筆，提前編造了好幾次安東尼的滑稽夢遊冒險故事。

他們把安東尼抬到護欄上方，然後把他推入尾波水沫之中。

⑰ Nassau，巴哈馬首都。

57

又到了紐伯里波特把女兒交給爸爸的親子日。女友還是同一個，金髮小美女。瑞秋決定這次一定要專心一點，至少趁凱莉去拿她那杯複雜點單的星巴克咖啡的時候，問到對方的名字。

馬提向那女孩介紹：「瑞秋現在是大學老師。」

金髮小美女讚道：「哇，好厲害。」

瑞秋充滿歉意，「真的是非常不好意思，可以再請教您的名字嗎？我知道您已經告訴我兩三次了，但我一直心神恍惚，您應該也不難猜到我狀況不好。」

馬提看起來很焦心，不是生氣，而是十分擔憂瑞秋的心理健康狀況。化療很可能會對人造成各種層次的嚴重傷害。馬提柔聲回道：「金潔兒。」

瑞秋繼續問道：「您在哪高就？」

馬提再次替她發言，「說出來妳可能不信，金潔兒在聯邦單位工作。」

彼得與瑞秋互看一眼，目瞪口呆，點點頭。顯然這是他們第一次透露這消息，因為彼得和瑞秋一樣驚訝。凱莉也沒有說起這事，但這倒不需要太驚訝，現在她已經有了根深蒂固的概念，絕對不能碰任何的執法機構。

瑞秋問道：「聯邦調查局？」

「的確是聯邦調查局。」金潔兒刻意裝出充滿磁性的低沉聲音，宛若在為電影預告配音一樣。

「但她不只是幹員而已，她也在波士頓大學念犯罪心理學博士，這小女生忙死了。」

「我又不是自願的，算是調查局逼我去念學位。」金潔兒假意自謙，流露出一口迷人的波士頓腔。

「博士學位？不可能吧，妳這麼年輕——」瑞秋在想這女人搞不好是什麼《天才小醫生》之類的奇葩。

馬提開口：「她三十了。」瑞秋聽不出他的語氣是歉然還是得意。

和他年紀差不多的女人？成熟又前途一片看好？她心想，馬提的意思鐵定是得意洋洋。

「妳看起來只有十八歲而已，」瑞秋脫口而出，「妳一定是……」她不知道該怎麼說下去才好。

馬提幫她接話，「每天晚上都拿處女之血洗澡吧？」

「我可沒那麼說。」不過，瑞秋的小小抗議卻被金潔兒的大笑所掩蓋，她覺得馬提很搞笑。

金潔兒說道：「我只是很注意健康肌膚的保健之道而已。」

「你們到底是在哪裡擦出愛的火花？」彼得現在對她的興趣也變得比較濃厚。

馬提回他：「我們在公園慢跑的時候，差點撞到彼此。」

「他以前也幹過這種事，」彼得說道，「老弟，這等於是攻擊。總有一天你這招會失效，害你一頭栽進監獄裡。」

這段話也引得金潔兒哈哈大笑。

她覺得這對兄弟有趣極了。

瑞秋心想，她美麗年輕，又充滿了幽默感，聰明，要是她出身富有家庭，那麼馬提一定會被拴得牢牢的了。她開口問道：「金潔兒，所以妳是本地人嘍？」

「哦天哪我的口音有那麼重嗎？」

「沒有，我不是這意思。我只是很好奇妳念哪一所中學，搞不好你們是校友，我不是這裡的人。」

馬提搖頭，「沒有，她念的是印斯茅斯中學。」瑞秋從來沒聽過這所學校。

馬提繼續解釋：「在雷德涅克維爾。」

「我一直覺得自己是真正的鄉下小孩，」金潔兒解釋，「幸好脫身了。」

瑞秋心想，對啦對啦，鄉下小孩才不會在波士頓大學念博士學位。不過，天，她真是能言善道。拜託，虧妳自己是哈佛畢業生，而且還拿了部分獎學金。

瑞秋迅速瞄了彼得一眼，又繼續問道：「所以妳在聯邦調查局的工作是？」

彼得問道：「是做罪犯側繪嗎？」

金潔兒哈哈大笑，「你看得出來是嗎？我做側繪好多年了，但聯邦調查局展現它難以言喻的智慧，把我塞在白領犯罪部門。」

瑞秋問道：「工作有趣嗎？」

他們開始聊邪惡的銀行家，馬提暫時閉嘴，但隨後又問起凱莉的學業，瑞秋搖頭。「她最近壓力超大。」

「妳有沒有看到她老師發的那些電郵？」

「有，」瑞秋回道，「我覺得不該在這裡討論，呃，你知道我的意思。」

「當然，妳說得沒錯，」馬提說道，「不過，嗯，要是凱莉有什麼困擾，金潔兒經常與心理學家與心理治療師一起共事。」

瑞秋回道：「我們已經找過心理治療師了，狀況很複雜。」

「我認識一些非常優秀的心理工作者，」金潔兒好心幫忙，「有的是同事，有的是民間專家。」

彼得開口：「到此為止，她回來了。」

雖然他們憂心忡忡，但凱莉卻是一臉笑容。她買了一杯星巴克的特調飲品，上頭還有一坨鮮奶油與巧克力。

馬提說道：「我們該走了。」

凱莉撒嬌，「真的嗎？難道不能大家一起坐一會兒嗎？」

他們坐在窗邊聊天，外頭似乎馬上要降雪，馬提覺得新英格蘭的聖誕節氣氛比其他地方濃厚多了。

金潔兒也跟著附和，她說自己小時候曾經被迫住在南加州一段時間，那裡的聖誕節假到不行。

「對於那些住在美國其他地方度過十二月的可憐民眾，我感到很惋惜，你們需要一棵大聖誕樹、冷颼颼的天氣、史努比在結凍的池塘上滑冰……」

瑞秋微笑，也努力想要加入聊天陣容，但彼得看得出她累了，直接把她載回家。

那晚她吃不下任何東西。

睡不著。

她握著一杯冷茶，坐在床上。

那個想法又開始折磨著她：盼望凱莉與我待在家裡，我真是自私。要是她能與馬提和金潔兒在一起的話，一定會更安全更幸福，他們更像是完美的一對父母。

要是一年前她不要力抗癌症，就不會出這些事了；如果當初她死掉，大家的日子都會過得更好。

58

它們依然不肯罷休。雪地裡的男人，惡夢，恐懼，尿床，胃痙攣。凱莉一天比一天虛弱。她佯裝堅強，但瑞秋看得出來那都是裝的，她知道。而且她自己的身體也越來越差，元氣日漸銷蝕。癌症療程拖得越久，康復之路就會更加漫長。

現在，他們必須要反擊了。

彼得大力反對這項計畫。他也有他自己的心魔。痛苦再次上身，那股難耐的飢渴，他也淪陷了。

凱莉的惡夢，瑞秋的惡夢。凱莉躲在廁所門後哭泣，彼得悄悄躲進自己的道奇公羊貨車裡獨處喘息。瑞秋的頭髮以一撮接著一撮的速度狂落，凱莉再也不肯在外頭過夜，因為她不希望被別人發現她的秘密。他們都服用了《愛麗絲夢遊仙境》中的「喝下我」藥水，每個人都有散開的紅線球，而且全都墜入了鏡屋。

瑞秋與彼得坐在寒冽的後院平台區，大西洋的碎浪，如鐮刀的弦月，清冷的冬夜群星。

彼得正在等她做出決定。

她喝光了威士忌，雙手緊緊環抱自己。

她說道：「這是我們的義務。」

彼得搖頭，「我們沒有義務去承擔任何責任。」

「艾瑞克——」

「他可以自己來，他可以擔下風險。」

「要是少了我們，少了我，他也無法執行這項任務，你也很清楚這一點。」

彼得說道：「我們已經脫身了。千鈞一髮，算我們運氣好，這東西差點害我們全部喪命。」

她望著他，這不像是在海外征戰五次的海軍陸戰隊軍官會說出的話。懷疑害他喪失了行動力，或者，可能是因為他擔心會失去什麼——現在有了家人——他必須要更加小心。不過，他並不明白，要是他們什麼都不做的話，終究會失去家人。

「彼得，它不是東西。『鎖鏈』不是神話，也不會永存不朽。它是人，由人所組成的惡勢力，它就和我們一樣會出錯，脆弱不堪。我們得要找到幕後的核心主使者，予以摧毀。」

彼得思索了許久之後，點點頭。

他悄聲回道：「好吧。」

瑞秋撥打電話，「我們加入你的行列。」

「什麼時候？」

「等到我女兒不在家，確保她安全無虞的時候。」

「好，什麼時候？必須要在他們變更通訊協定之前展開行動。」

馬提和他女友應該可以在週五晚上帶走凱莉。

「星期六。」

「當天早上我會在十點鐘打電話給妳。妳必須要挑釁他們，讓他們回撥電話給妳。」

「我知道。」

「接下來會很危險。」

「我知道。」

「週六到來之前，隨時可能會爆發危機。」

59

馬提笑得開心，「我當然很樂意帶凱莉啊，其實，這樣的安排真是太完美了。金潔兒提議我們可以在這週末去看她祖父，我會帶小凱莉過去。」

瑞秋的心突然揪了一下，「哇，你們已經進展到那個階段了？拜見父母？」她努力擺出開玩笑的輕鬆姿態，但其實她覺得一點也不好玩。馬提絕對不會娶塔咪那樣的女人，但聰明絕頂的聯邦調查局年輕女幹員，而且還有機會為他生下他一直渴望的兩個兒子……

「不是那樣，我又不是要跟她攜手步入結婚禮堂。而且那是她祖父，也不是她爸爸，不是正式拜會，就只是見面打個招呼，她哥哥也會去。但我希望凱莉可以陪我過去，當然很歡迎妳來，彼得也是。」

「聽起來好棒，但我只想輕鬆度週末。」

「有這個好心情，何不好好開心一下？去做個水療，把帳單寄給我就是了。」

「我可能真的會去。你知道嗎，你這個人當前夫還不賴。」

「妳這是明褒暗貶嘛。」

瑞秋向他道別，上樓把這消息告訴了凱莉。

「媽媽，妳在耍白痴耶。我們這個週末得要負責照顧史都華，因為他爸媽準備要去亞利桑那州參加他同父異母姊妹的婚禮。」

「啊靠，對哦。」

瑞秋又打電話給馬提，「抱歉，沒辦法了，我真蠢，我應該要照顧史都華，他母親要去鳳凰城。」

「那個臉上都是雀斑的怪小孩？他可以一起來啊，金潔兒也不會介意。」

「你得要問史都華的母親，我覺得她應該是不會答應。她不是很信任我，因為這層連帶關係，自然也不會信任你。」

「我會依妳的思考方式逆向操作，她一定會認為我是妳生活中的定心丸。把她的電話號碼傳訊給我，我來打電話給她。」

瑞秋把號碼傳給馬提，當然，馬提向史都華的母親施展魅力，這個週末屬於她的了。

要是換作其他的化療病人，一定是趁空放鬆心情，休養身體。

但瑞秋要直搗禽獸的巢穴。

她下樓去找彼得。

她想要讓自己安心，「我覺得這樣的計畫很合理吧？如果我們靠艾瑞克的應用程式找到了他們，他們也沒辦法追蹤我們或做出其他舉動，你說是不是？」

「我覺得妳只要不激怒過頭的話，我們應該就沒事。我們是在二〇一八年這個時候做電話追蹤，他們根本不知道我們在找他們。其實我很懷疑我們是否有機會能夠挖出他們躲藏的地點，但要是可以的話，就交給當局處理，打通匿名電話通報聯邦調查局，應該一切就沒有問題了。」

「所以我們就安全了？」瑞秋繼續追問，她更關心的其實是凱莉的安危，而不是她自己。

彼得點頭。

「好。」瑞秋輕拍木頭桌面，希望這一招能發揮魔力，避禍解厄。

60

一九九〇年代末期，位於麻州沃特敦的某間屋宅，又是典型史蒂芬·史匹柏式的郊區風情，到處都有小孩在玩投籃、騎腳踏車、玩街頭曲棍球，還有閒聊、跳繩以及大笑的聲響……

不過，夏日街十四號卻充滿哀傷，完全沒有歡樂。

公主遊輪從拿騷離開出事之後，已經過了六個月了，但雪莉依然走不出陰霾，但又有誰能夠揮別那樣的傷痛？

她去看了心理醫生，而且也服用好幾種不同的抗憂鬱藥物，但完全沒用。

唯一有用的是麻痺自我。

等到湯姆與那對雙胞胎一離家，她就會為自己弄一杯伏特加通寧，但幾乎大部分都是伏特加。她打開電視，吞下利福全與贊安諾，陷入昏睡。

晨光緩緩流逝。

到了十一點三十分，郵差就會到來。當她還是小女孩的時候，郵差一天會投遞兩次，現在，每天只會在十一點三十分現身。

她知道郵差會送來什麼東西。

一些帳單，還有許多垃圾郵件，以及不斷出現的那種信。

她閉上雙眼，等到她睜開眼睛的時候，太陽已經到了天空的另一頭，她立起了信箱的小紅旗標誌。

她沒理會垃圾郵件與帳單，直接打開了指名給她的那封信，開口稱呼她為「親愛的妓女」。信件的其他部分則是罵她「賤貨」、「應該要為兒子之死負責」的「恐怖母親」。這樣的信件，她已經收到十三封了，內容都是用黑色原子筆激動寫下的大寫字體。

她把那一封與其他的信全收入某個鞋盒，放在毛巾床單的衣櫃裡面。

她又為自己弄了杯伏特加通寧。她找到了雞尾酒的裝飾小雨傘，讓它在杯中漂浮，上樓，進入浴室。

她在看《我們的日子》影集。

她坐在浴室的地板上，打開一罐耐波他⑱。她塞了一顆入口，喝酒，然後又吞了一顆藥，再次配酒。

她吞下一整瓶藥，倒在浴室地板。

四點鐘到了，瑪格麗特與奧利佛回家。

他們兩個很乖，一直是自己走路回家。

奧利佛打開電視，瑪格麗特上樓看書，她的閱讀能力頗佳，已經是超越同級生兩年的程度。她正在看娥蘇拉．勒瑰恩的《地海古墓》，相當緊張刺激，但她還是得去上廁所，就在這個時候，她發現雪莉倒在那裡。

她口吐白沫，瞳孔放大，但依然還有呼吸。瑪格麗特把奧利佛叫到樓上，這兩個小孩盯著雪莉。

瑪格麗特說道：「那些信……」

奧利佛也同意，「對，那些信。」

他們盯著她好一會兒，她的臉色宛若湯姆書房的壁紙，某種淡黃。

湯姆一直到晚上七點三十分才到家。兩個小孩坐在電視機前面、吃著微波爐加熱的冷凍披薩。

他開口問道：「你們的媽媽在哪裡？」

「她一定是出去了，」瑪格麗特說道，「我們回來的時候沒看到她人。」

「可是她的車還停在馬路對面。」

「哦？真的嗎？」瑪格麗特隨口應了一句，又繼續看電視。

「雪莉！」湯姆對著樓上大喊，但沒有回應。他進入廚房，從冰箱裡拿了一罐山姆．亞當斯啤酒，又咬了一口披薩。

等到他吃喝完畢、終於上樓的時候，已經太遲了。耐波他已經引發她肝壞死，呼吸系統也停止運作。

他跪倒在地，握住妻子冰冷的手。

他開始大哭。

他不解大吼：「我到底是做了什麼？必須要承受這種苦果？」

然後，他想起來了一切。

---

⑱ Nembutal，一種中樞神經抑制劑，作為安眠藥或鎮靜劑使用。

61

艾瑞克一整晚都在搞這個東西，他已經灌了五杯咖啡了。他的保護機制宛若俄羅斯娃娃一樣，一共使用了六層的匿名與假身分。他已經消除了所有的數位足跡，用一台全新的麥金塔電腦在工作，而且假造的網路位址在遙遠的澳洲墨爾本。他深入迷宮，但十分安全，至少他自認如此。

對於自己的研究結果，他感到很滿意，所有的街區位置都已經就定位。

其實老早就準備好了。

卡羅需—庫恩—塔克條件[19]已經達到了最優化，只要知道該去哪裡尋找、如何尋找，就能得到所有的資訊。一切的線索、分類廣告，以及每個人自曝的細節。只要有新的成員加入「鎖鏈」，所增添的不穩定性就會以等比級數往上跳。其實它瀕臨瓦解邊緣已經有好一段時間之久，現在只需要找出方法控制數據，讓它具體現形。

他啜飲咖啡，閱讀瑪莉亞．舒德、伊力亞．辛納伊斯基，以及法朗西斯科．貝托魯丘內所撰寫的有趣論文，以線性迴歸進行量子電腦的預測，他們的演算法非常引人入勝。

亞馬遜的智慧語音助理正在播放〈肉體塗鴉〉，這已經是今晚的第三輪了，他換了歌，改聽〈蹂躪腳下〉，現在正播放前奏的重複段落。

不過，他知道這現在只會讓他分心，這是必須等到日後分析的文獻。

他望著全家福照片中的自己，這是他與妻女在紐約現代藝術博物館門口的合影，那是他妻子最鍾愛的地方。妻女都笑得開懷，但他看起來卻一臉痛苦。

他搖頭，忍住眼淚，望著螢幕上的文字，他必須整理濃縮自己的「鎖鏈」筆記本。目前狀況良好。雖然這個應用軟體還沒有經過完全測試，但應該是可行，就算只有瑞秋一個人執行也不成問題。

他重新調整螢幕上的重點順序，現在他已經得到了好幾項推論，應該是八九不離十：

第一，至少有兩個人。兩種截然不同的犯罪特徵與模式。應該是一家人，也許是兄弟姊妹？

第二，活動基地在波士頓。

第三，非黑道組織犯罪。

第四，具有某種執法機關背景。

〈蹂躪腳下〉播完了，現在登場的是〈喀什米爾〉。

那女人已經盯著他九十秒之久，她的心跳已經飆高到頂點。

她接收的指令很清楚：殺死艾瑞克，拿到「鎖鏈」筆記本。

她知道「鎖鏈」為什麼要找她。因為她先前曾經有兩次因為闖空門而留下的起訴紀錄。他們以為她算是專家，其實不然，那只是年少時代的荒誕行為罷了。現在，她是受人敬重的五年級老師，她運氣很好。因為艾瑞克家後門的鎖十分老舊，根本不需要動用什麼技巧。

⑲ Karush-Kuhn-Tucker Conditions，簡稱KKT條件，指在滿足一些有規則條件下，一個非線性規劃問題能有最優他解法的必要條件。

她運氣好。

艾瑞克運氣很背。

她也曾經殺生過。有條狗從鱈魚角的路旁衝出來，她必須拿雪鏟為牠安樂死。

也許她現在也等於在為艾瑞克執行安樂死。

畢竟他妻子死了，女兒住在精神病院。

她心一橫，「就是這樣。」將槍口對準了他的背脊。

62

彼得的鬧鐘在五點鐘響起，他不想吵醒瑞秋，趕緊按掉，然後又迅速下床。

他的皮膚、雙眼，還有體內的器官都在渴望那種解藥。截至目前為止，已經整整一天了，截至目前為止，最長的一次戒斷。在這項計畫中，有些人向他推薦了某個名叫延展的技巧，他正在努力嘗試。盡量把兩劑之間的時間延展到一整天，接下來是一天半，兩天。他看了一下時鐘，二十五小時又五分鐘，達標，而且相當接近自己的最高紀錄，感覺也還可以，至少目前是如此。

他煮了咖啡，做了幾下伏地挺身，進入廁所，鎖門。要是他現在燒煮的量只有平常的一半會怎麼樣？這樣也能讓他戒癮嗎？行得通嗎？一半太扯了，也許三分之二剛剛好。

他取用了平常三分之二的劑量，在湯匙上燒煮，用針管吸入，加入正常的藥物，注入體內。

他躺在沙發上，美好的夢境約持續了一個小時之久。

他又再次醒來。

其實可以再減一點量，感覺很舒暢。

他又煮了一點咖啡，洗澡，準備鬆餅糊。他想到了槍，又檢查了第三次，想確定是否還鎖在自己的貨卡裡面，都在。他逐一檢視獵槍、點四五手槍、瑞秋的霰彈槍，以及九毫米手槍。

昨天他已經帶著這四把槍去了靶場，認真練習了一段時間。他先前待在海軍陸戰隊的時候雖然是工程官，但只要待在這個單位，無論職務為何，一定是步兵角色為第一優先。

瑞秋也醒來了。

其實她沒有睡。

半夜的時候大吐特吐。

她上次化療已經是十一天前的事了，但這種狀況還是經常出現，或者，可能只是因為恐懼吧。

自稱為忒修斯的男孩，將要在十點整打電話給自稱為阿莉亞德妮的女孩。

她走出臥室，坐在客廳小桌前面。

彼得親吻了一下她的頭頂。

「妳沒睡覺啊？」

「有睡。最後又作了一個夢。」

彼得不需要繼續追問下去。

另一場惡夢。

凱莉終於在八點鐘醒來，史都華也準時在八點半現身。

彼得問道：「有沒有人想要吃鬆餅？」

他才剛把鬆餅糊倒入煎鍋，馬提已經開著他那輛白色賓士豪華轎車、載著金潔兒，一起出現在門口。

彼得關掉爐火，他與瑞秋、凱莉一起到外頭迎接他們。

馬提開口：「哎呀怎麼會巧遇『莉莉、羅絲瑪麗，還有紅心傑克』[20]？」說完之後，他拍了拍彼得的背，親吻了瑞秋與凱莉。

「怎麼會……」但他想不出該怎麼回應是好。顯然他們家插科打諢的基因全給了馬提。

瑞秋心想，他們真是一對璧人。金潔兒頭髮留長了不少，洗掉了原有的染劑，所以現在的髮色是更適合她的美麗紅銅色，而馬提綠色眼眸的色澤似乎也變得更加澄亮。

瑞秋開口：「彼得在弄鬆餅，我在煎培根。」

大家坐在客廳小桌吃早餐。

馬提開口問道：「大哥，鬆餅真好吃，是鬆餅粉做的嗎？」

彼得搖頭，「我跟美食記者馬克．比德曼的觀點一致，鬆餅粉是敗壞文明的象徵。」

「我過的就是這樣的童年，」馬提開始對金潔兒與凱莉講述過往，「只不過是天真無辜問個問題而已，然後就被海削一頓，提醒我全世界其實都有問題。」

彼得吐槽，「別聽他騙人，他是被家裡寵壞的小屁孩。」

瑞秋很好奇，「金潔兒，妳的童年呢？」

她回道：「哇，瘋癲歲月，我也是一肚子牢騷。住在嬉皮公社的歲月，我根本就想不起來了，之後我們四處搬遷，最後才回到波士頓。」

瑞秋繼續追問：「所以妳才想去聯邦調查局工作？是為了追求穩定嗎？」

「其實不是。我爸是幹員，祖父是波士頓警察，我覺得這算是我們的家族事業。」

早餐結束之後，瑞秋偷偷問馬提：「把兩個小孩丟給你，真的沒問題嗎？」

---

⑳巴布．狄倫的某首歌。

「我和金潔兒討論過了，她很樂意帶凱莉與她的小朋友去她祖父家。那是一棟位於因河旁的大型老屋，很好玩，小孩一定會玩瘋，愛得要死。」

「麻州那一區有許多老房子都建在河漫灘，很危險，一定要注意好嗎？」

「別擔心，那棟房子很漂亮——他們花了許多錢整修。」

瑞秋回他：「所以金潔兒家裡很有錢嘍？你真走運。」

「對，一定是長輩的財力，當聯邦調查局幹員賺不了那麼多錢。」

瑞秋開玩笑，「要是貪污就另當別論了。」

「小瑞，拜託，妳看看她那樣子，根本可以當執法部門影集的演員。」

大家吃完鬆餅之後，小孩打包，彼得與瑞秋陪伴他們一行人走到了停車處，瑞秋開口：「麻煩照顧小朋友了。」

金潔兒抱了她一下，「別擔心，他們跟我們在一起很安全的。」

瑞秋心想，一定是家裡有錢，看看金潔兒的包包，雖然很小，但卻是漂亮的愛馬仕柏金包。

大家又是一陣親親抱抱，然後，他們離開了。

彼得一進到屋內，就立刻把新英格蘭的地圖放在桌上。

他開口說道：「就在這裡的某個地方。」

她回道：「現在我們就等艾瑞克的電話吧，我馬上檢查我們放在她鞋子裡的衛星定位追蹤器是否正常。」

她開了手機，對，凱莉正一路南下。

他們查了一下天氣，細雨，也許會出現陣雪。

搞不好天候會更惡劣。

他們等待艾瑞克的來電。

十點鐘到了，也過了。

十點十五分。

十點三十分。

十一點。

出事了。

彼得問道：「我們現在該怎麼辦？」

「我看我們就繼續等吧。」瑞秋雖然這麼說，但她知道狀況不妙。

彼得也很清楚，那是一種在警報系統大作、遭到火力全攻之前的那一分鐘，心中籠罩的不祥預感。

十一點十五分。

十一點三十分。

大西洋起了濃密海霧，以同感謬誤的角度看來，充滿惡兆的天氣。

到了十一點四十五分的時候，瑞秋的王八機出現簡訊。

如果妳收到這封簡訊，那就表示我很可能身陷危險或是已經死了。死掉的機率比較大。等一下我會寄給妳一個連結，妳可以用匿名的方式下載那個追蹤手機通話與簡訊的獵殺軟體。妳要記得：直接通訊的時間拖得越久，就更有機會發現對方的身分。這套軟體靠的是等比級數式的演算法——所以妳如果要使用它的話，要想辦法盡量拖長他們講話的時間。我沒有辦法讓這套軟體破解wickr或是kik之類的加密軟體，要是他們選擇用那種方式與妳溝通，那麼它的功能就無法正常發揮。如果我還活著的話，也許可以生出二點〇版本，祝妳好運。

第二封簡訊是可供下載艾瑞克軟體的某個網址。

她把簡訊拿給彼得看，打開電視新聞頻道。

過了四十五分鐘之後，終於等到了WBZ波士頓的新聞時段。

「今天早上，某名麻省理工學院的教授在波士頓遭人殺害，艾瑞克．隆若特在位於劍橋的自宅裡中了三槍……」

後續報導又提到現場沒有目擊證人，警方目前研判這是歹徒行搶時發生的意外，因為屋內顯然已經被仔細搜刮，還有諸多物品遭竊。

瑞秋說道：「他在酒吧裡的時候，曾經在筆記本裡寫下我的名字。」

63

在雪莉過世的幾個禮拜之後，湯姆向那兩個小孩保證他們會開始過新生活，而且接下來的日子一定會很幸福。他已經洗心革面，準備預訂迪士尼之旅的行程，也會減少工作量，他要讓他們成為他生活的重心。

改過自新好男人演出逼真把戲，大約持續了十天左右，後來他工作不順心，回家之前一定先進酒吧。

那家酒吧成了他從聯邦調查局開車回家時的補飲站。

某天晚上，他在酒吧遇到了某人，當天根本沒回家。

奧利佛與瑪格麗特一點也不在意。

他們是自動自發的好學生。奧利佛大部分的時間都在研究家用電腦，瑪格麗特依然沉浸在書香世界，偵探小說和羅曼史是她的最愛，她也在寫東西，都是匿名信。

她在學校裡喜歡的某個男孩，邀請另外一個女孩去參加學校舞會。

那女孩收到了一封信，嚇得她根本不敢去舞會。

給她不及格分數的那個老師，也收到了一封威脅要將他秘密曝光的信。其實這是她在馬克·吐溫書中學到的老招，不過，那名老師第二天到校的時候，臉色慘白如鬼。

瑪格麗特還有另外一項秘密計畫，她花了許多時間模仿精研父親的手寫字跡。

雪莉過世一周年的那個晚上，湯姆回家時已經接近午夜，喝得爛醉。

他們聽到他在樓下因為某件事正在發飆。

他們躲在自己的臥室裡，全身發抖，等待湯姆怒氣沖沖上樓。

不需要等太久。

砰，砰，砰，砰。

臥室的房門被踢開了。

「肉捲呢？」居然是這麼愚蠢的問題，害瑪格麗特差點笑出來。

湯姆打開燈，笑聲頓時消逝，他抽出自己的皮帶。

湯姆先前要求瑪格麗特要留肉捲給他，但她和奧利佛把它當晚餐吃掉了，冰箱裡沒有其他東西。

「妳這個笨蛋小兔崽子，到底有沒有長耳朵啊？」湯姆狠狠把她拖下床，害她肩膀脫臼。

他拿起那條厚皮帶、甩了她兩次耳光，然後叫她不可以再哭了，因為他從頭到尾幾乎都沒碰她。

瑪格麗特痛了一整晚，終於，學校護士在第二天把她送進醫院。湯姆自責又懊悔不已，他不再喝酒，開始去教會，參加「守約者」宗教組織。

瑪格麗特與奧利佛伺機而動。

教會時光並沒有持續太久。

過了兩個月之後，他又故態復萌，繼續酗酒。

某天晚上，湯姆喝得爛醉，倒在沙發上，瑪格麗特趁機取出他肩套裡的手槍。她與奧利佛輕輕打開湯姆的嘴巴，把左輪手槍的槍管夾在他雙唇之間，扣下扳機。他們擦去了自己留在手槍上面的指紋，把槍放入湯姆的右手。

然後，他們把事先寫好的遺書放在咖啡桌上面，努力擠出假惺惺的眼淚，撥打九一一。

這兩個小孩先是被交付社福機構，然後又被扔到他們祖父那邊，他住在位於麻州因河旁的沼澤地帶，某間蚊蠅叢生的破爛屋子裡。

他們的祖父，丹尼爾，是波士頓的退休警官。

他們與他見面次數並不多，但他當然記得他們，記得他們在紐約上州某個嬉皮公社裡興高采烈又活蹦亂跳的模樣。

自從那起事件之後，丹尼爾從此很少進市區。他靠漁獵與設陷阱為生，家中有許多的動物頭顱展示品。

他肩上揹了一把破舊的霰彈槍，與社福部的那名女子見面，瑪格麗特與奧利佛立刻擁抱祖父。

那名女社工鬆了一口氣，這兩個小孩認識這老人，而且看起來很喜歡他。

丹尼爾開口解釋：「他們的繼母不是很喜歡我，也可能是討厭我住的這個地方，但我見過這兩個小孩好幾次。」

等到社工離開之後，丹尼爾把他們帶到廚房，給了他們一人一罐百威啤酒，他們一臉緊張不安，收了下來。有隻被宰殺的死豬倒掛在大型廚房水槽的上方，白色肉皮已經發黑，四周聚滿了蒼蠅。

丹尼爾教導他們要怎麼開啤酒罐，其實就跟可樂一樣。他告訴小孩，他們可以喊他「紅仔」或是爺爺。他問他們以後想要做什麼？奧利佛說，他想要賺大錢，也許可以進入科技業，瑪格麗特說，她想要效法爸爸，當聯邦調查局的幹員。

丹尼爾想了一會兒，「那我們就等著看吧，」他說道，「目前的第一要務，就是要改名字。」

他看著那男孩，「以後我們就叫你歐力，你說好不好？」

歐力回道：「祖父，沒問題。」

他又端詳那女孩，「至於妳呢，可就十分簡單了。看看妳的頭髮，我們就叫妳金潔兒[21]。」

[21] Ginger意即紅髮。

64

惡魔在那裡，透過濃霧窗面，已經可以看到它出沒的身影。

它殺死了艾瑞克，等到它在筆記本裡找到了「瑞秋」的名字，它也會殺了她。除了她之外，還有凱莉、彼得、馬提，以及金潔兒，與她有關係的每一個人。

現在已經別無選擇，選擇一直都只是幻象。

現在只有一條路。

她的手在顫抖。

彼得望著她，期盼她做出決定。

她知道自己接下來該怎麼辦。

首先，她會打電話給馬提，確定凱莉安全無恙。凱莉跟平常一樣，沒接電話，但從衛星定位追蹤器可以看出他們正在柯普里廣場的購物中心。

馬提倒是立刻接起電話，「嗯，她很好，我們剛到購物中心。」

「看得見她嗎？」

「是啊，當然，她和史都華在逛愛迪達。」

「然後你們等一下要前往金潔兒爸爸的房子？」

「是祖父的房子。瑞秋，怎麼了？我聽得出來不對勁。」

「我只是想要確定凱莉很安全。」

「她很安全。金潔兒是貨真價實的聯邦調查局幹員，而且她祖父以前是波士頓警察，還有什麼保障會比這更安全的嗎？我實在想不出來了。」

「很好，馬提，一定要確保她平安無事好嗎？」

「我會的。親愛的，妳也要照顧自己，拜託好好輕鬆度週末，妳需要恢復元氣，知道嗎？」

「我會的。」

他們道別，掛了電話。

「現在要怎麼辦？」彼得問道，「找警察？」

瑞秋把頭髮往後一攏、綁了馬尾。「凱莉現在很安全，但他們很快就會找上我們，我們得離開這裡。」

彼得問道：「現在的計畫呢？」

「我們先下載應用程式，看看能不能派上用場。要是可以找到他們的話，我們確定他們的位置之後就報警。」

「要是沒辦法呢？」

「我們打電話給金潔兒，把一切都告訴她，請她把凱莉送入保護拘留所，然後，我看我們就自首吧。」

彼得望著她，「妳覺得我們有多少時間？」

「我不知道，也許應該有好幾個小時？趕快動手吧。」

她開了艾瑞克的應用程式，下載得很順暢，不過，當她正準備要打開的時候，手機卻出現了閃動的訊息：

要啟動程式，必須要輸入此一序列的下一個號碼：八、九、十、十五、十六、二十……要是輸錯號碼的話，您的手機會被鎖碼，與您帳號相關的一切裝置亦然，必須要過二十四小時之後才能正常使用。

瑞秋把那封訊息拿給彼得看。

彼得嘀咕：「這就是科技的厲害之處，我們需要輸入完全正確無誤的號碼，不然我們就完蛋了。」

「這組數列的模式是什麼？看得出來嗎？」

他搖搖頭，「不是質數，也不是前面數字的總和，我從來沒看過這樣的數列。」

「我們只有一次機會，要是搞砸的話，就得等到明天。」

「明天就太晚了。」

瑞秋大聲唸出來：「八、九、十、十五、十六、二十。」

「我拿我的電腦查一下Google。」不過，當他在Google輸入「八、九、十、十五、十六、二十」這幾個數字之後，只查到教導小孩如何算術的網路影片而已。

瑞秋閉上雙眼，凝神思考。這數列是什麼？她以前曾經看過。

「彼得，已經到了這個階段，額外的安全措施也就沒有意義了，對嗎？」她說道，「我的意思是，艾瑞克知道唯一會下載這軟體的人只有我，對嗎？」

彼得同意，「沒錯。」

「另一個可能是『鎖鏈』，要是『鎖鏈』取得他的筆記本，一定會開始解碼。所以他會在這裡設下什麼數字，拖慢他們的破解速度，但是卻能夠讓我立刻暢行無阻立刻登入？」

彼得回她：「我不知道。」

瑞秋把手機放在桌上，開始在客廳裡來回踱步，大雨滂沱，海岸巡防隊的船隻發出了濃霧警笛聲響。

彼得有了靈感，「也許與妳的哲學背景有關？」

「他只知道我得了癌症，我是個母親，還有我支持洋基——靠，我知道了！」

她拿起手機，按下數字「二十三」。

「數字正確，」螢幕上顯示了訊息，「輸入使用者姓名之後，就可以開始使用軟體。」

「二十三？」彼得問道，「我不懂，那是質數，但二十不是質數。」

「洋基隊退休背號的數字表。波士頓人不會知道，但洋基球迷一定很清楚。」

軟體出現了美國東海岸的地圖。這套軟體很簡單，使用者操作介面容易，綠色的「開始追蹤」鍵，還有一個紅色的「停止追蹤」鍵。不過，這套簡單機制的背後卻隱藏了許多相當複雜的數理與統計分析。

彼得問道：「使用者姓名呢？」

瑞秋輸入自己的名字。

螢幕訊息顯示：「無法辨識使用者姓名，剩餘兩次登入機會。」

她又打了「艾瑞克」。

「無法辨識使用者姓名，剩餘一次登入機會。」

她打了自己的化名：「阿莉亞德妮」。

手機螢幕出現了一大段文字。

阿莉亞德妮，歡迎。這套應用程式應該適用於文字簡訊與電話通訊。正式版應該多少可以對付一下加密通訊軟體，如果有二點〇版本，就可以處理絕大多數的加密通訊應用程式。等到妳電話接通之後，只需要按下紅色按鍵即可，這套應用程式將會試圖找出最靠近對方發話地的基地台。妳與對方聯絡的時間拖得愈長，應用程式得出的計算結果也就會更精確。

她把這封簡訊拿給彼得看。

他看完之後，點點頭。「要是妳用 wickr 傳訊給他們，而他們只用 wickr 跟妳聯絡的話，這軟體可能派不上用場。」

「應該是不行。」

「要不是因為我們有時間壓力的話，我會建議等到明天早上。星期天早上，但多數的人都會待在家裡，而星期六下午──」

「現在不出手，就永遠沒機會了，我們必須一賭。」

「好吧。」

瑞秋回道：「那我們就開始了。」

她點了一下自己手機的 wickr 按鈕，開始打字。

我在思索你在感恩節告訴我的那些話。我在想，是否有方法可以永遠脫離『鎖鏈』。我一直作惡夢，我女兒出現嚴重的胃痙攣。我們是不是能夠以付款的方式永久離開『鎖鏈』？謝謝。

她把訊息給彼得看，然後，透過wickr軟體，寄送到帳號234838hudykdy2。

十分鐘之後，她收到回訊通知，她立刻打開了艾瑞克的獵殺軟體。

收到妳的訊息真是驚喜，這算是提早到來的聖誕禮物吧？很遺憾，我必須要告訴妳，我們並沒有提供妳所需要的那種服務。

瑞秋手機的衛星定位系統地圖在發亮，但什麼東西也沒有跑出來。地圖定格，軟體掛了，她猛戳螢幕，但已經當機。

她說道：「行不通。」

「他已經說過加密軟體可能行不通，靠電話追蹤效果比較好。」

瑞秋說道：「要是我說『請打電話給我』，一定會讓他們起疑。」

「我不知道。」

瑞秋突然心生一念，「艾瑞克可能是發瘋了，也許這套軟體根本沒辦法用。」

「麻省理工學院不會請笨蛋去上班。」

「但他也許依然是瘋子，也許悲傷過度而發瘋？」

「妳有沒有辦法在不激怒他們的狀況下，冒險再試一次？」

「有差嗎？等到他們在筆記本裡發現我的名字，他們馬上就會來找我們了。」

「我們不知道他們到底有沒有拿到筆記本，也許他已經把它藏在某個安全的地方了。」

瑞秋望向窗外，「他們早就拿到了，」她說道，「而且正在研究，他們遲早會把我與艾瑞克兜在一起。」

彼得說道：「都是我的錯，真的很抱歉。」

「彼得，要是沒有你的話，我絕對不可能把凱莉帶回來。」

瑞秋再次打開了wickr程式。

「一定有方法可以永久脫離『鎖鏈』。我也許可以為你做些什麼吧，或者是付一些錢。給我一個終結一切的方法，讓我可以確認我們安全無虞。拜託，看在我女兒的分上，告訴我答案吧。」她打完字之後，送出訊息。

這次只等了兩分鐘就收到了回訊，這次依然是從wickr寄出，而不是手機，她開了那個獵殺軟體。

妳一定是超蠢。我們告訴妳的第一件事是什麼？重點不是錢，而是『鎖鏈』，必須要讓它持續下去。要是『鎖鏈』少了其中一個環節，一切就瓦解了。聽懂了沒有？白痴？

這是來自wickr軟體帳號2348383hudykdy2的回應。

獵殺程式繼續搜尋，校準，而且艾瑞克程式的定位器閃燈也再次亮起，但還是沒有結果。瑞秋手機死當，她必須關機，再次啟動。

瑞秋說道：「什麼都沒有。」

「靠！」

瑞秋說道：「我再試一次。」

她開始打字，「拜託，我求你，為了我的家人，是否有什麼辦法能夠讓我永遠脫離『鎖鏈』？」

她拿給彼得看。他說道：「就送出吧。」

她發出訊息，這次沒有任何回應。

五分鐘過去了。

十分鐘。

瑞秋說道：「好吧，所以就這樣了。」

她的iPhone發出鈴響。

她趕緊伸手去拿，不小心把它摔到地上。

撞到了邊角，螢幕裂開。

「靠！」瑞秋大叫，趕緊抓起手機，打開艾瑞克的應用程式。

「喂？」

未知號碼來電。那人聲，一如往常，經過了偽裝變聲。

「瑞秋，妳的確可以幫我們一個忙。妳為什麼不去自殺？妳這個蠢蛋賤女人！」

獵殺軟體拚命在運算，搜尋區域越來越小，進入麻州靠近波士頓北方的某個區域。

「拜託，我——」

「再見，瑞秋。」

彼得張嘴默聲示意：「讓她繼續講下去。」

瑞秋說道：「等等，不要掛電話，我知道你的事，我已經查出了一些線索。」

對方愣了一下才開口：「什麼事？」

瑞秋心跳飛快。要是他們根本沒有拿到筆記本的話，她可不想讓對方聯想到自己與艾瑞克有關聯，不過她自己到底找出了什麼有關「鎖鏈」的線索？

「綁架我女兒的女人名叫海瑟，而她丈夫不小心告訴凱莉那女人的兒子名叫賈瑞德。要找到名叫海瑟與賈瑞德的母子應該不難。」

對方問道：「就算知道這個，妳又能幹什麼？」

「我們可以從這條線索開始，一路追查到『鎖鏈』的源頭。」

「瑞秋，妳要是這麼做的話，就是自尋死路。妳蠢斃了，居然拿妳自己和女兒的生命下賭注。」

就在他們講話的時候，軟體也持續鎖定麻州，範圍越來越小。現在，那個不斷縮減的圓圈正落在伊普斯威奇南部與波士頓北方的某處。

瑞秋說道：「我不想要惹麻煩，我只想要平安過日子。」

「要是妳膽敢再聯絡我們，今天就是妳的死期。」對方撂下這句話之後，切斷了電話。

不過，這個應用程式的確有用。這通電話的撥出位置是在艾塞科斯郡沼澤區的喬特島，而最靠近的基地台就位於喬特島。

瑞秋拍了張地圖的螢幕截圖，拿給彼得看。

他大叫：「抓到了！」

瑞秋也知道，「我們趕快出發吧！」

他們飛馳南行，走一A公路，穿越了羅利與伊普斯維奇，他們在伊普斯維奇改走一三三號公路——穿越伊普斯維奇「綠色沼澤」的狹小道路。

他們只能開到最接近喬特島的地方，因為前方已經完全沒有任何一條路能夠通往本島的濕軟地區，所以要是想找到基地台的話，一定得靠步行。霧還好，但雨滴冰冷，而且是從海邊飄來的迎面斜雨。

他們停好了貨卡，下車，兩人穿上了外套和登山鞋。彼得帶了步槍、格洛克手槍、點四五手槍以及隨時可能會派上用場的閃光彈。瑞秋拿了自己的霰彈槍，她在發抖，她怕得要死，呼吸困難。

「瑞秋，不要擔心，」彼得安慰她，「今天不會有事的。這只是一次探勘任務，就跟妳之前說的一樣，我們蒐集到情資，立刻就打電話給聯邦調查局。」

他們沿著某條小徑，進入鄰近喬特島的沼澤地。雖然下雨，天氣寒冷，但蚊蠅肆虐的程度卻很驚人。小徑兩側土地被蔓生野草所吞沒，令人有幽閉恐懼感。他們發現因河表面到處浮有一層厚厚的褐色帶泥水藻，它是米斯卡托尼克河的支流，主河穿越淤泥區、蜿蜒進入北部。這整個沼澤區似乎是內彎地勢，倚繞著某叢密林。松蘿從樹梢懸垂而下，鳥兒在上方的枝梢發出尖鳴，冬日一貫的汰弱留強的威力，還沒有對此地的蚊子與馬蠅大開殺戒。

瑞秋一陣心驚。他們越來越靠近目標，她感覺得出來。

所有的夢境、夢跡，以及惡夢都指向這裡。

他們已經被警告過了，絕對不能探究「鎖鏈」，然而，她現在卻像是阿莉亞德妮一樣，以倒溯的方式追尋線索。

但這座迷宮不會輕易洩露秘密。

在接下來的那三個小時當中，他們搜尋喬特島的沼澤與濕地，冷得要命，還搞得全身髒兮兮，但卻一無所獲。

沒有手機訊號台。

沒有中繼站。

幾乎看不到任何文明留下的痕跡。

他們停在某處小空地，飲用水壺裡的水，然後又繼續開始搜尋。接下來的這幾個小時，更加令人沮喪。到了黃昏時分，他們已經全身濕透，精疲力竭，而且被蟲子咬得全身發癢。瑞秋不知道是否該繼續停留在喬特島？還是回去本島？抑或是換一個完全不同的島或河系？他們已經跨越了百條小溪與小徑，她已經元氣盡失，化療病人不會在十二月的時候跑到濕地健行。

她氣喘吁吁。

她要死在這了，就在此時此刻，癱躺在這片沼澤地帶，但彼得毫不知情。

她望著來勢洶洶的天頂，沼澤區的巨大灰黑色濃雲鋪展到西端。她開口問道：「天氣預報不是說會下雪嗎？」

「對，我們絕對不能被困在這裡的雪地之中。」

瑞秋問他：「你是工程師，要是你準備要蓋手機塔台的話，會找什麼樣的地點？」

彼得說道：「高地。」

「這附近有高地嗎？」

彼得問她：「那一座呢？」

那是座非常平坦的山丘，搞不好只有九公尺高而已。

距離這裡五百公尺，在灌木林的另一頭。

「何不試試看？」

當他們爬到三分之二的時候，已經可以看到手機基地塔台的輪廓，它早已傾倒，或者也可能是有部分歪陷在地底。

他們到達山坡頂端，喘得上氣不接下氣。

站在坡頂，朝西流的整個因河流域一覽無遺。慘綠色的沖積土平原佔地廣大，臭不可當，彷彿底下掩埋了某座被竊奪的失落之城，等待自己的下水管線排除淤臭。

瑞秋的心陡然一沉。

艾瑞克的計畫到底是什麼？已經找到了最接近「鎖鏈」手機發話的基地台，然後呢？

她詢問彼得：「現在呢？」

彼得望著雲朵，看錶，五點鐘了，他們已經健行了一整天。兩人都又冷又濕，而且他不希望瑞秋在入夜之後依然待在沼澤區，他們並沒有攜帶合適裝備，萬一暴風雪來臨後果不堪設想。

而且，他自己還有其他問題。他今天早上出包了，三分之二的劑量根本不管用，他的皮膚開始搔癢，雙眼乾澀。他全身盜汗得十分嚴重，毒癮還沒有完全發作，但也是遲早的事。

他需要解藥。

馬上就要。

他問她：「今天到此結束？」

瑞秋搖頭，他們已經近在咫尺。她必須要在他們回頭找她之前、先發制人。這次的機會要是錯過就沒有了，必須立刻執行。

「要不要結束了？」彼得再次問她。

瑞秋反問：「然後呢？」

「去找聯邦調查局？把一切都告訴他們，讓他們去找尋那間屋子。」

「我們就得坐牢了。」

彼得說道：「也許鄧列維不會與警方合作。」

瑞秋搖頭，「除非他們知道『鎖鏈』已經瓦解，才有這個可能，我們必須為大家終結一切。」

彼得點頭。

「河岸北方那裡是什麼？」瑞秋拿起彼得的望遠鏡，開始掃視。「是座木屋嗎？」

它的位置距離他們約有一點二公里，老舊的大屋，周邊有戶外平台區，正好在手機基地台的直接向量方位。

「絕對值得好好研究一下，」彼得說道，「不過，我們還得涉過一兩條河，我看它其實應該是在另一頭的陸地區。」

他們步行穿越了高度深達大腿的冰冷溪流，然後又經過某處樹木稀疏的森林，再走個幾百公尺，就可以到達那座木屋。

那是一棟傍水而築、部分採高腳屋形式的大型建物。一旁有兩棟廢棄的農舍陷落在東面的沼澤區，建築物的北側遊廊下方停了好幾輛車子。

瑞秋頸後寒毛直豎。

這個地方隱約發出尖嘯，一切在此終結。

彼得問道：「瑞秋，妳現在有什麼打算？」

「我們再往前一點，要是能看到那些車牌……」

彼得說道：「我們必須要爬過去，匍匐貼地，這裡的掩蔽不夠安全，我們很可能會被別人看見。」

瑞秋把霰彈槍揹在肩上，喝下水壺裡的最後一點水，跟在彼得後頭，朝木屋的方向爬過去。

地面濕答答，長滿了刺藤、薊，以及梅木叢。

才不過三十秒，他們已經被刮出了鮮血。

開始下雪了。

現在只剩下一百公尺。

那是間醜陋的房舍，不同時期、運用不同木材的加建工程疊架得亂七八糟，看得出來最近才擴增樓上的兩間臥室。

彼得拿出望遠鏡，想要看清楚停在屋子下方那些車輛的車牌號碼，但他實在沒辦法。「瑞秋，妳視力比較好，要不要試試看？」

她瞄了一下那些車子，一輛賓士，兩輛貨卡，一輛豐田。

她發現有人走出來、進入屋外的環廊。

「凱莉！我的天哪！」她尖叫，慌忙站起來，朝那棟屋子跑過去。

「靠，這怎麼回事？」彼得瞬時之間也愣住了。

她在他前面二十公尺，但不到七秒的時間，彼得就抓住她了。他使出橄欖球的擒抱動作，她立刻在某棵老樹根前倒了下來。

瑞秋拚命想要掙脫，她上氣不接下氣。「他們抓了凱莉！已經抓了她！我看到她出現在陽台！」

彼得在老樹根前抬頭張望陽台，根本沒有人。「妳搞錯了。」

「是她！我看到她了！」

彼得搖頭。他們不可能抓走凱莉，她和馬提在一起，而且他們一直很小心。

瑞秋出現了換氣過度的症狀。

「不是凱莉，」彼得低聲激動說道，「我可以證明給妳看。我們把衛星定位追蹤器放在她鞋子裡，記得嗎？我可以給妳看她人在哪裡，我保證她不在這地方。」

「給我看衛星追蹤器，」瑞秋厲聲說道，「我明明看到了她。」

彼得打開衛星定位軟體，向瑞秋證明凱莉距離這裡還遠得很。「凱莉不在這裡，她在波士頓。」

瑞秋盯著手機，凱莉的衛星定位追蹤器的確是在麻州波士頓市中心閃動，而不是這個地方。

她一臉困惑，「我確定是她沒錯。」

彼得說道：「來吧，我們趕快回到可以掩護行蹤的樹叢裡，以免被別人看見。」

65

印斯茅斯中學。金潔兒已經是十年級的學生，今天是職業介紹日。

「好，瑪格麗特，妳以後想要從事什麼工作？」

「我想要效法我爸爸，當個聯邦調查局幹員。」

「親愛的，真是了不起。不過，妳某些科目需要補強。」

「哪些呢？」

「妳的英文很好，但是數學與科學需要加強，當然，妳哥哥可以幫忙輔導。」

「對，他很喜歡那些科目。」

在他們祖父位於因河旁的那棟大爛屋裡面，奧利佛一直協助金潔兒的學業。夏天風景是紗窗、捕蟻器，還有小蟲子，而冬天有了燃木式火爐還不夠，必須加上煤油爐。

丹尼爾教導這對雙胞胎如何在米斯卡托尼克河谷的暗處打獵，教他們要怎麼滑雪，還有以煙燻法保存生肉的方法。

丹尼爾對小孩講述的是過往的警察故事，戰爭故事。

金潔兒與奧利佛都很努力，兩人都進了波士頓大學，讓丹尼爾深以為傲。歐力學的是軟體工程，金潔兒則主修心理學。

兩人的表現的確非常傑出，唯一美中不足的就是沉重的學貸。丹尼爾不是有錢人，他們的經濟狀況越來越窘迫。

不過，畢業之後，六家矽谷的新創公司相中了奧利佛，而且金潔兒也得到了聯邦調查局、中情局，以及菸酒槍砲及爆裂物管理局的工作機會。

金潔兒決定進入聯邦調查局。

局內有許多人對金潔兒與她父親充滿了疼惜。妳爸爸出了這種事，太遺憾了，真的是十分遺憾……

金潔兒努力工作，而且升遷速度很快，廣結人脈。「我認識妳爸爸，他是超級幹員，想當初我們兩個——」

金潔兒經常熬夜工作。

慢慢爬升到管理階層。

有時候她不免在想，這麼做是為了她自己？抑或是為了要取悅她的祖父？或者，是企圖證明自己比父親優秀？金潔兒的一生，是不是她與父親關係所造成的結果？還是她對於這段關係的反彈？

她在匡提科的行為分析組修課，如果她願意敞開心房的話，那裡有各式各樣的心理醫師與調查員，可以幫助她探索這些問題。其中一名講師曾經引用德國詩人諾瓦利斯的話：「內心世界終究充滿了謎團。」她喜歡這句話，也盼望有一天能夠讓那樣的內心之旅挖掘出形塑她現在樣貌的根源。不過，她絕對不會把自己過往的歷史與心中的想法告訴任何心理醫師。

奧利佛搬到加州工作，一開始是蘋果電腦，然後是優步，接下來的幾家都是風險比較高的新創企業，他也擁有部分股分。「等到其中一間紅了，我們就成了百萬富翁。」

等到其中一間紅了……他曾經連續在兩家這樣的企業工作，最後搞到破產。

那不重要。

金潔兒想到了另一個賺錢的方法。

坐擁大筆財富與權力。

金潔兒是在二〇一〇年初聽說了「哈里斯科男孩」的事。

「哈里斯科男孩」在墨西哥北部引入了一套全新的海洛因鋪貨模式。對於中美洲來說，這些販毒集團與幫派太可怕，令人生懼。「哈里斯科男孩」看出了這一點，要是方法得宜，還有一大片未開發的市場正等著他們採摘果實。

他們在退伍軍人事務部診所、美沙酮診所、藥局外頭發送免費海洛因，建立市場。停止發放疼始康定處方箋之後，就已經製造出鴉片劑與止痛劑成癮者的廣大基本盤，那些人因為食品藥物管理局終於開始大力掃蕩，全部陷入恐慌。

棕色焦油海洛因巧妙填補了這一段空窗期。它比疼始康定或美沙酮更有效，而且一開始的時候免費。再者發放者也不會令人望之生畏，這些毒販不會帶槍，而且笑容滿面。

在短短兩年之間，哈里斯科販毒集團已經收納了上百萬名使用者。

他們還滲透到其他的犯罪組織。

金潔兒後來加入了掃蕩哈里斯科的小組，她深入研究哈里斯科販毒集團與波士頓幫派之間的關聯。透過內奸與聯邦調查局的滲透，帕德里艾加黑道家族已經日薄西山，但哈里斯科的事業卻如日中天。

金潔兒意外發現哈里斯科的綁架人質計畫，要是有人欠他們錢，他們就直接綁架，等到家屬付款之後才放人，不過，這計畫也充滿了人情味，要是能夠找到其他家人自願被綁架，就可以釋放原來的人質。

在小型暴力犯罪事件中，經常可以看到「哈里斯科男孩」的綁架人質模式。不過，金潔兒看出它的潛力被低估，不禁開始動腦筋，也許可以把它改造成自創的版本。

她想起了小時候那種連鎖信的威力。

她與歐力討論了這項計畫。

在程式天才哥哥的幫助之下，二〇一三年，「鎖鏈」在波士頓誕生了。

一開始的時候，並不是很成功，萌芽期問題叢生，有點太過血腥了。

他們不想弄髒自己的雙手，所以找來那些拚命想要接案的哈里斯科殺手。他們並不知道老闆是誰，只知道幕後的神秘女指使者叫作「紅色之女」或是「紅色之死」。大家謠傳她是某個販毒集團老大的老婆，是「死亡聖神」的白人信徒。

那些哈里斯科與蒂瓦納的殺手們，扣扳機的動作也未免太爽快了一點。他們不懂美國風格的運作手法需要一些細膩技巧。一開始的時候腥風血雨，這整套模式幾乎接近潰敗邊緣。

金潔兒反而開始轉移目標，在殘敗的新英格蘭帕德里艾加黑道家族找尋自己的人脈。他們懂得美國式殺人的精髓，畢竟這種事情他們已經操作了數十年之久。

終於，「鎖鏈」的運作就像是塗滿了油的機器一樣順暢。

狀況逐漸穩定下來。

他們剷除了那些帕德里艾加的混混，因為「鎖鏈」已經開始展現自我調節的功能。

金潔兒發信。

金潔兒打電話。

金潔兒發動格殺令。

這是歐力與金潔兒以黑函、綁將、恐怖主義所建立的百萬美金規模家族事業。

「這個嘛，」歐力說道，「靠，根本就是綁架界的優步模式，所有的客戶都會卯盡全力辦事。」

他說，要是他們能夠公開發行股票的話，一定有數千萬美元的市值。

不過，他們已經過得夠爽了。

他們付完了大學的學貸，變成了有錢人。

在瑞士與開曼群島開了銀行帳號。

「鎖鏈」運作宛若行雲流水，萬無一失。

奧利佛曾經對「鎖鏈」做過好幾次的「攻擊方」演練，進行失敗分析，目前只看出三項可能會引來麻煩的隱憂。

首先，是金潔兒對於保密措施一向懶散。他曾經警告過她，只要「鎖鏈」一進入新階段，她就應該要使用新的 wickr 位址、王八機，以及比特幣帳號，但她並沒有每次都乖乖遵守，實在很煩人，她通常一個月才會更換一次位址與帳號。此外，他也告訴她不能在工作場所、她位於後灣的住家，以及因河的丹尼爾屋宅撥出「鎖鏈」的電話。

她滿口答應會遵守保密措施，但同時要兼顧她在聯邦調查局的工作、攻讀博士，再加上要同時處理非常棘手的犯罪企業，實在相當困難。不過，他們與「鎖鏈」之間還是有多層的加密保護，各種加密演算法、法拉第籠、冗餘性……

讓歐力憂心忡忡的第二點，就是金潔兒會利用「鎖鏈」處理個人私怨。她過去已經有三次（曾經被他抓到的）紀錄。就理論上來說，事業與個人事務絕對不能混雜在一起，不過牽扯到人的因素之後，總是會多少模糊了界線。而且，對於這個體制的創辦者臨時訂立一組劃清公私領域的規則恐怕也只能發揮一時的作用，充滿了不確定性。

某些「解決個人私怨」的事件又牽扯到了第三項隱憂——金潔兒的性生活。

歐力知道自己在這方面一直很老派。他從來沒有認真交往的女友，也不曾對任何人動真情。他個性內向，不喜歡跑趴或是肉體接觸，也許那些嬉皮真的在他小時候搞壞了他的腦袋？害他無法發揮正常的化學反應？

不過，金潔兒卻在這個世界裡盡情享樂。他們無論出現在哪一種針對雙胞胎的心理學研究當中，都會是精采範例。她念中學與大學的時候一直有男朋友，而且自從她進入聯邦調查局工作之後，曾經約會的對象有十幾個，其中還有兩個已婚。

性很重要，就學術層次而言，歐力十分欣賞。性是哺乳類動物DNA演化過程中的鬼牌，讓它可以持續不斷變化，先聲奪人，打敗那些企圖滅絕人類的病毒與病原。歐力是從科學與數學的角度來理解性，不過它依然是某種不確定的變因，而且愛情——拜託千萬不要搞到這一步——不確定性更為強烈。

權力使人腐化，絕對的權力使人絕對腐化。要是把權力與性搞在一起，唉，就是像金潔兒那樣，利用「鎖鏈」解決自己的事。他抓到她好幾次利用聯邦調查局的資料庫取得訊息，但真正的目的卻與「鎖鏈」的業務完全無關，他懷疑她還搞了好幾次，只是沒被他抓到。

這樣很糟糕。

害他必須出手阻止她，不能再繼續這樣惡搞下去。

歐力坐在祖父的書房裡，手裡拿著艾瑞克．隆若特的筆記本。現在火爐裡炭火正旺，窗外出現了陣雪。

他仔細翻閱這本筆記本，這簡直跟前一本、甚至前幾本都如出一轍。艾瑞克已經鑽研了好一陣子，歐力早就懷疑有人在調查「鎖鏈」，而艾瑞克可能就是疑犯。艾瑞克刻意消抹了太多跡痕，反而很難證明他的清白，而且許多筆搜尋紀錄與分析都直指源頭就是麻省理工學院的電腦。

他們找不到艾瑞克的筆電或手機，但這本筆記本就在他的身邊。

艾瑞克大費周章，就連大部分的手寫文字也加密。但歐力倒覺得沒什麼好擔心的，目前還沒有任何一種人類發明的密碼系統是無法破解的。除此之外，可憐的老艾瑞克在死前的那幾個禮拜相當興奮，已經不再那麼小心、以加密方式寫下文字，而是利用俄語或是希伯來語直接寫下來，彷彿這樣也能派上用場，真是個頭腦簡單的可憐白痴。

歐力盯著那最後幾筆資料，沒什麼特別之處。艾瑞克似乎沒有什麼進展，找不到嫌犯，也沒有想到他們與「哈里斯科男孩」的關聯，他的思路一片混亂。

最後的那幾行字只是隨便寫寫的字詞與名字。

看起來他似乎在設計某個應用程式，但看不出那個可能正在研發中的軟體到底是什麼用途。

筆記本的最後一行字顯然是最近寫的——也許就是在幾天前而已。

很簡單：רחל。

希伯來語的意思是「母羊」。

要是用英文發音唸出這個字，就是「瑞秋」。

歐力嘆氣，目光飄向窗外。

馬提，金潔兒的新男友，他的前妻不就是叫瑞秋？

他當初萬萬沒想到這小小的一家三口居然這麼有趣。他拿起手機，傳訊給妹妹：「金潔兒，幫忙一下好嗎？等妳有空的時候我們聊一聊。」

66

瑞秋想要打電話找凱莉，但接不通。

「沒有訊號，」她說道，「但她很安全，感謝老天。」

不過，彼得看起來卻憂心忡忡，低聲咕噥：「靠，可能不太對勁。」

「怎麼了？」

「妳看看她鞋子裡衛星定位追蹤器的時間戳記。」

「天，她在波士頓的愛迪達商店待了九小時！」瑞秋驚呼，「我知道怎麼回事。她買了新鞋，然後把舊鞋丟了，忘記了衛星定位追蹤器的事。」

彼得說道：「他們怎麼能夠在光天化日之下把她從購物中心帶走？太不合理了。」

瑞秋彷彿被戰斧劈成了兩半。

她腳下的世界開始崩裂。

再次瓦解。

而這次百分百是她的錯。他們早就警告過她了，離得越遠越好，她卻因為這個愚蠢的計畫而鑄下大錯。

她覺得噁心。

暈眩。

想吐。

開始乾嘔。

以往的念頭再次浮現：妳這個蠢蛋，又蠢又賤。為什麼不趕緊趁有機會的時候一死了之，讓其他人可以過得更幸福？

他們帶走了她天真美麗又貼心的乖女兒！

都是她的錯。

愚蠢，愚蠢，愚蠢，愚蠢！

愚蠢至極！

她取下肩上的霰彈槍，她要衝進陽台下的後門，如有必要，會轟開門鎖，殺光裡面的人，把女兒救出來。

她撥掉臉上的雪花，朝那間屋子走去。

彼得問道：「妳要去哪裡？」

「把凱莉帶回來。」

他說道：「妳又不知道裡面是什麼狀況，也不知道誰在裡面。」

瑞秋回他：「我不管了。你可以留在這裡，我要進去。」

彼得抓住她的手臂，「不行，我們兩個一起去。妳在這裡等我兩分鐘，我先去探勘一下。」

「我和你一起去。」

彼得搖頭，她一定會犯錯，搞砸一切，今天應該由他自己出動就好。「瑞秋，我是專家，我上過海軍陸戰隊的偵察基本訓練課程，而且我已經有過多次實戰經驗。」

「我和你一起去。」

「就在這裡等兩分鐘好嗎？讓我先去確定一下狀況。」

「兩分鐘？」

「對，兩分鐘。我會在戶外平台區下面對妳打手勢，妳在這裡等我。」

他在空地上連跑帶滑、朝那棟房子的車棚奔去。

這裡有五輛車：白色賓士、紅色野馬、兩輛貨卡、可樂娜。換言之，裡面有很多人。他蹲身，經過車子旁邊，突然監視器感應燈大亮，他愣住不敢動，但並沒有人出來查看，所以他再次緩緩向前。車棚旁是通往車庫的車道，一旁應該就是大門，還有半地下室客廳的大型窗戶。彼得不能冒險過去，所以又退回原處。他試了一下車庫旁那道門的門把，鎖住了。不過，車庫的大門倒是沒有完全緊閉，門底與地面還有約一公分的空隙。他趴在地上，把手指伸進去。如果鋁門裡是合扣設計，那麼他這樣搞也是徒勞無功，不過，如果裡面是破損的扭力彈簧……

他把兩手都伸入門下，想要把它拉起來，車庫的門果然緩緩升起。

他們都是這麼進去的，海軍陸戰隊的都會作戰風格，闖入之後，清查空間，進入下一個房間，逐層搜索，確保整棟房屋安全無虞。敵人數目不明，但他們總是準備出奇制勝的輔助工具。

他站起來，腳步有些不穩。

哦千萬不要。

他一陣暈眩。

皮膚火燙。

是那股欲望。

今天早上，是他自己搞砸了。彼得，你自己很清楚，現在不是讓你突然打毒品的時候。

過沒多久之後，就會有一百萬隻螞蟻爬上他的四肢，進入他的口腔，鑽進他的喉嚨……

夠了！他告訴自己，現在就停止！

自大硬要逞英雄。其實在這種狀況下，由瑞秋負責探勘會比較好。他心想，該回頭了，一轉身，撞到了某個手持霰彈槍的警衛。

那男人說道：「對，我就覺得我聽到了怪聲。」

彼得心想，應該要趕快有所行動才是，但他不該在那裡呆想，反而應該要早點展開行動。拿手電筒敲對方的頭蓋骨，出腳攻擊膝蓋，以槍托痛扁對方的臉，殺他個措手不及。不過，他卻沒有任何動作。太慢了，原因並不是因為他年紀大了或是缺乏肌肉記憶，他之所以會動作太慢，是因為他一直以海洛因、疼始康定，以及其他的鴉片劑殘害自己，無法讓雙手正常運作。

現在，彼得出現與瑞秋一樣的念頭：蠢，蠢，真蠢，愚蠢又沒用。那男人向後退了一步，將霰彈槍對準了彼得的臉。

那男人開口：「把手電筒和槍都給我放下來。」

彼得乖乖放下手電筒與九毫米手槍。

「現在，用兩根手指取出你腰帶上的那把點四五手槍，也把它扔到地上。」

彼得掏出他珍貴的點四五柯爾特自動手槍，讓它洛在腳邊越堆越高的積雪上頭。現在，他覺得自己宛若赤身裸體。那把科爾特是他祖父在美國海軍服役時的佩槍，爺爺只使用過一次，因為壓不住怒火：當時在沖繩作戰，他對著朝自己戰艦衝過來的神風特攻隊戰機開槍。彼得在伊拉克與阿富汗的時候一直把它當成自己的幸運物。

「靠。」

「沒錯，老哥，你完蛋了。丹尼爾無法忍受外人入侵他的領地。而且，我所說的無法忍受，才不是把你交給當地警察而已，現在把雙手放在頭上。」

彼得把雙手放在頭頂，「你誤會了，我只是迷路而已。」彼得才剛開口，卻被警衛噓了一下，示意他趕緊閉嘴。

「我們看看丹尼爾怎麼說吧。今天他兩個孫子來探視他，想必他不會太開心。現在給我跪下來，雙手放在後腦勺。」

那傢伙朝彼得屁股踢了一下，他只能跪下。

泥巴、碎石、白雪。

彼得心跳飛快，思索對策，但什麼都想不出來。

「你現在就給我乖乖待在那裡不要動，我立刻按電鈴，叫大家都過來。」

67

金潔兒走入重新裝修的主臥室，沾沾自喜不已。「鎖鏈」一如往常，解決了艾瑞克．隆若特這一大威脅，而且她的新男友與丹尼爾一見如故。兩人都是紅襪隊的超級大粉絲，馬提還能講出泰德．威廉斯、卡爾．雅澤姆斯基、羅傑．克萊門斯這些球員的名字與他們的事蹟。丹尼爾告訴馬提，要是他喜歡的話，可以直接喊他「紅仔」就行了，這真是難得一見的榮寵。

她可是做了重大決定才會把他帶來這裡，並不是每個男友都能夠見她的祖父與哥哥。但是馬提．歐尼爾很特別，風趣，聰明——哈佛大學，哈佛法學院。還有，拜託，對於偏好黑髮綠眼愛爾蘭人的人來說，他也長得超帥，對，他就是她的菜。

對，他是有個女兒沒錯，十三歲的女兒，有點討人厭的十三歲女兒，不過顯然她最近因為深受煎熬而銳氣大挫，這個十三歲女孩很喜歡馬提與他的新女友，因為她的工作超屌，而且打扮總是又酷又潮。

要是歐力發現她之所以認識馬提是因為透過「鎖鏈」偷偷跟追，鐵定會氣得半死，但他也不算是什麼受害者，他的妻子從頭到尾都沒有讓他知道這件事。而她是在搜尋她背景資料的時候、意外發現了他的臉書帳號。

嗯，多少算是意外吧。

的確，她運用「鎖鏈」趕走了馬提的女友塔咪，但僅止於此而已。

其實，只有這一次下手比較輕。

要是歐力知道她曾經多次運用「鎖鏈」完成她的小小冒險計畫，一定會大發雷霆。既然坐擁這種權力，為什麼要對它置之不理？偶爾牛刀小試一下當然很好，完全不碰才是違反人之常情。

「鎖鏈」畢竟是她的發明，她的成果，歐力嚷著要公開發行股票與數千萬美金財富都只是嘴上說說。「鎖鏈」讓歐力買到了舊金山的房子，讓她買到了波士頓的豪宅與第五大道的公寓。「鎖鏈」，是她的創意。

所以如果她想要和馬提・歐尼爾玩下去，當然沒問題。馬提是風趣幽默的帥哥，歐力不需要擔心，一切在她的掌控之中，她才是蜘蛛精。當然，討人厭的蒼蠅就是那個前妻，今天她居然膽敢利用wickr騷擾人，從來沒有「鎖鏈」的成員在脫身之後還以wickr傳訊給她，通常他們的態度都是十分感激，感恩加恐懼。也許最好還是讓這個前妻就此人間蒸發。她只需要打通電話或發封短訊就可以搞定了：「想要讓你們的小孩平安歸返，我們增加了一個新的條件：有個名叫瑞秋・克連恩，住在麻州梅島的女人——必須在這個禮拜結束之前，取她性命，而且絕對不能讓別人找到她的屍體。」

她可以隨時解決掉瑞秋。

「小孩們似乎很開心，我剛看到凱莉在戶外平台區。」馬提走到她背後，親吻她的後頸。

金潔兒轉身，馬提順勢摟住她。「對凱莉來說，這真是太好了。我不是什麼一流的性格判讀專家，但她過去這幾個禮拜似乎過得很痛苦。」

「嗯，我已經把我們的某位心理治療師的名字給了瑞秋。」

馬提回道：「想必妳也看出來了，瑞秋也變得恍恍惚惚。」

金潔兒手機發出了簡訊通知。

她望著哥哥傳來的訊息，馬提開口問她：「怎麼了？」

「哦，歐力傳訊，沒什麼，一定是晚餐的事。看來爺爺又想要烤肉燒掉整間房子。我們等一下繼續聊，我馬上回來。」

金潔兒上樓，前往祖父的書房。

她進去，關上了門，坐下來。歐力有某種優越感，他自己知道有時候就算是聖人看到這種表情也會不爽。

「怎樣？」她問道，「什麼事？」

「妳又運用『鎖鏈』謀取自己的利益，對不對？」

「沒有。」

「明明有。」

「全都是為了我們的共同利益。」

「妳明明知道我是什麼意思。妳一直在亂搞，就像是妳出手對付諾亞．李普曼一樣。」

「沒有。」

「或者妳在二〇一四年煞到的那個女孩，叫作蘿拉什麼的。可憐的蘿拉犯下了一生大錯，居然拒絕了妳，然後在三個月之後消失無蹤。妳足足等了三個月才鬆開『鎖鏈』反撲，心機很重。」

「諾亞還活著。」

「只是行屍走肉罷了。金潔兒，我們老早就討論過這一點，不能利用『鎖鏈』解決個人宿怨。」

「我沒有。」

「或者是認識年輕帥哥。」

金潔兒發出哀號，他已經知道馬提的事了。

她回嘴抗議：「你知道在這座城市認識別人有多麼困難嗎？」

「一點都不難，有數不盡的約會軟體可以利用。」

「對！妳明明知道規矩。」

「誰可以設定規矩？是誰發明了『鎖鏈』？」

「親愛的，這是安全保密問題。」

「這都是我的傑作，不是你。這明明都是我的，我愛怎樣都可以。」

歐力閉上雙眼，嘆氣又搖頭。

他心想，所有美好的事物終究會劃下句點。能持續這麼久，其實讓他大感意外。所有模組的推斷都是「鎖鏈」持續個三年左右就會崩解。能夠威嚇這麼多人，其實最多也只能撐這麼久而已。牽涉的人數幾乎是以幾何級數暴增，在這種成長速度之下，任何陰謀都不可能長長久久。這是隨機指標的典型快速—慢速系統，等到轉折點一到來，就會迅速崩盤。

歐力發出悲嘆，撫摸他蓄了好幾個月、卻依然不是很成功的山羊鬍。「我們應該在幾年前就退出。」他低聲說道，「我的意思是，我們的錢已經夠了，為什麼還要繼續下去？」

「為什麼要收山？你只是嫉妒罷了，因為這是我想出的點子。」

「『鎖鏈』的目的不就是讓我們過好生活嗎？現在已經大功告成了。」

她嗤之以鼻，「原來的目的是這樣嗎？」

他皺眉，搖頭。

金潔兒回道：「你就是搞不懂，對嗎？」歐力絕對不是在麥田上方盤旋的禿鷹。他和她不一樣，他不是真正的掠獵者。真正的掠獵者有時候會在非飢餓的狀況下，依然大開殺戒。

「真正的目的是要讓我們兩個一起對抗全世界？記得嗎？」

歐力的眉頭皺得更深了。

金潔兒小心翼翼問道：「好，到底是怎麼了？」

歐力說道：「和那本筆記本有關。」

「你不是已經解碼了嗎？」

「沒有，還沒有。」

「不然是怎樣？」

「到了最後，瘋狂艾瑞克寫下的東西就幾乎都沒有加密了。」

「然後呢？」

「妳上次說妳新男友的前妻叫什麼名字？」

「哦靠！」

「艾瑞克在上禮拜的某個時候，曾經與某個名叫瑞秋的女子見過面。」

「靠，靠，我靠。」

「拜託，快告訴我。」

現在嘆氣的是金潔兒，「歐力，你知道你的問題是什麼嗎？冷血至極。你就是史巴克[22]那種人物，你應該要去看心理醫生才是，這不太正常。」

「金潔兒，這可是茲事體大，這牽扯的是啟動緊急避難措施、假身分、得逃離出美國之類的大事。」

「我們在瑞士有多少錢？」

「絕對夠用了。」

歐力起身，走到槍櫃前面，轉動鑰匙，打開了櫃門。「我一直在想，要是我們哪天得坐牢，都是因為妳把感情與公事牽扯在一起。」

她露出微笑，「拜託，歐力，大家就是擔心自己被抓，最後才會坐牢。難道你不知道嗎？人類永遠無法違抗生物本能。」

他嗆她，「妳可以忍一下吧。」

[22] Spock，《星艦迷航記》主角之一，外星人。

68

馬提待在主臥室裡，透過窗玻璃凝望風景，盯著位於屋宅與濕地灌木叢之間的那一塊橡樹殘根。粉狀的雪花正飄落在河面、樹叢，以及那棵死掉的橡樹上面，活脫脫就是羅伯特．佛洛斯特詩作的寫照。

這裡美極了，金潔兒先前的說法是客氣了，根本不是什麼「位於沼澤中央的古怪老木屋」。這是一間漂亮的房子，牆上有藝術品，都是昂貴的東西。那個老頭，丹尼爾，想必財力豐厚。而且，他正如金潔兒所說的一樣，個性獨樹一格。

小孩們很喜歡這裡，金潔兒也很樂於獻寶。他心想，她是個好對象，而瑞秋卻是個錯誤，當時兩人都太年輕。他總是這麼告訴大家，都是因為看到瑞秋唸出自己在哈佛學生報刊出的書評，讓他一見傾心。但那是鬼扯，其實是肉體魅力。其實他們沒有什麼共通點。

年過三十之後，判斷力也變好了。塔咪只是個隨便玩玩的對象，但金潔兒不一樣，與眾不同。如果對象是她，他就可以定下來了，住在波士頓，再多生兩個──

「我正在想妳。」金潔兒帶著手提包進來的時候，他說出了這句話。

一綹捲曲的紅髮落在她的雙乳之間。

他突然有股衝動，想把她撲壓在床上，狠狠尬她。

「金潔兒，所有的門都鎖好了嗎？我知道那兩個小孩東跑西跑，所以我──」他話沒講完，眼角卻瞄到了奇怪的東西。

他轉頭，定睛一看。

「怎麼了？」

「是不是有人正從樹後面爬過來？」

「在哪裡？」

「我應該是看到有人穿過雪地。啊沒錯……天哪！真不敢相信，可是，呃，我想那人是我的前妻。」

金潔兒從手提包裡拿出史密斯威森點三八手槍，對準他的頭。

她說道：「我相信你。」

69

瑞秋把霰彈槍壓住肩頭，對準了那名男子。

她說道：「不准動。」

那警衛轉身看著她，「哇，小姐，放輕鬆，我覺得妳也不知道該怎麼使用那東西吧。」

瑞秋回他：「等到我把你轟成兩半的時候，你就不會這麼想了。」

彼得撿起自己的點四五手槍，「老弟，丟掉武器。」

那名男子把衝鋒槍放在地上，舉高雙手。

彼得下令：「給我趴在地上。」那男人乖乖照做，彼得一腳把槍踢開。

那男人迅速回道：「不需要傷我。車庫裡有膠帶與繩子，我的外套口袋裡有車庫門的開鎖器。」

彼得問道：「屋子裡有多少帶槍的人？」

「我只是——」

「不准動！」有人對空鳴槍。

燈光大亮，前門站的是金潔兒與她的雙胞胎哥哥歐力，兩人手上都有槍。

金潔兒語氣好無辜，「瑞秋是妳嗎？怎麼了？」

金潔兒？這是怎麼回事？瑞秋心中充滿問號，艾瑞克的追蹤器是不是出狀況，追查的其實是凱莉的追蹤器？凱莉是不是早就把追蹤器放入新鞋裡？這整起的沼澤獵捕行動是不是搞錯了？

哦天哪，對，一定是弄錯了，凱莉安全無恙，對！瑞秋必須要趕緊解釋清楚，以免有任何人受傷。

「抱歉，金潔兒，我知道這場面一整個莫名其妙，我正要向這位先生解釋……」

車庫的門開了，某名白髮蒼蒼的古怪瘦老頭站在那裡，手中握著的武器似乎是突擊步槍，他開口問道：「你們在我家幹什麼？」

歐力接口：「爺爺，這裡由我們來處理！」

金潔兒說道：「『紅仔』，一切都在我們的掌控之中。瑞秋，妳和妳朋友必須丟下武器。」

「大家冷靜一下，我想我們真的是弄錯了，抱歉。我在凱莉的球鞋裡裝了衛星定位追蹤器，我以為她被綁架了。」

金潔兒問道：「拜託，瑞秋，趕快放下武器，妳為什麼會覺得她被綁架？」

瑞秋回道：「說來話長。」

金潔兒緊盯她不放，在門口地板的泛光燈照映之下，瑞秋得以看到對方的臉龐。

這是她第一次清楚看到對方的臉孔。

紅銅色的頭髮，湛藍的雙眼，美麗的藍色眼眸，冷藍，某種地獄深淵的冰寒之藍。那雙藍色的眼眸把一切看在眼裡，充滿了冷酷的憎惡。

甚至，可以說金潔兒十分享受眼前的一切。

然後，金潔兒的目光落在瑞秋身上，這兩個女人彼此凝視，過程彷彿十分漫長，不過也許只有一秒多而已。

但已經夠了。

她們認識彼此。

是妳。

是妳。

瑞秋知道，金潔兒也是，而且金潔兒也很清楚瑞秋知道了一切。

艾瑞克的軟體並沒有出錯。

金潔兒為了要捍守秘密，一定不會讓他們留活口，瑞秋、彼得、馬提、史都華、凱莉將無一倖免。

瑞秋本想要告訴彼得放下武器，把雙手舉高，但如果他們真的這麼做的話，金潔兒會立刻宰了他們。

瑞秋面向彼得，她的眼神飄向泛光燈上方的陽台，彼得也順著她的目光看過去。

瑞秋說道：「她就是『鎖鏈』，馬上就要殺死我們全部的人。」

彼得點點頭。

那對雙胞胎躲在某道矮牆後面，朝他們射擊難度頗高，所以，他改採策略，舉起了點四五手槍，對著燈源開槍。

70

現場立刻陷入一片漆黑，眾人驚愕。傳出了尖叫聲，車庫裡出現一道以弧狀射出的黃色火焰，丹尼爾以自動步槍開了第一彈。

彼得大叫：「趴在地上！」

瑞秋整個人立刻貼地。

接下來的子彈從槍管陸續迸發，從空中直撲他們而來，瞄準的位置就是瑞秋零點七秒前所站立的地方。子彈沒打中任何東西，繼續飛旋，劃過黑夜，落在一兩千公尺之外。

接下來，火力全部上場，點三八、九毫米，還有那把突擊步槍又再次開火，好幾個角度的槍火在瑞秋頭頂上兩公尺的地方不斷互相交會。

她把臉埋在雪裡，在泥濘裡尖叫。

這些都不重要。槍枝，火焰，令人想吐的火藥味。重點是凱莉。她在屋內的某個地方，瑞秋必須要找到她。

彼得在腦中默數十下。自動步槍開個十秒，彈匣裡的子彈就光了。

過了十秒鐘之後，他抬頭，那一對槍手又溜回屋內，老頭也必須更換彈匣。

彼得朝車庫開了三槍，為自己爭取思考的空間，然後又往前爬，到達新的攻擊位置。開槍，立刻移動，開槍，立刻移動。在掩護火力有限的狀況下，這一招可以讓你活命，而且在這種射程範圍之下，柯爾特的大型子彈要是射中敵人肩膀，就能讓對方倒下，甚至是喪命。

他滾到了自己右側的雪地，爬到某處樹叢後方，繼續開槍。他需要解癮而全身奇癢難耐，但他會忍住，抵抗下去。彼得開口：「瑞秋，妳沒事吧？」

沒有回應。

他必須想出作戰計畫，任何計畫都好。在步兵的訓練過程當中，他們是這麼教你的，就算是隨便的計畫，只要能夠立刻執行，也遠勝於一個小時之後才付諸行動的偉大計畫，他們說得沒錯。出來就是死路一條，他得要進去。

槍戰開始到現在，應該已經過了十五秒。

他心想，現在可以行動了。

「沒這麼快，自作聰明的傢伙。」有人開口，直撲他而來，對方朝他臉部揮拳，還拿刀要刺向他的肋骨，全被他擋了下來。

是一開始就發現他的那個守衛。他已經完全忘了那個混蛋。對方抓住他握槍的那隻手，想要利用大獵刀殺死他。刀鋒劃破彼得的臉頰，他抽搐了一下，左頰被割傷，他在黑暗中狠力猛踢，果然命中了某一塊軟綿組織。他握槍的手終於重獲自由，立刻開火。

恐怖的轟然落地聲響，然後，一陣靜默。

「彼得？」有人在他身旁呼喚他。

「瑞秋？」

「我要殺入屋內，」她低聲說道，「只能從車庫進去，那是唯一的路徑。」

「現在的計畫呢？」

「我們衝入屋內，把小孩救出來，除了凱莉、史都華、馬提之外的人，全部殺光光。」

「我覺得很好。」

71

車庫裡的槍手已經不見人影，但是裡面裝有可燃物的那些盒子卻已經著火，放在一旁的十幾罐油漆已經出現熊熊烈焰。

瑞秋說道：「有一道門通往主屋……」她已經準備好了，她在不知不覺之中受訓磨練，就是為了這一刻。放射線治療、化療、在瓜地馬拉的艱困歲月、在餐廳裡當女服務生的長班、半夜開車前往洛根機場的優步兼差。一切都是養精蓄銳，為了今日。她準備好了，這都是為了家人，不是嗎？一切都是為了家人。就算是白痴也知道不能橫亙在灰熊與牠的寶寶之間，成為牠們的阻礙。

彼得從他的外套口袋裡拿出了其中一枚閃光彈。

「我等一下會打開那道門，把閃光彈丟進去，妳要閉上眼睛，摀住耳朵。」彼得對瑞秋巧聲說完之後，將閃光彈丟入那道敞開的門。過了一秒之後，閃光彈爆炸，發出震耳欲聾的聲響與劇烈震顫的白光。基本上它沒有殺傷力，只是為了要在封閉區域發揮震懾效果。小孩不會受傷，但要是沒有心理準備的話，一定會被嚇到挫賽。

「妳在這裡等著。」彼得說完之後，衝入門內。

十幾個煙霧偵測器開始響聲大作。這是一間老房子，而且重新整修過，而裝潢的重點之一就是安裝了灑水系統，目的是要保護孫子們收藏的藝術品。瑞秋從來沒有進入過裝有自動灑水系統的屋子，當冷水潑灑到她身上的時候，她嚇了一大跳，不知道到底出了什麼事。

彼得探頭出來，「這裡沒人，我們該展開行動了，那些油漆罐會在一分鐘之內爆炸。」

瑞秋邊咳嗽邊問：「從哪裡開始？」

彼得不知道。

他回道：「一間接一間搜索，這是唯一的方法。妳躲在我後面，幫我注意我的死角。」

他穩步前進，但不知道自己還能夠撐多久。他現在已經呼吸困難，現在腎上腺素大爆發，但不可能永遠靠它支撐下去。他告訴自己：彼得，不能倒下去，要等到把凱莉安全救出來之後再說。

這棟房屋一直在胡亂加蓋，現在已經成了由許多房間、走廊，以及凹室所組成的迷宮。

走廊。

房間。

彼得踢門，找到了燈源開關，等待槍響。裡面有大電視、沙發、狩獵戰利品。

另一道門。

餐桌、椅子、藝術品。

繼續沿著走廊前進。

遠方傳來尖叫。

瑞秋叫喊：「凱莉！」

沒有回應。

「這裡。」彼得開口，踢開了門，趁著瑞秋掩護他的時候，將槍口對準了某間廚房的角落。

他大吼喊人：「凱莉！史都華！」

完全沒有回應。

車庫大火的煙塵蔓延了整個地下室，屋內的燈光也閃滅不定。水滴依然不斷從灑水器滴落而下，在他們腳邊淹成了小水池。氣味刺鼻，酸臭，宛若洪荒時代。

瑞秋在樓下的某間臥室找到凱莉的外套，但沒看到人。

燈光滅了，又亮了，露出微弱的邪氣黃光。

這間臥室連通到另一個房間。

彼得推開，向內張望。

一片空蕩蕩，但他們可以聽到外頭走廊傳來腳步聲。瑞秋指著大門，把食指放在嘴唇上面。彼得從口袋裡拿出最後一個閃光彈，使勁拉開臥室的門，把它丟向走廊。

又一聲爆炸巨響與白光，接下來傳出了機關槍掃射。彼得等待槍擊聲停止之後，一個箭步帶著瑞秋衝向外頭，彼得在右，而瑞秋在左。

就在她前頭，走廊的另一端，有個男人正在重新裝填突擊步槍，又是那老頭，不是雙胞胎。他頭髮花白，姿態孤高又強悍，不懷好意，他就是被歐力稱之為丹尼爾、被金潔兒叫作「紅仔」的那個人。

瑞秋舉起自己的霰彈槍。

她想起了在射擊場時學到的技巧：等待目標接近，但這男人並沒有朝她跑來，也沒有逃開，只是站在走廊的底端。

他完成了子彈重新裝填，望著瑞秋，舉起了一把黑色長槍。

瑞秋扣下扳機。

她打中了。

她的右側突然一陣火燙，肩膀承受了巨大後座力。那男人大吼，丟了槍，蹣跚進入右邊的某個房間。彼得轉身，確認瑞秋安全無恙，繼續追過去，但那男人已經消失不見。

彼得拿起對方丟掉的那把MP5衝鋒槍，近距離攻擊的完美武器。他確定槍枝沒問題之後，揹上肩膀。

她說道：「我應該是沒子彈了。」彼得把九毫米手槍交給她，她放下那把已經實踐「契訶夫法則」的霰彈槍[23]。

屋內的燈光終於全部沒了。

幾乎是一片漆黑。

黑暗，煙塵，一泓泓的陰冷水灘。

而他們現在只能靠iPhone的光前進。

映入眼簾的是一個大型的開放空間起居室，牆上掛有十幾個打獵的戰利品，而且不只是當地的動物而已：還有羚羊、獵豹、好幾頭獅子、美洲豹，掠獵者與獵物並置在一起。

恐懼在她全身流竄，但恐懼也是解放，它釋放出了力量，成為行動的前導者。

---

[23] 又稱「契訶夫之槍」，源自契訶夫名言：「在第一幕中出現的槍，在第三幕中必然會發射。」是一種創作理論，強調故事早期引入故事的元素在故事後期之重要性。

她開口詢問全身冒汗的彼得：「你還好嗎？」

「很好。」其實，恰恰相反，不過，MP5貼住肩膀的感覺很舒暢，彈匣裡還有九發子彈，而且他還有他十分信賴的點四五手槍，一切沒問題。

「媽咪！」外頭的某處傳來遙遠的呼喊。

他們打開玻璃門，發現已經身在雪地之中，冰寒冷風從北面朝他們呼嘯而來。

「我想，應該是在那裡。」瑞秋指向某排廢棄的農舍，雪地裡看得到腳印，通往最近的那間建物。

他們跟隨足印，到達了某間老舊屠宰場的入口。這裡以前是宰殺工作場所，現在四面牆壁與天花板都是大洞，到處攀滿了常春藤。

他們關掉了手機的光源，進入裡面。

他們立刻聞到了血膿的腐臭氣味。

地面散落著碎玻璃，踩過去的時候吱嘎作響。

幾乎看不見任何東西——唯一的光線是後方失火房舍的閃曳火焰。

穿入破損牆面與屋頂的狂風，嘯聲颯颯。

瑞秋差點撞到某頭掛在天花板橫樑的死豬，害她嚇了一大跳。豬頭的那對死眼，正好與她的雙眸在同一高度。

等到她雙眼適應光線之後，她看到其他掛在鉤上的動物：好幾隻野雞與烏鴉、還有一隻獾與鹿。

屠宰場有兩層樓，中間有一道小小的樓梯。

「他們一定在樓上，」彼得低聲說道，「樓梯通常會有埋伏，小心。」

瑞秋點點頭，盡量不要讓鞋子發出聲響。

他們緩步前進。

碎玻璃、濕雪、污濁的空氣。鐵鏽、乾涸的血跡、死亡。

水泥階梯才走了一半，他們就發現有人開槍。

彼得大叫：「有人拿手槍開火，三點鐘方向！」他立刻衝上階梯頂端，拿起衝鋒槍回火，他連開了三槍，但他的目標躲入某個機具後方，消失不見。

他自顧自露出慘笑，居然讓那些混蛋逃過一劫。

他望著自己的橋夾，那把MP5已經沒了子彈，他立刻扔掉，拿出自己的寶貝，點四五手槍。

瑞秋低聲問道：「有沒有打中人？」

「沒有。」

瑞秋叮嚀：「要注意小孩。」

她的雙手在顫抖，只能硬逼自己更要緊握手槍。她萬萬不可弄丟這把槍，尤其是現在他們這麼——

他們頭頂上方出現一道弧光。

瑞秋拿著手槍、旋轉了一圈。這座屠宰場是髒臭的水泥廢墟，到處堆滿了老舊農用機具與垃圾。她身旁又有兩頭掛在天花板鐵鉤的死豬，其中一隻才剛宰殺沒多久，鮮血依然不斷滴落桶內。

但那都不重要。

真正的重點是，屠宰場上層的後方、距離她十公尺的那個位置：金潔兒與她的雙胞胎哥哥站在那裡，拿著手槍對著凱莉與史都華的頭。

凱莉與史都華都嚇哭了，兩人的手腕都銬在身體前方，而馬提則趴在他們附近的地板上面，陷入半昏迷狀態。先前有人以槍托狠敲他的腦袋，現在他呼吸困難，發出痛苦的呻吟。金潔兒抓住凱莉T恤的衣領，槍口直接對著她的頭蓋骨，歐力則以手臂扣住史都華的脖子，槍管伸入他的耳內。

彼得與瑞秋都僵住不動。

凱莉哭喊：「媽媽！」

瑞秋對金潔兒大吼：「放開她！」

金潔兒嗆她：「現在怎麼可能呢？」

瑞秋將九毫米手槍對準金潔兒的臉，「我會立刻殺了妳。」

「歐尼爾太太，妳自信是哪來的？覺得自己在那麼遠的地方可以打中我？妳開過幾次槍啊？」

「賤女人，我絕對不會失手。」

「把槍放下，我就放了小孩。」

「我們絕對不會放下武器，」彼得說道，「這條路是行不通的。你們放了小孩，我們就離開，然後你們有充分的時間準備緊急逃難，準備假護照，這樣一來，大家都是贏家。」

他的身體搖晃了一下，隨即又恢復平衡。

「哇，小水手穩住點，你怎麼不坐下來休息一下？」金潔兒看著歐力，一臉意味深長。

「你們應該要聽我的勸告。」彼得低聲說道，慢慢向前逼進。這是一對自信的兄妹，過於自信。再往前走個一公尺，他就可以輕鬆擊中歐力，史都華只有到他半胸的高度，所以要是他能夠瞄準歐力的頭骨，那麼點四五的猛烈大型子彈一定可以立刻斃了歐力。他必須要速戰速決，體內的腎上腺素已經退到了高原期，他開始慢慢走下坡。

「擊錘往後扳這動作，實在是很老套了，」金潔兒說道，「你真的要我做給你看嗎？你腦袋是有這麼鈍？一定要親眼看到才能搞清楚狀況？他媽的你要是不趕快丟槍，我就殺死這個小女孩。」

「然後，妳就死定了。」彼得現在距離他們只有六公尺左右，只需要迅速開一槍就可以解決一切。

「混帳！把槍放下來！」歐力大吼，對他下達冷酷的命令句。

彼得的槍對準歐力頭蓋骨的頂端。他應該要現在就展開行動，但全身又痛又癢，他的手在顫抖。

歐力開口：「你把槍給我放下來，不然——」

一聲轟然巨響，金潔兒的點三八手槍擊中了彼得的軀幹，他倒了下來。

瑞秋趕緊躲到水泥集血槽的後方，又一顆子彈飛過，距離她不過只有十幾公分。

歐力對金潔兒說道：「妳對他開了槍。」

「這種誇張場面讓我很不爽，」金潔兒回道，「好，歐尼爾太太，現在輪到妳了。丟掉妳的槍，雙手舉高，不然我們就殺了凱莉。歐力，你的手臂繼續扣住另外那小孩的脖子，但槍口壓住小凱莉的臉蛋。」

歐力把槍管抵住了凱莉的右頰。

凱莉大聲哭喊：「媽咪！」

瑞秋腹部一陣抽痛，淚如雨下，彼得中槍，馬提倒地不起，而且她疲累至極，這樣的慘況已經持續了許多個禮拜，長達好幾年之久。自從麻省總醫院的第一份腫瘤報告出來之後，一切都走調了。

她一直被厄運纏身，要是能躺在這骯髒的地板上面、閉上雙眼入睡，搞不好也不錯。不過，她可以看到凱莉的臉龐，凱莉是她的世界。她蹲在集血槽後面，將九毫米手槍壓在蓋口，對準了金潔兒。

「丟掉妳的槍！舉高雙手！」金潔兒大叫，雪花在她四周不斷飄飛。

「不！是妳要丟槍！」瑞秋的淚水潸然而落。

「妳舉高雙手，我們會放人，妳和那兩個小孩都不會有事。就像妳朋友說的一樣，我們都知道遊戲結束了，」歐力說道，「金潔兒搞砸了我們的一切，也不是第一次了。我們讓你們走，妳也放過我們。我們可以打個商量，給我們二十四小時，我們馬上就會飛到南美洲。」

瑞秋心跳飛快，現在又有了新的可能，一絲微薄的存活希望。

「你要說到做到！一定要讓我們離開這裡，」瑞秋說道，「要是你們離開美國，那我們當然就不需要殺人。」

歐力說道：「舉高雙手，丟槍，我一定答應妳，而且妳和小孩都會平安無事。」

瑞秋問道：「你們會讓我帶走小孩？」

等到她確保小孩安全無虞，她就可以立刻報警。

歐力點頭，「我不是禽獸。妳可以帶走家人，但妳也必須知恩圖報，等到過了一天之後再報警。現在，妳只需要丟槍，舉高雙手。拜託，歐尼爾太太，我們一起解決問題，對大家都好！」

她的腦袋陷入超載，眼前浮現出互相衝突的影像與本能的拼貼圖。不能相信他們／要把小孩救回來／不能相信他們／要把小孩救回來……

她必須要做出決定，所以她只能不顧一切相信他。她告訴自己，先把小孩都救回來，至於他真正的意圖，就等之後再擔心吧。

她站起來，舉高雙手，讓九毫米手槍落在地上。

金潔兒下令：「從集血槽後面走出來，雙手放在頭上，然後跪下。」

瑞秋照做，金潔兒把凱莉推過去，她順勢摔入母親的懷抱，瑞秋緊緊抱住她。

瑞秋低聲說道：「這一次我絕對不會放開妳了。」

歐力也放了史都華，推了他一把，讓他加入眼前真人版演出的聖母哀子像。

他面向他妹妹。

「金潔兒，妳看看，這才是做事的方法，事情應該要這樣搞定，」他在她面前揮舞著手槍，「不是靠這個，」然後又摸了一下自己的太陽穴，「要靠這個。」他繼續說道，「妳有沒有看到我剛剛的做法？說服她就是了，不需要動槍，不需要使用暴力——某種自我矯正的機制。妳只需要打電話，勸說，還有動一下腦袋。」

金潔兒問道：「所以你真的要放走他們？」

「當然不行！怎麼可能？天，金潔兒，我是在擔心妳。」

「所以我們要殺死他們？」

歐力怒氣沖沖，「當然！」

「不如就現在動手吧，」金潔兒說道，「我覺得我們已經浪費了半個晚上的時間，一直在雪地裡玩馴鹿的霸凌遊戲。你們大家最好閉上眼睛，對你們來說，戰爭已經結束了。」

72

凱莉提前拿到的聖誕節禮物，居然是「終極胡迪尼魔術工具箱」，在她這種年紀，周邊的朋友一定會訕笑她，魔術？哦拜託，真的假的，有誰會玩魔術？

當然，史都華例外，她有告訴他。

而且她學到了好幾個小技巧。當初她在那間地下室的時候、被鏈條控制行動範圍的時候，曾經暗暗下定決心，一定要學會如何掙脫手銬。她仔細觀看網路影片，不斷練習，已經相當熟練，摸索幾個禮拜的最高境界也不過如此。如果是標準型手銬，她可以在三十秒之內解決。如果遇到的是束帶，當然另當別論，但只要知道技巧，所有的金屬手銬都可以以萬用鑰匙解鎖。她早就把手銬的萬用鑰匙一起放在自己的鑰匙圈裡面，當作是隨身的幸運符。

從來不離身。

在神不知鬼不覺的狀況下，她偷偷解開了自己面前的手銬。

現在呢？

雪花從金屬波浪板屋頂的大洞不斷飄落，她母親抱著她，史都華在哭，而她面前正是她媽媽剛才丟棄的那把手槍。

她伸手向下，拿起手槍，好沉，難以想像的沉重感。那對雙胞胎在講話。「不如就現在動手吧，」金潔兒說道，「我覺得我們已經浪費了半個晚上的時間，一直在雪地裡玩馴鹿的霸凌遊戲。你們大家最好閉上眼睛，對你們來說，戰爭已經結束了。」

凱莉拿起九毫米手槍，扣下扳機。

73

歐力的臉立刻向內凹陷，碎肉從後腦勺噴出，飛濺在他背後的磚牆上面。凱莉從來沒看過這樣的狀況，嚇得半死，但是她害怕的時間也就只有幾分之一秒而已，因為金潔兒揮舞著手槍、對準了她。

「妳這個小賤人！」金潔兒對凱莉大吼，開始對她亂開槍。

凱莉再次開槍，但這次位置太高了，子彈直接彈到天花板。某塊生鏽的屋頂鐵皮轟然落在金潔兒與她哥哥屍體的中間，她嚇了一跳，轉頭查看到底是什麼狀況，凱莉趕緊把媽媽與史都華推向水泥集血槽的後方。

金潔兒恢復鎮定，立刻連開四槍。

四發都打中了集血槽。

金潔兒移動位置，瞇單眼，仔細瞄準某個水泥破口的後方，那裡看得到凱莉的肩膀，不過，她卻沒辦法繼續開槍，子彈全沒了。

金潔兒破口大罵：「靠！」

瑞秋心想，這女人已經沒了彈藥，立刻從凱莉手中拿起那把九毫米手槍，瞄準了金潔兒，小心翼翼扣下扳機。但扳機沒有用，可能是子彈沒了或卡彈，但她不知道該怎麼處理卡彈。

這兩個女人怒目相對。

又是一次心領神會的互望。

瑞秋看到的是自己的鏡像，金潔兒看到的是自己的鏡像，妳可能是我，我可能是妳。

這是○○七電影裡你我半斤八兩的對峙畫面，根本就是鬼扯。瑞秋心想，其實我們都有選擇。

金潔兒微笑，放下了槍。

「我來了。」瑞秋咆哮，朝她衝過去。

金潔兒迅速擺出自衛姿勢，但瑞秋全力朝她奔去，衝力之大，讓兩人都倒在地上。

金潔兒立刻站起來，瑞秋把生鏽的豬鼻環丟過去，但失了準頭，落在她後頭的煤渣堆裡面。

瑞秋站起來，對金潔兒揮拳，但她速度太慢，金潔兒漂亮側閃一步，輕易躲開了攻擊。她的藍色眼眸閃動著得意光彩，因為她出其不意、以頭槌狠敲瑞秋的鼻子。

她以前從來沒斷過鼻子，痛楚如此劇烈，讓她頓時之間一陣茫然。金潔兒又趁機痛毆她的肋骨、腹部，還有左胸。

瑞秋抽搐，單膝跪地，但還是想辦法再次站起。

「賤貨，妳很愛是吧？這一次妳會更愛。」金潔兒又朝她喉嚨與左胸出拳，痛扁她冒血的鼻子。

到位、精準的沉重痛擊。

瑞秋重摔在地。

金潔兒跳到瑞秋身上，硬是把她整個人翻過來、正面朝上。

她動作太敏捷了，瑞秋根本沒有機會。

「不要，呃……」瑞秋喘不過氣來，因為金潔兒的雙手已經死掐住她的脖子。

金潔兒說道：「我打從一開始就知道妳是麻煩人物……」那張野蠻激動瘋狂的臉龐挨在瑞秋上方，睨視的目光，嘴巴冒出飛沫，她在大笑，十分享受這一刻。

「我早就知道了！」金潔兒的力道越來越猛，她靠著聯邦調查局的自衛課程，學到了要如何在幾秒之內勒死一個人。

瑞秋的目光進入隧道。

一切變得死白。

金潔兒大吼：「賤女人，妳死定了！」

隧道。

白色世界。

空無。

她知道自己馬上就要永遠消失了。

她躺在這骯髒的水泥地板上，感覺到自己的生命正在一點一滴流逝中。

她要怎麼告訴凱莉她好愛她，但她後繼無力了？

沒辦法告訴她，無法講話，無法呼吸。

任何人都無能為力。

瑞秋現在一切都明白了。

「鎖鏈」是某種賺大錢的殘忍方法——它剝削我們人類最重要的感情——我們愛人的能力。

如果這是一個沒有父母親情、手足之情，或是浪漫戀愛的世界，那「鎖鏈」根本就行不通。只有那種不懂得愛，或是不明白愛的變態，才會無所不用其極利用它。

阿莉亞德妮與忒修斯因為愛而翻轉了命運。

波赫士小說裡的米諾陶諾斯亦是如此。

正是因為愛，或者應該說因為愛而付出的笨拙努力，也差點翻轉了金潔兒的下場。

瑞秋現在明白了一切。

她懂了。

「鎖鏈」是維繫親朋好友那條繫結的某種隱喻。它是母子之間的臍帶，英雄尋索之旅所必須體驗的方式或行走的道路，它就是讓阿莉亞德妮想出對付迷宮解方的那一團紅色線球。

瑞秋參透了一切。

恍然大悟之後，全是哀愁。

她閉上雙眼，感受到黑暗籠罩而來。

這個世界正在萎縮，消退，越來越飄渺……

然後，她覺得好像碰到了什麼東西。

某個尖銳的東西，會割傷人，會痛的東西，一片長型玻璃。

她利用大拇指把它拉過來，握住了它。

她的雙手在流血，但是她依然緊抓不放。

瑞秋·克連恩，一直避看鏡子的女人，卻意外在身邊找到了一片玻璃。

她會把這東西送給金潔兒。

她靠著最後一股氣，大手一揮，將那塊尖銳的玻璃猛力刺入金潔兒的喉嚨。對。

金潔兒尖叫，放開了瑞秋，雙手緊抓自己的脖子。

她摸到了那片玻璃，想要趕緊自救。但是她的頸動脈已經被切斷，鮮血已經不斷從傷口汩汩湧出。

瑞秋翻身，推開金潔兒，大口吸氣。而金潔兒眼睛瞪得好大，「我知道妳……」她話沒說完，已經整個人倒在地上。

瑞秋不斷喘氣，閉上雙眼，又再次睜開。

現在輪到凱莉抱著她。

抱了她二十秒之後，她趕緊起身，看了一下彼得的傷，拿布蓋住他的傷口。子彈沒打中腹部的主動脈，但他還是需要立刻就醫，越快越好。

凱莉找到母親的手機，撥打九一一，通知接線員他們需要警察與救護車。

凱莉把手機交給史都華，準備要去幫她爸爸。

史都華向接線員報出要如何從一A公路過來的方法。他看到他們後頭的房子著火，也立刻告訴接線員必須要派出消防隊，對方告訴他：「親愛的，不要掛電話，救援馬上就來了。」

凱莉找到了幾片防水布，蓋住了彼得伯伯與爸爸，然後又拿了一片給媽媽與史都華，阻擋從屠宰場裡灌入的強風與狂雪。

瑞秋對凱莉說道：「過來這裡。」然後把兩個小孩拉入懷中。

她告訴他們，一切不會有事的，數萬年來，每一位母親都是以這種口吻安慰小孩。

馬提爬向他們，「我能幫什麼忙？」

凱莉對父親說道：「幫忙彼得伯伯，壓住他的傷口。」

馬提點頭，伸手壓住彼得的腹部。

「哥，撐住，你一定面對過更嚴峻的考驗。」

彼得看起來傷勢嚴重，但他的深色眼眸依然充滿熱火，死神要交手的對象是一股充滿靈氣、強大又頑強的力量。

餘火落在屠宰場殘破的屋頂，似乎也要開始著火了。

馬提說道：「我們得要趕緊撤退。」

瑞秋望著房屋西側的熊熊烈火。

她開口問道：「我們可以移動彼得嗎？」

馬提回她：「也不得不如此了。」

火焰吞噬了這棟屋子的上層，木頭樓板也開始掉落到地面。

屠宰場裡交織著雪花與火光，雲層間出現了一輪彎月。

黑夜傳來警笛聲響，瑞秋說道：「我覺得我聽到他們過來了。」

凱莉微笑，史都華也是，瑞秋又拉緊了防水布，仔細裹住他們。要讓她放手，很難，不可能的了，瑞秋親吻了一下凱莉的頭頂。

這景象讓彼得甚是欣慰。

他緩緩眨眼。

他想要說話，但此時他說不出半個字。

子彈沒有打中動脈，但他知道自己馬上就會休克，他已經看過無數次了。如果他想要活下去的話，得要趕緊送醫才行。

他伸手在地面摸索，終於找到了祖父的柯爾特手槍，據說祖父曾經在神風特攻隊攻擊美軍密蘇里號戰艦的時候，因為發飆而用了這把槍開火。

也不知道為什麼，彼得居然還有力氣舉起那把槍。

他祖父的點四五……讓這位老先生安然度過太平洋戰爭，也讓他在五場海外戰役中全身而退的幸運符。

彼得盼望只要裡面還剩下一盎司的運氣就夠了。

74

他還是小男孩的時候，大家就喊他「紅仔」。他們為他取的教名是丹尼爾，完全就跟他爸爸的名字一模一樣，不過，老丹尼爾有隨便亂出拳的毛病，兒子不是很喜歡他。

服役的時候，大家喊他「紅仔」，或是「中士」，不然就是費茲派翠克中士，他還是喜歡「紅仔」這綽號。

從軍對他是好事，讓他學會了認字。

「紅仔」上了成人基本教育班，「紅仔」開始看好笑的文章，「紅仔」鑽研漫畫，飽滿的紅色氪星太陽，走在紅色之路的超人。

軍方派他到海外。

在叢林濺血。

在三角洲濺血。

在芽莊的妓院濺血。

在西貢的妓院濺血。

他知道那些妓女都很怕他。她們不喜歡他的雙眼，還有他脖子上的魚鱗胎記。妓女們不會叫他「紅仔」或丹尼爾或中士，她們在他背後叫他「翁馬奎」，意思是「海魔」。

在直升機裡濺血。

「紅仔」在德浪河谷作戰。迫擊砲飛來，「紅仔」面不改色，後來獲得長官推薦，得到了銀星勳章。

「紅仔」回到了美國，南波士頓出身的女友為他生了個小男嬰。

「紅仔」加入了波士頓警局。

當時是六〇年代中期，對於野心勃勃、願意不擇手段的年輕人來說，到處都是大好機會。有時候，必須要狠狠修理人。

有時候必須要下更重的毒手。

多徹斯特某間無照愛爾蘭酒吧的地板染滿了鮮血。

某個抓耙仔地下室公寓的牆面染滿了鮮血。

血紅的宇宙。

染紅了雙手，殺紅了雙眼，讓所有的房間都沾滿了鮮紅血跡。

「紅仔」的老婆與另外一個男人私奔到密西根州，安娜堡某間屋外的雪地裡留下了血足印。

「紅仔」的兒子長大成人，追隨父親的腳步，也進入了執法機構。

光榮歲月。

都是那場災難之前的事了，當時他兒子的生活中還沒有那個嬉皮賤女人。

現在他已經成了老人，頭髮霜白。

但是老「紅仔」依然老當益壯。

他們真以為可以殺得了我？

我可沒那麼容易就斷氣。

紅仔躲在放置毛巾床單的衣櫃裡喘息。他一拐一拐走到了書房旁的房間，四處煙硝，房子已經著火。他找到了急救箱，望著自己身側的霰彈槍傷口。他遇過更慘的狀況，七七年和黑道槍戰，八五年里維爾收保護費時出了問題，當時的傷都比現在嚴重。

但他那時是年輕人，年輕力壯多了。

他嚴重失血。染紅了繃帶，染紅了紗布。他跛行走到槍櫃前面，那棟老屠宰場外頭傳來了尖叫與槍響。

他拿了M16突擊步槍，搭配下掛式M203榴彈發射器。

如果要展現出更可信的威嚇力，這是唯一的選擇。

他腳步蹣跚，進入廚房，在一片濃密的黑色煙塵中不斷咳嗽。

痛得好可怕，至少有四根肋骨斷了，搞不好還刺破了肺組織。但他挺得住，「紅仔」能撐到最後，雖然他已經滿頭白髮，但依然是「紅仔」。

他搖搖晃晃進入風雪之中，拖著蹣跚腳步，走向老舊屠宰場的後門。

一次一步，都得承受宛若火灼的疼痛。

他拚命眨眼，擠掉沾眼的落雪。

其實只有十五公尺，但感覺上卻像是五十公尺。

他現在只能爬行，吐出的氣都是血沫，肺部一定是被刺破了。

他走到屠宰場的後門，死亡的入口。

泥土有血，欄杆與雪地都有血。

呼吸好困難。他只有一個肺，而且現在裡面都是積血。

他爬上了最後一級水泥台階，透過後門的門縫向內張望。

弧光燈大亮，他什麼都看得清清楚楚。

他心愛的兩個孫兒死在地板上，他多年前救出的孩子，全世界真正愛他或了解他的也就只有這兩個人，紅色世界裡的歐力與金潔兒。

那女人用防水布裹住那兩個小孩，馬提和另外一個男人躺在地上——這兩個傢伙，顯然都還活著。

但也撐不了太久。

「紅仔」舉起M16，把手指放在下掛式M203榴彈發射器的扳機，它所配備的是爆炸力驚人的手榴彈，很可能會殺死屋內的每一個人，甚至包括他自己。

他心想，這樣也好，於是，他扣下了扳機。

75

有人在遠方說話，冰涼濕潤的東西覆蓋在他的臉龐。

他在哪裡？

嗯，知道了。

他昏迷了好一會兒。馬提正在與他說話，想要扶他起來，瑞秋抱著凱莉與史都華。

彼得的視線與地板平行，看到丹尼爾出現在屠宰場的後方入口，而丹尼爾也在這時候看到他了。那老頭帶了M16步槍，還加了榴彈發射器。

瑞秋錯了，這很深奧，這是神話學。老人對決年輕人，陸軍對決海軍，淨化對決混亂。顯然戰爭之神在那群人之間留了一個活口，只是為了看好戲。

他們兩人都扣下扳機。先完成動作的是老人，但他瞬時之間陷入了疑惑，金屬扳機依然在原位不動。愣了那麼一下之後，他恍然大悟：他忘了撥開M203榴彈發射器的手動保險，這東西很危險，不能任意開火，必須要以手動的方式裝設彈藥與解除保險。

靠。

他幾乎是立刻摸到了那個沉重的保險栓，但彼得的槍管已經出現了亮白色的強光，丹尼爾的胸膛因火燙痛楚而爆裂，二次世界大戰的點四五手槍子彈劈裂了他的靈魂。

76

人影，警笛，落雪。

毛毯。

「抱歉，彼得，這地方馬上就要陷入火海，我們得把你移到外頭。」

瑞秋、凱莉，還有史都華同心協力，把馬提與彼得帶到了屠宰場的門口。

他們蹣跚前行，離開了那棟著火的屋舍，癱在雪地裡。廚房底下的那些瓦斯桶開始在他們後方爆炸。

「趕快往前走！」瑞秋繼續拖著大家離開這地方。

藍色火焰。

雪花。

閃光。

某輛米斯卡托尼克河谷的消防車出現在路口，「消防」的鏡像反式字體下方有個巨大的黃箭。

瑞秋點頭。

「田獲三狐，得黃矢，貞吉。」[24]

[24] 語出《周易》第四十卦九二爻辭，意指吉兆。

彼得向瑞秋示意，叫她靠過來。

「嗯？」

「要是我撐不下去，千萬不要讓他們把這一切拍成電影的時候，找個遜咖扮演我的角色。」

她哈哈大笑，吻了他。

「還有一件事……」他沒說完，但已經完全沒了聲音。

「我也是。」她心領神會，再次吻了他。

77

不會有人在電影版本裡出任彼得的角色。對於電影人物來說，彼得的爭議性太大了。彼得與瑞秋認罪之後，遭檢方以綁架罪、非法拘禁、危害孩童安全等罪名起訴，光這些就是五十年的刑期。

還有印斯茅斯的那一場小小探險。那算是營救行動還是入侵私宅？

釐清一切，花了許久的時間。

聯邦調查局派出一整個小組、花了好幾個禮拜的時間，才完全分析出金潔兒硬碟裡的「鎖鏈」文件。

這也讓鄧列維一家人踏出勇敢的一步，他們告訴警方，瑞秋是在他們的同意之下才帶走了艾蜜莉亞，因為她已經事先告知他們，她要打破「鎖鏈」，而這種說法也讓那些錢的流向得到了合理解釋。警察根本不相信他們的話，不過，要是檢方真的起訴他們的話，想必鄧列維一家人鐵定會成為敵對證人。

到了這個時候，同情的浪潮全部湧向瑞秋、彼得，還有「鎖鏈」的所有被害人，社會大眾一面倒，全力支持他們。瑞秋與彼得是令人同情的被告，很可能最後是以動用陪審團否決權作結。麻州的州檢察長辦公室也看得出風向。瑞秋與彼得並沒有被羈押，而是交保候傳。瑞秋的律師團告訴她，要是鄧列維一家人不願指控他們，再加上輿論一面倒，越來越多人了解金潔兒的惡行，那麼就不太可能會出現成本高昂、不會受到公眾支持的法院審案。瑞秋殺死了惡魔，「鎖鏈」被永遠斬斷，曾經隸屬於那條長鏈裡的每一個人，如今都得到了解脫。

有數十名記者開始調查「鎖鏈」的過往，《波士頓環球報》的某名記者發現它源於墨西哥的替換人質綁架計畫。

「鎖鏈」的受害者高達數百人，但由於擔心遭到報復，再加上偶爾出現的血腥報復事件，也讓幾乎所有的受害者保持沉默達數年之久。

反正，這就是瑞秋在報紙上得到的資訊，《環球報》的重點就是這些。八卦小報與網路上的內容更加驚悚。但瑞秋從看守所出來之後，一直處於自我保護的狀態，不看八卦，而且也鮮少上網。

瑞秋不接受訪問，迴避眾人的關注目光，她幾乎沒做什麼事，平常就是接女兒放學、撰寫社區大學哲學課的講綱，透過這些不符合二十一世紀潮流的刻意手段，她終於成了過時的新聞人物。

久而久之，她也不再是推特或IG上的主流話題人物。其他的可憐惡魔接替了她的位置，之後又會有別人上陣，接下來又有其他人取而代之，這一切令人感覺十分熟悉……

在紐伯里波特，大家還是認得她——怎麼可能不認得呢——但當她開車到新罕布夏州的購物中心或波士頓郊區的時候，她又恢復成了一般人，沒有人認識她，這一點讓她甚是欣喜。

某個溫暖春陽的三月早晨。

她在床上使用電腦，刪去了剛收到的二十封專訪邀約，闔上了電腦。彼得在隔壁洗澡，唱歌，超難聽。

她露出微笑。彼得現在接受美沙酮治療計畫的成效很好，而且他找到了新工作，在劍橋的某間高科技企業擔任安全顧問，表現也很優秀。她光著腳丫子進入廚房，打開爐火，在壺內裝水、準備燒水。

她聽到樓上偶爾會傳來凱莉使用平板電腦的聲響。凱莉已經醒了，縮在被窩裡與朋友聊天。凱莉的狀況也非常好，大家都說小孩充滿韌性，就算遭逢創傷也能夠恢復正常，但看到她又和以往一樣，還是令人覺得不可思議。

八點鐘到了，史都華過來，她給了他一個擁抱，他乖乖坐著摸貓咪，耐心等待凱莉準備就緒。史都華也不錯，而且在他們當中，他似乎是最想出名的一個。不過，馬提也似乎很享受公眾的關注，他出現在電視節目裡好幾次、大談他的經驗，而且他對於自己在這場救援行動中的角色是越講越誇張。馬提現在很好，他那個超級年輕的新女友茱莉，似乎認為大家正在上演某種浪漫喜劇，而她自己的歡樂魅力終將會打敗瑞秋，這位個性陰鬱的前妻。

瑞秋坐在餐桌前，又打開了筆電，思緒飄飛。所以乾脆隨手翻閱莎拉．貝克維爾的《存在主義者咖啡館》，看到西蒙．波娃戴了迷宮狀胸針的顯眼圖片，不禁愣了一下。

她闔上書，向走進蘆葦叢、準備吸清船底污水的哈福坎普醫生揮手打招呼。

「史都華，我想要拿個笑話作這堂課的開場，你覺得這怎麼樣？『我朋友開了一家書店，販賣德國哲學書籍。我告訴他不可行，對於一個尼采型的市場來說，這未免太超過了。』」瑞秋說完之後，露出勝利者的表情。

史都華尷尬賊笑。

「不好啊？」

「我不夠資格判斷這種，呃……」

凱莉在陽台欄杆前彎身，「媽，他其實有話憋住不敢說，就是妳的喜劇風格偏向高齡化。」

彼得從浴室出來，搖搖頭。「希望妳的人生備案不是以當脫口秀演員為生。」

瑞秋闔上筆電，「你們都給我滾啦！」

大家都出門上了車，時間還早，所以他們乾脆先到一號公路的唐先生甜甜圈。

瑞秋啃了一小口熊掌麵包，望向女兒。凱莉與史都華正在吵第三季《怪奇物語》的爆雷情節。那個以往無憂無慮、喜歡東拉西扯的凱莉幾乎已經幾乎回來了。當然，裂片永遠在那裡，一片黑暗，他們永遠沒辦法真正逃離那個世界，如今那已經成為她的一部分，每個人都一樣。不過，凱莉已經不再尿床，惡夢發生的頻率也越來越低，這一點的意義非同小可。

「好，我要講個保證好笑的笑話。要動用多少個文青才能換好一個電燈泡？」

凱莉哀求，「媽，拜託不要！千萬不要啦！」

史都華問道：「多少？」

「這是個相當隱晦不明的數字，你可能從來沒有聽過。」這次至少有彼得笑了出來。

她把小孩送到學校，然後又載彼得前往紐伯里波特的通勤火車站。他的新工作要求他必須穿西裝，但他恨死了，一直在調整領帶。

「不准碰它！你看起來超帥。」這可是她的真心話。

等到他的火車到來之後，她走回富豪汽車的停車處，開入市區，直接前往杜安里德藥房。她先瞄了一下，確定認識她的店員瑪莉．安沒當班，溜到了販賣驗孕棒的那條走道。

選擇令人眼花撩亂，她隨便抓了一個，拿去櫃檯結帳。

收銀員是高中女孩，根據名牌顯示，她叫雷普利，她正在看《白鯨記》。

瑞秋顯然並不是《白鯨記》書中那個找不到失蹤孩子而「航路崎嶇」的瑞秋，她與店員四目相接。

瑞秋問道：「妳看到第幾章了？」

「第七十六章。」

「曾經有人告訴我，所有的書都應該在第七十七章結束。」

「天，真希望這本也能如此，我還有好多沒看完。嘿，呃，妳應該要選『易孕寶』牌的驗孕棒。」

「『易孕寶』？」

「妳以為買『即可知』牌可以省錢，但這牌子誤判懷孕的比例比較高，」她壓低聲音說道，「這是我個人經驗談。」

瑞秋很配合，「那我就買『易孕寶』吧。」

她買了驗孕棒，在國家街的星巴克又買了杯咖啡，開車回到島上。

她進入浴室，從包裝盒裡取出驗孕棒，閱讀使用指南，坐在馬桶上對著驗孕棒排尿，然後，又把它放回盒裡。

晃。

這是三月出奇的溫暖好天氣，所以她到了外頭，坐在戶外平台區的邊緣，雙腳在沙地上方懸

漲潮了，海洋氣息濃烈。大西洋豪宅區出現了縷縷熱氣，某隻呆愣的白色蒼鷺在野草叢裡跋涉行進，還有老鷹飛往西向的內陸。

漁船、捕蟹人、附近便利商店的慵懶狗叫聲。

她感受到那幾個隱喻詞語的力量：舒適、穩定、安全感。

梭羅曾稱梅島是「新英格蘭的陰冷撒哈拉」，不過今天並非如此。

她望著手中的盒子。裡面有兩種可能的未來朝她翻滾而來，一分鐘六十秒、一小時六十分鐘的日常步調。

不疾不緩的正常心跳速度。

她露出微笑。

不論是哪一種，她都欣然接受。

未來的各種可能性，都很好。

她把女兒從黑暗世界救了回來。

她殺死了惡魔。

接下來還有其他挑戰。

數不盡的挑戰。

但她救回了凱莉，她有彼得，她活了下來。

生命脆弱，倏忽即逝，彌足珍貴。
能夠活著就已經是奇蹟了。

後記

「只需要兩面互對的鏡子，就可以創造迷宮。」

——荷黑．路易斯．波赫士，《七夜》，一九七七年

當初我聽說了墨西哥的「交換綁架」的概念，也就是家族之中有人自告奮勇替代身體比較衰弱的原有人質，隨後在二〇一二年在墨西哥市寫下了《連鎖綁架》的初稿。我把這個想法與自己小時候的某起事件連接在一起——一九七〇年代末期，惡毒連鎖信的風行年代——我的五年級老師告訴我們，那些讓我們惴惴不安的信，全部都帶到課堂上交給她。我的家鄉是愛爾蘭非常迷信的區域，對於文字魔咒的力量深信不疑。我把某封讓我困擾不已的連鎖信交給她，她把它與其他的連鎖信一起撕毀，駁斥了作者對於未來會出現不祥災禍與厄運的說詞，這一招的確有效截斷了連鎖信。那起事件一直烙印在我的心中，盤據不去。在過去這三十年當中，我偶爾會詢問母親卡萊爾老師的近況，知道她家的房子沒有被燒毀、她也沒有遇到雷擊身亡，或是發生可怕車禍，總是讓我鬆了一口氣。

回到二〇一二年，我開始寫《連鎖綁架》，當時準備寫的是短篇小說，但我覺得它有成為長篇小說的元素，所以我也沒有全部寫完，就把它放在抽屜裡長達五年之久。到了二〇一七年，我

終於有了全職的文學經紀人，「故事工廠」的尚恩・薩雷諾。我根據自己在貝爾法斯特的青春時代所創造的尚・杜非探長小說系列，得到很好的評價，也贏得了一些獎項，但一直沒有達到我預期的突破性成績。尚恩問我有沒有美國小說作品，我把《連鎖綁架》交給他，然後，我聽到他家廚房傳出東西掉落碎爛的聲音，他勸我必須暫停手邊的一切創作，專心把《連鎖綁架》寫成長篇小說，於是我完成了這部作品。

所有的書籍都是協力合作的成果，我要感謝我的妻子莉亞・蓋瑞特、唐・溫斯洛、史蒂夫・漢米爾頓、史蒂夫・卡瓦納、尚恩・薩雷諾，他們看過我的《連鎖綁架》初稿，也在我的寫作之路丟出了許多充滿智慧的建議。

感謝我在Little Brown的超厲害編輯，喬許・坎戴爾與安娜・古德雷特以法醫診斷等級的銳利雙眼為我緊盯初稿，幫我挑出了好幾個不合理的矛盾之處，而且不斷逼我去發想是否能將某個創意或概念發揮到緊繃懸疑之極致。編書很痛苦，但能夠逼迫你認真工作的編輯們，到最後一定會幫了你大忙。

我在紐伯里波特公共圖書館完成了本書大部分的研究工作，特此向館方工作人員致謝，還有紐約市立圖書館哈林區喬治布魯斯分部的工作人員，謝謝你們讓我有安靜的地方寫作。不知道是基於巧合或是交感巫力，在我苦無靈感之際，某本雜誌請我到捷克出差撰文，反而讓我在卡夫卡位於布拉格那玻里奇街七號的舊辦公室（現在是飯店）、寫下了《連鎖綁架》的最後那幾章。

最後的感謝要留給我的女兒艾文與蘇菲，她們有些心不甘情不願幫我處理青少年的部分與日常用語。我要深深感謝唐・溫斯洛、丹尼爾・伍卓、伊恩・藍欽、薇兒・麥克德米、黛安娜・蓋伯頓，他們在這些年來給了我鼓勵與忠告，我經常懷疑自己是否適合繼續拿筆胡說八道，是他們告訴我一定要撐下去。

Storytella 130

連鎖綁架

The Chain

連鎖綁架 / 亞德里安.麥金提作 ; 吳宗璘譯. -- 初版. -- 臺北市 : 春天出版國際文化有限公司, 2022.04
面 ;　公分. -- (Storytella ; 130)
譯自 : The Chain
ISBN 978-957-741-508-0(平裝)

873.57　　111002801

ISBN 978-957-741-508-0
Printed in Taiwan

作　者　亞德里安・麥金提
譯　者　吳宗璘
總編輯　莊宜勳
主　編　鍾靈

出版者　春天出版國際文化有限公司
地　址　台北市大安區忠孝東路四段303號4樓之1
電　話　02-7733-4070
傳　眞　02-7733-4069
E－mail　bookspring@bookspring.com.tw
網　址　http://www.bookspring.com.tw
部落格　http://blog.pixnet.net/bookspring
郵政帳號　19705538
戶　名　春天出版國際文化有限公司
法律顧問　蕭顯忠律師事務所
出版日期　二〇二二年四月初版

定　價　470元

總經銷　楨德圖書事業有限公司
地　址　新北市新店區中興路二段196號8樓
電　話　02-8919-3186
傳　眞　02-8914-5524
香港總代理　一代匯集
地　址　九龍旺角塘尾道64號 龍駒企業大廈10 B&D室
電　話　852-2783-8102
傳　眞　852-2396-0050